DE AVOND IS ONGEMAK

Marieke Lucas Rijneveld

不 安 之 夜

〔荷兰〕玛丽克·卢卡斯·莱纳菲尔德 —— 著

于是 —— 译

上海文艺出版社

不安，让想象生出双翼。

——莫里斯·吉列姆

经书有言："我要让万物更新！"
但和弦如同悬挂悲伤的衣绳，
　　谁逃离这残酷的起点
谁的信念就会被如刃的狂风削断。
冰雨把盛放的鲜花摧成冻结的花泥，
杂种狗将毛皮彻底甩干，极尽暴力。

——摘自《扬·沃尔克斯诗集》（2008）

第一部分

1

我十岁,不肯再脱外套。那天早上,妈妈给我们一个一个涂上乳霜,好让我们不受寒冻。乳霜是从博格纳牌的黄色锡罐里挖出来的,通常会抹在奶牛的乳头边,以防皱裂、硬茧和菜花状的肿块。乳霜罐的盖子又油又滑,得用茶巾裹着才能把它拧下来。软膏闻上去有种炖牛乳的味道,我时常会在我家炉子上的平底锅里看到切成厚片、撒了盐和胡椒的牛乳。它们让我极其恐惧,涂在我皮肤上的臭烘烘的药膏也一样。妈妈把胖乎乎的手指按进我们的脸蛋,好像那是圆轮奶酪,她要拍一拍,按一按,看看奶酪皮熟硬了没有。厨房里的灯泡照亮我们苍白的脸颊,那只灯泡上覆满了苍蝇屎。多年来,我们一直打算买只灯罩,那种有花朵图案的漂亮灯罩,但每次在村里看到有卖灯罩的时候,妈妈总是拿不定主意。她总是这样,已经有三年了。那天早上,也就是圣诞节前的两天,我感觉到她滑腻的大拇指抠进了我的眼窝,有那么一瞬间,我害怕她按得太用力,我的眼球就会像弹珠一样跳进我的脑壳里,她就会说:"这就是你的眼睛总在东看西看的后果,你从来没有像真正的信徒那样定心凝视,仰望上帝,好像天庭随时都可能敞开。"但我们这儿的天庭敞开后,只会放出暴风雪,没什么能让你像白痴那样凝视。

早餐桌的正中央有一只手编面包篮,衬着一张印有圣诞天使图案的餐巾纸。天使们手持小喇叭和槲寄生的树枝,慎重地遮住自己的小鸡鸡。就算你把餐巾纸凑到灯泡下,对着灯光看,也看不清它们的模样——我猜会像午餐肉卷。妈妈把面包整整齐齐地摆放在餐巾纸上:白面包、罂粟籽全麦面包和葡萄干面包棍。她用细筛很小心地把糖霜撒在面包棍的脆皮上,像第一场小雪落在牛背上——我们把牛赶进棚里之前,草甸领头牛的身上就是那样的。面包袋的塑料封口夹总是放在饼干罐头上面,要不然我们就会找不到,而妈妈不喜欢塑料袋口打成结的样子。

"先吃肉或奶酪,再吃甜食。"她总这么说。这是规矩,会让我们长得高大又强壮,像《圣经》里的巨人歌利亚那样高,像参孙那样壮。我们还必须喝一大杯鲜奶,通常是几小时前从奶桶里倒出来的新鲜牛奶,尚有余温,喝得太慢的话,有时会在你的上牙膛上结出一层淡黄色的奶油。最好的做法就是闭着眼睛把整杯喝下去，妈妈说这种喝法很"不恭敬"，其实《圣经》里并没有说要慢慢地喝牛奶，也没说可以吃牛的身体。我从篮子里拿起一块白面包，硬面朝下放在盘子里，看上去很像小孩子白白的屁股，如果这儿那儿地涂上巧克力酱就更像了，总能把我和哥哥们逗乐，他们总是说："你又要舔屁股了吗？"

"如果你把金鱼放在黑漆漆的房间里太久，它们的颜色就会变淡，变得非常白。"我轻轻地对马蒂斯说着，一边摆好六片煎香肠，让它们完美地覆盖在白色的面包上。**你有六头牛，吃掉了两头，还剩几头？** 每次吃东西的时候，我的脑海里都会浮现老师的声音。为什么那些愚蠢的算术题非要用到食物呢——苹果、蛋糕、比萨和饼干——我不知道，但不管怎样，老师已经放弃希望，觉得我永远也学不会算术了，我的练习册永远会是空白如新，连一道红色批改线都不会有。我花了一年的时间才学会看时间——爸爸曾在厨房的桌边用好几小时来教我，有时，他会绝望地把学校发给我们练习的小钟扔到地上，机芯就会弹出来，那个烦人的小东西就会叮铃铃响个不停——即便到现在，有时候我看向钟表，时针分针仍会变成小蚯蚓的样子，就是我们用干草叉从牛棚后面的地里挖出来做鱼饵的那些蚯蚓。你用食指和拇指捏住它们，它们就会不停地扭动，直到你轻轻拍几下，它们才会安定下来，乖乖地趴在你的手心里，看起来就像范路易克甜品店有卖的红色草莓绳子糖。

"当着别人面说悄悄话是很没礼貌的。"我的妹妹汉娜说道，她坐在餐桌另一边的奥贝旁边,和我面对面。她不喜欢什么的时候,就会把嘴巴往右努。

"有些话太大了,钻不进你的小耳朵。"我还没咽下满满的一口,就回了她一句。

奥贝无聊地用手指搅动着杯中的牛奶,搅起一点奶皮,又飞快地擦在桌布上。它活像一坨白白的鼻涕粘在桌布上。看上去好可怕,我知道明天的桌布有可能会反过来铺,结成硬块的奶皮就会跑到我这边来。那样的话,我会坚决不把自己的盘子放在桌上。我们都知道,餐巾纸只是摆设,吃完早餐,妈妈就把它们压平整,放回厨柜抽屉里。餐巾纸不是给我们的脏手指、脏嘴巴用的。一想到小天使们会被揉成一团,像蚊子一样被我捏死在掌心上,翅膀被折断,或是天使们的白色头发被草莓果酱弄脏,我的心里就会有点难过。

"我必须去外面活动一会儿,因为我看起来太苍白了。"马蒂斯轻声说道。他带着微笑,极其小心地把餐刀插进双味品诺巧克力酱瓶子里的白巧克力部分,以免沾上牛奶巧克力。我们只有在过年过节时才能吃到双味品诺巧克力酱。我们会一连几天翘首以盼,现在,圣诞假期开始了,终于等到了。最美妙的时刻莫过于妈妈扯下瓶口的护膜,把粘连在瓶口的干胶抹净,再让我们看个够:棕色和白色相拼,就像新生小牛身上独一无二的花纹。那一星期里,谁的在校成绩最好,谁就可以第一个享用。我总是轮到最后一个。

我在椅子里前后滑动：我的脚尖还不能完全触及地面。我希望每根脚趾头在室内都很安全，然后去户外四处落脚，跑遍农场，就像把煎香肠片铺满整片面包那样。昨天的每周综述课讲的是南极，老师说有些企鹅去捉鱼，结果再也没回家。虽然我们不住在南极，但这里也很冷，冷到湖面都冻住，牛的饮水槽里也都结满了冰。

我们每个人的餐盘旁边都有两只淡蓝色的冷藏袋。我拿起一只，用疑问的眼神看向妈妈。

"套在你们的袜子外面。"她笑着说道，脸颊上显出了酒窝，"脚就会一直暖暖和和的，还能防湿。"说话间，她还在帮爸爸做早餐，他去帮一头奶牛产犊了；她在每片面包上涂好黄油后，都会用拇指和食指把刀刃刮干净，把黄油都刮到指尖上了，再用刀背刮掉黄油。爸爸大概正坐在挤奶凳上，身旁的奶牛正要排出产仔后的初乳，呼气和香烟混成的云雾升腾在热气腾腾的牛背上。我发现爸爸的餐盘边没有冷藏袋：大概因为他的脚太大了，还因为左脚——他二十岁上下时被联合收割机意外伤到了，左脚变了形。妈妈身旁的桌面上放着银色的奶酪铲勺，她早上检验做好的奶酪的味道时总会用到它。切开一块奶酪前，她会把奶酪铲勺插进正中心，穿破塑料膜，左右扭两下，再慢慢地拔出来。她吃茴香籽奶酪的样子俨如在教堂领圣餐，吃白面包，同样的若有所思，同样的虔诚，慢慢品味，目不转睛。奥贝曾经开玩笑说，耶稣的身体也是用奶酪做的，所以我们每天只能在面包上加两片奶酪，否则，我们很快就会把他吃光了。

妈妈晨祷时"为穷人，也为富人"感谢上帝，"许多人吃着劳碌得来的饭，你却让我们温顺而饱足"。她一说完，马蒂斯就推开椅子，把黑色的皮制冰刀鞋挂在脖子上，把妈妈让他塞进几个邻居信箱的圣诞贺卡放进口袋。他要和几个朋友一起参加本地滑冰比赛，所以打算直奔湖边练习。比赛的路线长达二十英里，获胜者可以得到一盘芥末炖牛乳和一块印有二〇〇〇年记号的金牌。我倒希望能在他头上也套个冷藏袋，绕着他的脖子拉上封条，那样就能更长久地让他暖暖和和。他伸手在我的发间摩挲了几下。我迅速把头发捋回原位，再掸去睡衣上的一些面包屑。马蒂斯总是让他的头发中分，用定型胶固定额前的两缕头发。他的头发就像盘子里打着卷儿的两片黄油；妈妈总是在圣诞节前后做黄油：她觉得从桶里取黄油不是很像过节该做的事。黄油该在平常的日子里去做，而耶稣出生的那天可不是普通的日子，哪怕每年都会来一遍，好像耶稣每年都要为我们的罪孽死一回，我觉得这挺奇怪的。我常常暗地里想：事到如今，他们肯定忘了那个可怜人已经死了很久了。但最好别提这茬儿，要不然，就没有撒满彩糖的饼干吃了，也不会有人再讲东方三王和伯利恒之星的圣诞故事了。

马蒂斯去门厅检查自己的头发，其实在天寒地冻的天气里，头发只会变得石头般硬邦邦的，他的那两缕卷发会变得扁塌塌的，粘在额头上。

"我可以跟你一起去吗?"我问道。爸爸已经把我的木制冰鞋从阁楼里拿出来了,还用冰鞋自带的棕色皮带把冰鞋绑到了我的鞋子上。我已经穿着冰鞋在农场里走动几天了,双手背在身后,刀片上套着保护套,以免在地板上留下划痕。我的小腿很结实。我练得够多了,已经可以不用架着折叠椅就走到冰上去了。

"不,你不能去。"他说完,又压低声音,只让我一个人听到,"因为我们要去另一边。"

"我也想去另一边。"我轻声说。

"等你长大了,我会带你去的。"他戴上羊毛帽,露出笑容。我看见他的牙套上有锯齿形的蓝色橡皮筋。

"我天黑前就回来。"他大声地对妈妈说道。他在门口又转过身来,朝我挥手,后来,我会一直在脑海里回放这一幕,直到他的手臂好像不是自动抬起来的,直到我开始怀疑我们是不是连再见都没说。

2

我们家收不到商业频道，只有荷兰1台、2台、3台。爸爸说，只有这几个台没有任何裸露镜头。他念出"裸"这个字时好像有只果蝇飞进了嘴里——他边说边哕。这个字总会让我想到土豆，妈妈每天晚上削完皮就把它们扔进水里，我想到的就是土豆入水时的咕咚声。我想象得出来：要是你想裸体的人想得太久，你的身上就会长出嫩芽，就像土豆过一段时间就会长出小芽，最后，你就不得不用刀尖把它们从土豆肉里挖出来。我们把分叉的绿芽喂给鸡吃，鸡都抢着吃。我趴在摆电视机的橡木柜前。我在起居室一角生气地踢掉冰鞋时，有只搭钩滚到了橡木柜下面。我太小了，不能去另一边，但在牛棚后的粪沟上滑冰又显得太大了。说实话，那根本算不上滑冰——更像是摇摇摆摆，蹭着冰面走几步，就像落在那里觅食的鹅走路的样子。冰面上一有裂缝，牛粪的臭味就会窜出来，冰鞋刀叶也会变成浅褐色。我们的模样一定很可笑，像一对呆头鹅杵在粪沟上，裹得严严实实的身体在沟渠两边的杂草间来回摇摆，而不是像村里的其他人那样在大湖上滑冰。

"我们没法去看马蒂斯滑冰，"爸爸说了，"有头小牛犊在拉肚子。"

"可你答应过的。"我哭着说道。我都在脚上套好冷藏袋了。

"特殊情况可以从轻处罚。"爸爸说着，把他的黑色贝雷帽檐拉低到眉梢。我点了几下头。对于不可预见的突发情况，我们无能为力，说到底，谁也不能耽误奶牛的事，它们总是更重要。即使在它们不需要任何关照的时候——即使它们吃饱喝足，把笨重的胖身子摊在牛棚里的时候——它们仍是优先考虑的对象。我闷闷不乐地抱着胳膊。我穿着绑带冰鞋所做的练习都白费了，我的小腿肚甚至比门厅里那个和爸爸一样高大的耶稣瓷像还要硬实。我故意把冷藏袋扔进了垃圾桶，把它们深深地塞进咖啡渣和面包硬皮里，这样就不会像餐巾纸那样被妈妈重复使用了。

柜子下面有积灰。我找到了一只发夹、一颗干透的葡萄干和一块乐高积木。每当有亲戚串门或归正宗教会的长老来家访时，妈妈都会把柜门关上。绝对不能让他们看出来我们会在晚上让自己偏离神的道路。星期一，妈妈总是看一个叫《行话比赛》的问答节目。我们都不得不像老鼠一样安静，好让她站在熨衣板后面猜单词；每一次公布正确答案时，我们都会听到熨斗发出的嘶嘶声，伴随着蒸汽盘旋升腾。那些词通常都是《圣经》里找不到的，但妈妈好像都知道。她称它们为"脸红词"，因为有些词会让你脸红。奥贝曾经告诉我，屏幕变黑时，电视就是上帝的眼睛，妈妈关上柜门就是说她不希望上帝看到我们。她可能觉得我们挺丢人的，因为我们时常会在《行话比赛》没开播的时候说出"脸红词"。她试图用绿肥皂把它们从我们嘴里洗掉，如同洗去我们像模像样的校服上的油渍和泥渍。

为了找搭扣，我在地板上摸索。从我趴着的地方可以看到厨房。爸爸的绿色长筒靴突然出现在冰箱前，靴筒上粘着一些稻草和牛屎。他肯定是为了再拿一把胡萝卜缨子进来的，缨子就在冰箱的蔬菜抽屉里。他用放在工装裤胸袋里的马蹄刀把叶子割了下来。这几天，他一直在冰箱和兔棚间往返。他还带走了汉娜过七岁生日时剩下的那一小块奶油——每次打开冰箱看到它都会让我馋得流口水。我忍不住，就偷偷地用指尖刮掉一点粉色糖霜，放进嘴里。奶油在冰箱里越放越稠，我就用手指头捅出了一条小隧道，指尖好像戴上了一顶黄色的小帽子。爸爸没有注意到。"他要是一门心思做一件事，就没别的事能让他分心。"外婆曾这样说过，她算是我们家最虔诚的人了，所以我有理由猜想他是在喂我的兔子迪沃恰，隔壁邻居黎恩送给我的，要用作两天后的圣诞大餐。他通常不会插手兔子的事——兔子只是出现在餐盘里的"小家畜",而他只喜欢那些能占据他整个视野的大动物,我的兔子连他视野的一半都填不满。他以前说过,颈椎骨是浑身上下最容易折断的部分——我能在脑海中听到那些骨头断掉时的咔嚓声,就是妈妈在平底锅上掰断一把意式细面时的那种声响——最近,我们家的阁楼上出现了一根带套索的绳子,就挂在椽子上。"那是用来做秋千的。"爸爸说是这样说,但等到现在也没有秋千。我不明白为什么绳子会挂在阁楼里,而不是放螺丝刀和他收集的螺栓的工具棚里。也许,我想,爸爸想让我们看看,也许我们犯下罪过,那种事就会发生。我粗略地想象了一下:我的兔子被吊在阁楼的绳索上,就在马蒂斯的床后面,兔子的脖子断了,爸爸就可以更容易地剥它的皮。兔皮被剥下来的时候,大概就像妈妈早上用土豆刀剥掉煎好的大香肠皮那样,只不过,他们会把迪沃恰放在煤气炉上的大砂锅里,浸在一层黄油里,整栋房子里都能闻到烤兔肉的香味。所有人都能远远地闻到穆尔德一家人的圣诞大餐已准备就绪;我们都知道不该倒自己的胃口。我注意到,以前我必须节约饲料,但现在我可以喂给兔子整整一勺,外加胡萝卜缨子。尽管它是公的,但我还是以儿童电视频道里的卷发女主持人的名字给它取了名字,因为我觉得她特别好看。我想把迪沃恰列在我想要的圣诞礼物清单的头一个,但因为没在任何一种玩具分类中找到她,只好先等等。

　　我的兔子不仅仅得到了单纯的慷慨,我敢肯定还有别的计划在进行中。正因为如此,早餐前,我和爸爸在一起把牛赶进棚进行冬季养护时,我才会建议用别的动物。当时我手拿一根棍子在赶牛。最好的赶法就是打牛的侧腹,它们就会不停地走。

"我们班里的别的孩子吃鸭肉、野鸡或火鸡,把土豆、韭菜、洋葱和甜菜塞进它们的肚子里,直到塞不下为止。"

我瞥了一眼爸爸,他点了点头。我们村里有各种各样的点头。点头本身就是让你与众不同的一种方式。我现在都明白了。爸爸这样点头,通常是在牛贩子开的价格太低,而他不得不接受的时候,因为那可怜的牲口有毛病,不卖出去,就会永远是他的负担。

"这里有很多野鸡,尤其是在柳树林里。"我说着,瞟向农场左侧杂草丛生的那边。有时候,我会看到野鸡在那些树上,或是坐在树下的地上。它们看到我,就会像块石头一样让自己掉到地上,然后就待在原地装死,直到我走开。等我走了,鸡头又会突然弹起来。

爸爸又点了点头,用他手中的棍子敲打地面,让牛群走快点,还吆喝着"呦——走"。那天聊过之后,我在冰箱里找了找,但在一包包混合碎肉和蔬菜汤中,没有找到鸭子、野鸡或火鸡。

爸爸的靴子又从视野中消失了,只剩几根稻草残留在厨房地板上。我把搭扣放进口袋里,只穿着袜子上楼,回到我的卧室,那儿可以俯瞰到农场的庭院。我蹲坐在床沿上,回想我们把牛赶进棚后又走回草甸去检查捕鼹鼠的陷阱时，爸爸是怎样把手搭在我头上的。如果陷阱里空空如也，爸爸的双手就会直挺挺地塞在裤袋里：一无所获，不值得忙活；要是陷阱里有东西，就要用生锈的螺丝刀从捕兽爪上把扭折的、血淋淋的尸体撬出来，我会弯下腰做这件事，爸爸就看不到我哭了——看到毫无戒备地落入陷阱的小动物，我的泪水就会顺着脸颊流下来。我想象爸爸怎样用那只手拧断我的兔子的脖子，就像拧开有儿童防护闸的氮气罐：只有一种正确的手法。我想象着妈妈把我失去生命的宠物摆在银色餐盘上，那是她在主日去教堂做礼拜后做俄罗斯沙拉用的盘子。她会先铺一层野苣，把它放上去，再用小黄瓜、西红柿块、胡萝卜碎和一束百里香加以点缀。我看了看我的手，看着凌乱的掌纹。它们还是太小了，除了拿东西做不了别的事。它们依然能塞进爸爸妈妈的手里，却包不住爸爸妈妈的手。这就是我和他们的区别——他们可以用手掐住兔子的脖子，也可以拢住刚在盐水中翻动过的奶酪。他们的手总是在寻找什么，如果你不再能够温柔地握住一只动物或一个人，那就最好放手，把注意力转移到其他有用的东西上。

我把额头抵在床沿上，一点一点用力地压下去；我感觉到冰冷的木头压在皮肤上，再次闭上了眼睛。你必须在黑暗中祈祷，有时这会让我觉得很奇怪，大概祈祷就像我的夜光羽绒被：只有在足够黑暗的时候，星星和行星才能发出光芒，保护在黑夜中的你。上帝肯定也是这样工作的。我把交叉在一起的双手搁在膝头。一想到马蒂斯即将在冰面上的某个摊位边喝上热巧克力,我就生气。我想起他滑冰时冻红的脸颊,又想到明天冰封即将融化,天气开始变化:卷发主持人已经在节目中提醒过了,屋顶可能变得很滑,圣诞老人没法从烟囱里下来,还会有雾,说不定会让圣诞老人迷路,马蒂斯也可能迷路,哪怕那只能怪他自己。有那么一会儿,我盯着面前的自己的冰刀鞋,已经上了油,收进盒里,准备放回阁楼上去。我想到自己还太小,很多事都做不了,但也从没有人跟你说过:要长到门柱上的多少厘米才算长大,才够大?我问上帝,难道他非要带走我的兔子吗,不可以用我哥哥马蒂斯去换吗?"阿门。"

| 3 |

"但他没死。"妈妈对兽医说着,从浴池边站起身,从一块淡蓝色的法兰绒布里抽出手来。她刚打算给汉娜洗屁股,不洗干净的话,她就有可能生寄生虫。那种虫会在你身体里钻出小洞,就像卷心菜叶上的虫洞那样。我已经够大了,可以确保自己不长虫,兽医连门都没敲就闯进浴室后,我用胳膊抱住膝盖,让自己看起来没那么赤裸裸。

他急匆匆地说道:"在很远的另一边,因为有航道,那儿的冰层太脆弱了。他在最前面滑了很久,大家都看不见他了。"我立刻听出来这不是在说我的兔子,它像往常一样坐在笼子里,啃着胡萝卜缨子。而且,兽医的口吻很严肃。他经常来我家谈奶牛的事。来我家不谈奶牛的人并不多,但这次感觉不太对劲。

他压根儿没提牛,一次都没有,甚至当他问起牲口的情况时——其实就在问我们这些孩子好不好——都没提到奶牛。他垂下头时,我直起上半身,好从浴池上方的小窗口看出去。天色已暗,快黑了,像一群身穿黑衣的教堂执事走近我家,越来越近,近到最后可以拥抱我们,亲自把每一个夜晚带到这里来。我告诉自己,马蒂斯忘了时间:这对他来说并不稀罕,所以爸爸才会送他一块带夜光表盘的手表,他大概不小心戴反了,也可能,他还在派送圣诞卡?

我重新沉入洗澡水里,下巴搁在湿漉漉的手臂上,透过睫毛的隙缝望着母亲。最近,我们在前门的信箱外加装了一个类似刷子的挡风板,这样就不会觉得屋里漏风了。我有时会透过它的隙缝往屋外看,就像现在我透过睫毛的隙缝去看,我有个想法,我认为妈妈和兽医都没有意识到我在偷听;我可以在想象中抹去妈妈的眼睛和嘴巴周围的纹路,因为它们不该在那里出现,我还可以用拇指在她脸颊上按出酒窝。我妈妈不是那种喜欢点头的人,她有很多话,点头不够用,但现在她只是点头,我生平第一次想到:请你说点什么吧,妈妈,哪怕说些收拾房间的事,说说又拉肚子的小牛,说说后几天的天气预报,说说一直卡住的卧室门,说说我们的表现是多么不知好歹,说说我们嘴角干结的牙膏渍。她什么也没说,只是盯着自己手里的绒布。兽医从水槽下面拉出脚凳,坐了下来。凳子被他的体重压得嘎吱响。

"埃弗森把他从湖里拉出来了。"他停顿了一会儿，看看奥贝，再看向我，然后说道，"你们的哥哥死了。"我不去看他，掉转视线去看挂在水槽边的挂钩上的毛巾，因为天冷，毛巾都硬邦邦的。我想让兽医站起来，说这一切都搞错了，儿子和奶牛没多大区别：就算它们去了茫茫大世界，也总会在日落前回到棚里，等着被喂饱。

"他出去滑冰了，很快就会回来的。"妈妈说。

她把绒布凑在洗澡水上面挤成一团，挤出来的水溅出一个圆环。妈妈撞到了我支起的膝盖。为了给自己找点事做，我让乐高玩具小船飘荡在妹妹汉娜推出的波浪上。她没有听懂刚才的那些话，我意识到我也可以假装自己的耳朵被堵住了，被打成了一个死结。洗澡水开始变凉，已经不热了，没等我反应过来，我就尿出来了。我看到土黄色的尿滋出一股云雾般的漩涡，渐渐融进水里。汉娜没有注意到，否则她会立刻尖叫着跳起来，骂我是个脏女孩。她正抱着一只芭比娃娃，娃娃露在水面上。她说过："要不然她会淹死的。"那只娃娃穿着条纹泳衣。我曾把手指伸到泳衣下面，摸了摸它的塑料奶头，没人发现我那样做。它们摸上去比爸爸下巴上的痘痘更硬一点。我看向汉娜的裸身，她的和我的一样。但奥贝的不一样。他站在浴池旁边，还穿着衣服；他刚才一直在跟我们描述电脑游戏，他在游戏里射杀的人会像大番茄一样爆开。他要等我们洗完才能洗。我知道他下面有个尿尿用的小水龙头，那下面还有一团东西很像火鸡脖子上的红色肉垂。有时我会担忧,他那儿明明挂着什么东西,却没人谈论。也许他病得很重呢。妈妈称它为"小田螺",但实际上呢?真正的名称很可能是"癌",她不想吓唬我们,因为我们家不太虔诚的奶奶就死于癌症。她死之前刚好做了蛋奶酒。爸爸说,他们发现她的时候,奶油已经凝结了,每当有人死去,不管在不在意料之中,一切都会凝结,那几个星期里,我始终无法入睡,因为我一直能看到奶奶在棺材里的脸,她半张着的嘴,蛋奶酒从她的眼窝和毛孔里渗出来,像蛋黄一样稀薄。

妈妈拉着我和汉娜的上臂,把我们从浴缸里拖出来,她的手指在我们的皮肤上留下了白色的印迹。通常,她会在我们身上裹好毛巾,检查我们从头到脚是不是都擦干了,这样我们才不会生锈,或者更糟,像浴室瓷砖缝隙里那样长出霉菌,但现在她只是让我们站在浴垫上,牙齿咯咯打战,我的胳肢窝里还留着肥皂沫。

"把自己好好擦干。"我悄悄地对浑身颤抖的妹妹说道,递给她一条硬邦邦的毛巾,"否则我们等会儿就不得不给你除水垢了。"我弯下腰去检查我的脚趾,也就是霉菌会最先滋生的地方,而且,这样一来就不会有人看到我的脸颊红彤彤的,像两只火球牌太妃糖那样红。**一个男孩和一只兔子赛跑,每小时要跑多少英里才能获胜?**我听到脑袋里的老师在提问,还用他的教鞭戳了戳我的肚子,逼我回答。检查完脚趾头后,我又迅速检查了手指头——爸爸有时开玩笑说，假如我们在浴缸里泡得太久，皮肤就会松脱，他就要把我们的皮钉在工棚的木墙上，紧挨着被剥下的兔子皮。我再次站直身体后就用毛巾裹住自己，就在这时，爸爸突然出现在兽医身边。他在发抖，工装裤的肩头有雪花，他的脸色惨白。他一次又一次朝自己拢合的双手里哈气。一时间，我首先想到的是老师跟我们讲过的雪崩，虽然在荷兰乡村里绝对不会有雪崩。我刚反应过来不可能有雪崩时，爸爸就哭了起来，奥贝左右摇晃着脑袋，像雨刮器一样甩掉眼泪。

在妈妈的请求下，隔壁的黎恩当晚就撤走了圣诞树。我和奥贝坐在沙发上，躲在睡衣上的波特和恩尼①的开心笑脸后面，哪怕我的恐惧远远盖过了他们的快乐。我把两只手的手指交叉起来，假如你在学校操场上不小心说错了话，或是想撤回自己的承诺或祈祷，你也会那样绞手指。我们悲伤地看着那棵树被抬出房间，一路洒落闪粉亮屑和松针。直到那时，我才感到胸口像被刺中了，听到兽医带来的消息时都没那么痛。马蒂斯肯定会回来的，但圣诞树不会了。几天前，爸爸妈妈才允许我们用胖乎乎的小圣诞老人、闪片亮球、天使、珠串和花环形的巧克力来装饰圣诞树，一边忙活，一边听鲍德温·代·格罗特的

---

① 《芝麻街》里的两只玩偶动漫人物。

《吉米》专辑。我们都能背出歌词，也会跟着唱，就等着某些句子出现，好唱出那些平时不许我们用的词汇。现在，我们透过起居室的窗户，看到黎恩用独轮手推车把圣诞树倾倒在路边，还用橙色的油布盖住了，只有那颗银色的星星伸在油布外面，他们忘了把它摘下来。我没有提醒他们，因为，我们连圣诞树都没了，要星星还有什么用呢？黎恩把橙色油布整理了几遍，好像它的样子会改变我们的视野，甚或我们的处境。就在不久前，马蒂斯还曾用那辆独轮手推车推着我到处跑。我不得不用两只手抓住车斗，那辆车的车身覆了一层薄薄的干结的牛粪。当时我注意到，因为越推越累，他的背越来越弯，好像要一头扎进地里去。哥哥突然加速冲刺，让我在颠簸中一次比一次颠得更高。但现在我想到，应该反过来才对。应该由我推着马蒂斯在庭院里转悠，嘴里模仿发动机的声响；哪怕他太重了，没法把他扔到路边，像死牛犊那样被盖上橙色油布，然后被垃圾车收走，我们就可以把他忘掉。第二天他就会重生，没什么能让这个夜晚与其他所有的夜晚有任何不同。

"天使都是裸着的。"我悄悄地对奥贝说。

它们都躺在我们面前的矮柜上，旁边是糖衣已融化的星状巧克力。这些天使的小田螺前面没有小喇叭，也没有槲寄生。爸爸大概没注意到它们都没穿衣服，否则，他肯定会把它们全都包回银色包装纸里。我曾经掰断一个天使的两只翅膀，想看看它们会不会再长出来。上帝肯定能让翅膀长回来。我想看到某种迹象，能证明他存在，而且大白天也能让我们有求必应。在我看来，这个想法挺明智的，因为只有这样，他才能眼观六路耳听八方，能照顾到汉娜，别让奶牛有产乳热，也别让牛乳房感染。结果什么事都没发生，翅膀断掉的地方仍然是一片显眼的白癜，我就把那位天使埋到了菜园里，埋在两株没人要的红洋葱之间。

"天使一直都是裸着的。"奥贝低声回道。他还没洗澡，毛巾搭在脖子上，他紧紧地抓住毛巾的两端，好像准备去打架。融入我的尿的洗澡水现在肯定像石头一样冰冰凉了。

"它们不会着凉吗？"

"它们的血是冷的，就像蛇和水蚤一样，所以不用穿衣服。"

我点了点头，但当隔壁的黎恩进来时，我飞快地用手遮住某个天使的陶瓷小鸡鸡，以防万一。我听到她在门厅里蹭鞋底，蹭得比平时久一点。从现在开始，来我们家的每一个客人都会用更长的时间去蹭鞋底，哪怕没那个必要。一开始我就发现了，死亡会要人们去留意微小的细节，以便延缓痛苦，比如妈妈会去检查自己的指甲缝里有没有做奶酪时用的凝乳酵素。有那么一瞬间，我希望黎恩带着马蒂斯一起进屋来，原来他一直躲在草甸那边的空心树里，现在他闹够了，户外的温度已经降到零度以下，他只好爬出来了。风吹出的裂口会被冰封，自动愈合：我哥哥没办法在裂洞下找到出路，只能独自在彻底的漆黑中，在整个湖里到处摸索。就连滑冰俱乐部用的探照灯现在也关掉了。黎恩蹭完鞋底后，和妈妈说了些什么，她的声音很小，我听不见。我只能看到她的嘴唇在动，妈妈紧闭的嘴唇皱缩着，像两条交配着的蛞蝓。反正没人注意，我就任凭自己的手从天使的小鸡鸡上滑下来，望着妈妈进了厨房，又往她的发髻里插进一只发卡。她越插越多，像是要想把她的整个脑袋固定住，那样才不会突然弹开，暴露出脑袋里面发生的一切。她带着圣诞饼干回到起居室。那是我们一起在市集上买的。我一直好想吃到那种饼干酥脆的内心，一咬就会碎成糖屑，但妈妈把它们都给了黎恩，还有冰箱里的米布丁，爸爸从肉铺买来的肉卷，甚至还有那卷八十米长、红白相间的绑肉绳。我们本可以把那卷绳子缠在自己身上，这样我们就不会一片一片地松散开了。后来，我时常去想，空无就是从这时开始的。不是因为马蒂斯的死，而是因为那两天的圣诞节是在空空如也的平底锅和俄罗斯沙拉盘里流逝的。

| 4 |

我哥哥的棺材放在前厅。棺材是橡木做的，前面有个小窗口，往下看就能看到他的脸，棺材外面有金属把手。他已经在那里躺了三天了。第一天，汉娜用指关节敲了敲小窗的玻璃，小声地说："好了，我已经受够了——马蒂斯，别闹了。"她一动不动地又等了一会儿，好像担心周围安静得不够彻底，要是他说起悄悄话，她就会听不到。等不到回答后，她又回到沙发后面玩她的娃娃去了，瘦弱的身体像蜻蜓一样颤抖着。我很想用食指和拇指把她夹起来，朝她哈气，让她暖和起来，但我不能告诉她，马蒂斯会永远这样睡下去，从今往后，我们只能隔着心里的小窗口看到哥哥。除了不太虔诚的奶奶，我们不知道还有谁会永远睡下去，虽然到最后，我们都会再次起身。"我们

按照上帝的旨意生活。"更虔诚一点的外婆常常这样说。早上起床的时候，僵硬的膝盖让她很苦恼，口臭也是，"好像我吞了一只死麻雀"。那只鸟和我哥哥都不会再醒来了。

棺材放在铺有白色钩针桌布的矮柜上，那块桌布通常是过生日时才拿出来用的，上面通常会摆上奶酪棒、坚果、玻璃杯和潘趣酒，现在也像在生日派对上那样，大家围着它站成一圈，鼻子捂在手帕里或是别人的脖颈间。虽然他们说的都是我哥哥的好话，但死亡的感觉仍是丑恶的，一如我们在生日派对后几天在椅子后面或电视柜下面找到的遗落的油莎豆，很难消化。棺材里的马蒂斯的脸像是用蜂蜡做的，那么光滑，紧绷。为了让眼睛闭牢，护理者们在他的眼皮下粘了纸巾，我却更希望那双眼睛能睁开，我们就能互相多看一眼，让我确定自己没有忘记他眼睛的颜色，让他别忘记我。

第二拨访客走后，我试着拨开他的眼皮，那让我想起在学校用纸张做的耶稣诞生布景，我用彩色纸巾做彩色玻璃，还有玛丽和约瑟夫的人形。圣诞早餐时，在他们身后点亮一盏茶灯，纸巾就会亮起来，耶稣就能在灯火通明的马厩里诞生了。但我哥哥的眼睛暗淡，灰蒙蒙的，没有彩色玻璃上的那种图案。我动作很快，让那眼皮再次耷拉下来，再关上小玻璃窗。他们还试图复原我哥哥用发胶固定的那两缕刘海，但它们像枯萎成土色的豌豆荚垂挂在他的额头上。妈妈和外婆给马蒂斯穿上了牛仔裤和他最心爱的毛衣，大大的 HEROES 字样贯穿蓝绿相间的毛衣前胸。我在书上读到的大部分英雄都能安然无恙地跳下摩天高楼，或是下到地狱，顶多会有几道擦伤。我不明白马蒂斯为什么做不到这样，为什么他从今往后只能在我们的念想里永生。有一次，他赶在联合收割机开到前救下了一只苍鹭，要不然，那只鸟就会被碾成碎片，裹在一捆干草里，喂给奶牛吃。

外婆帮他穿衣服的时候，我就躲在门后，听到她对哥哥说："你总是要往暗处游。你是知道的，对吗？"我自己是想象不出来怎样朝暗处游的。这和颜色差异有关。当冰面上有雪时，你必须找有光亮的地方，但当冰面上没有雪时，冰就会比洞口的颜色浅，你就必须向暗处游。这是马蒂斯亲口告诉我的，那天他去滑冰前来到我的卧室，穿着袜子，向我展示如何让双脚滑向彼此，再远离彼此。"就像驾驭两条鱼那样。"他说。我坐在床上看他示范，舌头抵住上颚，弹出嗒嗒声，就像电视上的冰鞋穿过冰面时的声响。我们喜欢这种声音。现在，我的舌头蜷缩在嘴里，像湖中一条越来越危险的航道。我再也不敢发出嗒嗒的声音了。

外婆拿着一瓶液体肥皂走进了前厅——也许这就是他们要在他眼皮下放纸巾的原因，以免肥皂渗进去，刺痛他。等他们把他收拾好了，可能又会把垫好的纸巾拿走，就像我的耶稣诞生布景中的茶灯，吹灭后，玛丽和约瑟夫就能继续他们的生活了。外婆把我拉到她的怀里，抱了我一会儿。她闻起来有加了火腿和糖浆的初乳煎饼的味道；厨台上还有一大堆午餐剩下的煎饼，用黄油煎得油腻腻的，边缘脆脆的。爸爸问，是谁在他的煎饼上用树莓果酱、葡萄干和苹果画了一张脸，他看向我们，一个一个看过来。他的目光停在对他微笑的外婆身上，她的笑脸和他煎饼上的一样开心。

"可怜的小伙子收拾得挺好。"

她脸上的褐色斑点越来越多了，就像她切好、用作煎饼笑脸上的嘴巴的那片苹果。老到最后，你就会熟过头。

"我们不能把卷好的煎饼也放进去吗？放在他旁边？那是马蒂斯最爱吃的。"

"那样只会留下味道。你想把虫子招来吗？"

我把头从外婆胸前移开，去看放在楼梯第二级台阶上的盒子，所有天使都在那只盒子里，准备放回阁楼。他们允许我用银色包装纸把它们一个一个面朝下包好。我还是没哭。我试过了，但每次都哭不出来，哪怕我把马蒂斯落到冰面下的场景想得非常细致也不行：他的手在冰上摸索，想要找到光亮或黑暗的方向，他的衣服和冰鞋在水里变得沉重。我屏住呼吸，却连半分钟都屏不了。

"不。"我说，"我讨厌那些愚蠢的虫子。"

外婆对我微笑。我想让她别笑了，我想让爸爸拿叉子对准她的脸，就像对他的煎饼那样，把一切捣烂。直到她独自在前厅时，我才听到她压抑的抽泣声。

随后的那几晚，我一直偷偷溜下楼，去检查哥哥是不是真的死了。下楼前，我会躺在床上扭来扭去，要不就"做蜡烛"——这是我自己起的名字：把双腿抬高，用双手撑住屁股。早上，他的死似乎是显而易见的事，但只要天一黑，我就会开始生疑。要是我们检查得不够彻底，他在地底下醒来了，那该怎么办？每一次，我都希望上帝改变了主意，别理睬我的祈祷，我祈求他保护迪沃恰的那次，就像上次——那时我应该是七岁左右——我求他给我一辆新自行车：红色的，至少有七个挡位，还要有双悬架，配软坐垫，只有这样，我放学时不得不在大风中骑车回家时才不会硌痛胯部。我压根儿没得到那种自行车。如果我现在下楼，我希望，躺在床单下面的不是马蒂斯，而是我的兔子。当然，我会很伤心，但那不一样，和我在床上努力屏住呼吸，试着去理解死亡时额头上的血管狂跳不已的感觉不一样，和我做蜡烛做得太久，血液像蜡一样涌到我头里的感觉也不一样。最后，我会让双腿放回床垫上，谨慎地打开卧室门。我蹑手蹑脚地走到平台，再走下楼梯。爸爸已经赶在我前头了：透过栏杆，我看到他坐在棺材旁的椅子上，头垂在玻璃小窗上。我在高处往下看，看到了他凌乱的金发，他的头发总有奶牛的味道，即使他刚洗过澡也是。我看着他弯下的上身。他在发抖；他往睡衣领圈边蹭鼻涕时，我心想，鼻涕干了就会让睡衣变得硬邦邦的，和我外套的袖口一样。我看着他，开始觉得胸口隐隐刺痛。我想象着自己正在看荷兰1台、2台、3台，如果实在看不下去了，随时都能切换频道。爸爸在那儿坐了很久，我的脚都凉了。等他把椅子推回去，回到床上后——爸爸妈妈有一张水床，爸爸现在就会沉到床里去了——我才把剩下的楼梯走完，坐到他的椅子上。椅子还是温热的。我把嘴贴在小窗上，假装那就是我梦里的冰，然后吹了口气。我尝到了父亲眼泪的咸味。马蒂斯的脸色像茴香籽一样白里透青；他的嘴唇发紫，因为有冷藏机器让他保持冰冻状态。我想把它关掉，这样他就可以在我的怀里变回又暖又软的，我可以把他抱上楼，我们就能乖乖上床去，就像有些时候，爸爸会因为我们调皮捣蛋就罚我们上楼，不许吃晚饭，直接上床。我会问他，以这样的方式离开我们，真的正确吗？

　　第一夜，他在前厅的棺材里，爸爸看到我双手抓着栏杆坐在楼梯上，头从两根栏杆间伸出来。他闻了闻说："他们在他的屁股里塞了棉絮，以免他的屎流出来。他的身体里面肯定还是暖的。这让我感觉好多了。"我屏住呼吸，开始数数：窒息三十三秒。要不了多久，我就能屏足够久的气，足够我把马蒂斯从睡梦中捞出来，就像我们用渔网从牛棚后面的沟里把蛙卵捞出来，养在桶里，直到它们变成蝌蚪，再慢慢地长出尾巴和腿，马蒂斯也会慢慢地从死气沉沉变成活蹦乱跳。

　　第三天早上，爸爸在楼梯底问我要不要和他一起去农夫扬森家取些做牛饲料的甜菜，然后播撒到新的地里。我更想和哥哥待在一起，以便确定他不会在我不在身边的时候化掉，像雪花一样，从我们的生活中消融殆尽，但我不想让爸爸失望，所以我把红外套披在连身工装裤外，把拉链拉到底，抵到下巴。拖拉机太老了，每一次颠簸都让我前摇后晃，我只好紧紧抓住敞开的车窗边缘。焦虑间，我朝爸爸瞥了一眼：他的脸上还留有睡痕，水床在他的皮肤上留下了河流，带来某种湖泊的联想。妈妈上下波动的身体让他无法入睡，他自己上下波动的身体也让他无法入睡，落入水中时身体起伏的念头也一样。明天他们要买一个普通的床垫。我的肚子里翻江倒海。

"我要大便。"

"你在家的时候干吗不去？"

"那时候我还不想拉。"

"这不可能，你会先有感觉的。"

"但这是真的。我觉得我要拉肚子了。"

爸爸把拖拉机停在田里，关掉了发动机，伸出手，帮我推开了我这边的车门。

"蹲到那边的树下去，那儿有灰堆。"

我飞快地爬下驾驶室，脱下外套，再把我的连身工装裤和内裤脱到膝盖上。我想象了稀屎喷溅在草地上的样子，很像奶奶把焦糖糖浆淋在米布丁上的样子，然后夹紧了屁股。爸爸靠在拖拉机的轮胎上，点起一支烟，看着我。

"你再磨蹭一会儿，鼹鼠就会在你的屁股里钻洞啦。"

我开始冒汗,想象着爸爸之前提过的棉絮,想象着我哥哥下葬后,鼹鼠会钻进他的身体,想象着它们以后也会把我身体里的一切挖出来。我的屎属于我,但一旦落进草叶间,它就归这个世界所有了。

"用点力。"爸爸说。他走过来,递给我一张用过的纸巾。他的眼神很严厉。我不习惯他露出这种表情,尽管我知道他讨厌等待,因为那意味着他得站在原地等太久,那会让他陷入沉思,然后他就会抽更多烟。这个村庄里,没有人喜欢沉思:庄稼可能枯萎,我们只知道从大地上收获了什么,却不了解在我们内心生长的东西。我吸进爸爸的烟,这样一来,他的忧虑就能变成我的忧虑。然后,我飞快地祈祷,请求上帝答应我:等我长到够大了,能帮蟾蜍迁移了,他不会让我因为吸入二手烟而得癌症。"义人顾惜他牲畜的命。"我在《圣经》上读到过这句话,所以就疾病而言,我现在是安全的。

"现在又没感觉了。"我说着,把内裤拉起来,把工装裤穿好,再套上外套,把拉链拉到下巴。我可以憋住我的屎。从现在开始,我不必失去任何我想保留的东西。

爸爸把烟头踩灭在鼹鼠丘上。"多喝水,这对小牛犊也有用。不然的话,早晚有一天会从另一个出口冒出来的。"他把手搭在我头顶,我尽量挺直身体,顶着他的手往前走。现在,我的上下两端各有一件事需要我小心对待。

我们走回拖拉机旁。那块新地比我还老,大家却仍叫它

"新"地。这就好像以前有个医生住在堤底,现在那儿已变成游乐场了,还有个凹凸不平的滑梯,但我们相约去玩时还是叫它"老医生家"。

"你觉得虫子和蛆会吃掉马蒂斯吗?"我们往回走的时候,我问爸爸。我不敢看他。爸爸曾经念过《以赛亚书》里的一段话,"你的威严和琴瑟的声音都下到阴间。你下面铺的是虫,上面盖的是蛆",现在我担心这种场景也会发生在我哥哥身上。爸爸拉开拖拉机的车门,没有回答我。我狂热地幻想起来,想象着哥哥身上满是洞眼,活像种草莓用的木垫。

我们到甜菜园时,有的甜菜已经烂了。我拔出几株来,像脓一样黏糊糊的白浆都粘在我手指上了。爸爸看也不看一眼就把它们甩过肩头,扔进车斗里。它们砰砰落地的声音闷闷的。只要他看我一眼,我就觉得脸颊发烫。我心想,我们必须规定好爸爸妈妈在什么时段不能看我,就像规定看电视的时段那样。也许这就是那天马蒂斯没有回家的原因——因为电视柜的门关上了,没有人照看我们。

我不敢再问爸爸任何关于马蒂斯的事,把最后一个甜菜扔进车斗后,就进了驾驶舱,在他身边坐好。后视镜上方锈迹斑斑的车身上有张贴纸,上面写着:挤奶牛的奶,别挤农夫的。

回到农场,爸爸和奥贝把深蓝色的水床拖到了屋外。爸爸拉下排水口和安全阀,把水排到庭院里。没过多久,地上就结了一层薄冰。我不敢站在冰上,生怕自己滑倒。深色床垫像真空密封咖啡袋那样慢慢地瘪下去。然后，爸爸把水床卷了起来，放在路边，紧挨着装着圣诞树的手推车，周一，它们都会被废品回收公司拖走。奥贝用胳膊肘推了推我，说："来了。"我盯着他指的地方，看到黑色灵车驶过堤坝，像只大乌鸦向我们而来，越来越近，然后左转，开进农场，碾过水床的水结出的冰，冰层果然裂开了。伦克马牧师和我的两个叔叔一起下了车。爸爸选了他们，还有农夫埃弗森、农夫扬森，一起把橡树棺材抬进灵车，后来，当大家唱起416号赞美诗时再抬进教堂，伴奏的就是马蒂斯多年来担任长号手的那支乐队，那天下午唯一正确的事：英雄总是被高高托起。

第二部分

| 1 |

　　凑近了看，蟾蜍身上的疣很像刺山柑。做香料用的那种绿色小花蕾。我讨厌刺山柑的滋味。用拇指和食指夹爆一颗，就会冒出来一些酸溜溜的东西，和蟾蜍的毒腺一个样儿。我用棍子戳了戳肉乎乎的蟾蜍屁股。有一条黑色的条纹纵贯它的背部。它没动弹。我用了点力去戳，看到棍尖周围的粗糙皮肤皱缩起来；有那么一会儿，它光滑的肚皮碰到了被春天第一缕阳光照暖的柏油路，它们很喜欢蹲在那种地方。

　　"我只是想帮你。"我悄声说道。

　　我把归正宗教堂送给我们的灯笼放到路面上，就放在我脚边。灯笼是白色的，中间有凸出来的褶纹。"上帝的话是你们脚前的灯，是你们路上的光。"伦克马牧师把灯笼分发给孩子们时这样说道。还不到八点钟，我的蜡烛已经烧掉一半了。我希望上帝的话别这样消退。

在灯笼烛光的映照下，我看到蟾蜍的前脚没有蹼。也许被苍鹭啄掉了，也可能它天生就这样。也许就像爸爸的跛足，他拖着那条腿在农场庭院里走来走去，就像拖着那些垒在青贮堆那儿的长管状沙袋。

"每个人都可以拿一块星河巧克力夹心糖，还有果汁。"我听到身后有个教会的志愿者说道。一想到要在没有厕所的地方吃星河巧克力，我的胃里就犯恶心。你永远不知道会不会有人在果蔬汁旁打喷嚏，或是吐口水，也不知道他们有没有检查过星河巧克力是不是过期了。麦芽牛轧糖外面的巧克力可能已经变白了，你吃坏肚子时脸色也会那样白。我非常确信，变白之后，死亡就会紧跟而来。我试着忘掉星河巧克力。

"如果不快点，你的背上就不止有一道条纹，还会有轮胎印了。"我轻轻地对蛤蟆说。我蹲得膝盖都开始疼了。蟾蜍还是一动不动。另一只蟾蜍想爬上它的背，使劲地用前腿撑在它的胳肢窝下，但老是滑下来。它们大概和我一样怕水。我又站起身来，提起灯笼，趁没人注意时飞快地把两只蛤蟆扫进衣兜里，然后在人群中寻找穿荧光背心的那两个人。

妈妈非要我们穿。"不然你们自己也会像被碾死的蟾蜍那样被轧扁。谁也不想那样。这种背心会把你们变成灯笼。"

奥贝闻了闻荧光布的味道。"我才不穿那个呢。穿上这些脏兮兮有汗臭的塑料袋,我们会像十足的白痴一样。别人都不会穿防护背心的。"

妈妈叹口气。"我总是好心做错事,对不对?"她的嘴角耷拉下来。最近,她的嘴角总是往下掉,好像挂有水果形的吊锤,就是户外桌布配套的那种防风小重物。

"你说得都对,妈妈。我们当然会穿的。"我说着,做手势招呼奥贝来穿。这种背心只有在小学毕业那年参加自行车能力测试时才会让小孩子们穿,妈妈负责监督测试。就在村里唯一的十字路口,她坐在钓鱼椅上,摆出关切的表情,抿紧嘴唇——像一朵不肯绽放的罂粟花。她的任务是检查小学生有没有伸出手臂示意转弯,能否安全地通过十字路口。我第一次为妈妈感到羞惭就是在那个十字路口。

一件荧光背心向我走来。汉娜右手提着装了蟾蜍的小黑桶,背心半敞着,搭襻在风中翻飞。这一幕让我有点焦虑。"你得把背心束好。"汉娜扬起眉毛,脸上好像钉上了两颗钉书钉。她竟然保持这种模样——有点恼怒——看了我很久。现在,白天的阳光越来越热了,她鼻尖周围的雀斑也越来越多。我的脑海里闪现过一个画面:被压扁的汉娜,雀斑四溅在她身边的柏油路上,真的就像那些被碾成碎片的蟾蜍。那样的话,我们就不得不用铲子把她从路上刮下来。

"可我好热啊。"汉娜说。

这时,奥贝走到了我们身边。他的金发很长,油腻的一缕缕挂在面孔前。他一次又一次地把头发捋到耳后,但那些头发会一次又一次地慢慢滑出来。

"看。这只看起来像伦克马牧师。看到胖脑袋和鼓出来的眼睛了吗?而且,伦克马也没有脖子。"一只棕色的蟾蜍坐在他的掌心里。我们笑了,但不是很大声:你绝对不可以嘲笑牧师,就像你绝对不能嘲笑上帝;他们是最好的朋友,你得当心有好朋友的人。我还没有好朋友,但新学校里有很多女生,也许某一个会成为我最好的朋友。奥贝几年前就上中学了,汉娜比我小两岁,还在读小学。她的朋友很多,像上帝的门徒那么多。

突然,奥贝把他的灯笼举到蟾蜍头顶。我看到它的皮肤发出淡黄色的光。它紧紧闭起眼睛。奥贝咧嘴笑起来。

"它们喜欢热。"他说,"所以它们冬天会把丑八怪脑袋埋在泥巴里。"他让灯笼越来越凑近它们。油炸刺山柑时,它们会变得又黑又脆。我想推开奥贝的手,但那个拿着果汁和星河巧克力夹心糖的女士向我们走来。他一下子就把蟾蜍放进桶里了。果汁女士穿的T恤胸前印着一排字:小心!蟾蜍出没。她肯定看到了汉娜震惊的表情,因为她问我们是否一切都好,所有被压碎的尸体有没有让我们难受。我关爱地搂住不开心地噘起嘴巴的妹妹。我知道她很可能冷不丁地哭出来,就像今天早上奥贝用木鞋把一只蚂蚱拍死在马厩墙上时,她就突然嚎哭起来。我猜想,她应该是被那种声音吓到了,但她坚持自己的说法:她觉得那是一条小生命,在蚂蚱头上折叠起来的翅膀就像一扇迷你纱窗。她看到了生命，我和奥贝看到了死亡。

果汁女士嘴角歪歪地笑着，从她的外套口袋里摸出星河巧克力，给我们每人一块。我出于礼貌接了下来，趁她不注意时，把夹心糖从包装纸里拿出来，扔进了桶里：蟾蜍从来不会肚子疼，也没有胃痉挛。

"三王都挺好。"我说。

从马蒂斯没有回家的那天起，我一直叫我们"三王"，因为我们总有一天会找到哥哥的，哪怕我们要走很远的路，还要带去礼物。

我冲着一只鸟挥动灯笼，想把它哄走。蜡烛危险地晃动起来，一滴烛油落在我的长筒靴上。惊飞的小鸟飞上了树。

无论你在村里还是田里骑车，都会看到干扁的爬虫尸体，小桌布似的摊在地上。我们提着满满的水桶和灯笼，跟着所有来帮忙的孩子和志愿者走到了绿地的另一边，那儿可以直接通到湖边。今天的湖水看上去是那么纯真，简直有点傻乎乎的，我能望见远处工厂的轮廓，架设了几十盏灯的高楼，还有村和城之间的桥，就像《圣经》里的摩西在海上伸手劈开的路："摩西向海伸杖、耶和华便用大东风、使海水一夜退去、水便分开、海就成了干地。以色列人下海中走干地、水在他们的左右作了墙垣。"

汉娜站在我身旁，望向对岸。

"你看那些灯呀，"她说，"他们大概每天晚上都有灯笼游行呢。"

"不，那是因为他们怕黑。"我说。

"你才怕黑呢。"

我摇摇头，但汉娜忙着去清空她的桶了。几十只青蛙和蟾蜍跳到水面上。轻轻的水花声让我有点头晕。我突然发现外套的布料粘在腋下了。为了让热气散掉，我像要起飞的小鸟一样扇动双臂。

"你想过去另一边吗？"汉娜问道。

"那边没什么好看的；他们连奶牛都没有。"我站到她面前，好挡住她的视线，再把她的防护背心的左半边往右拉，用力按下魔术贴搭襻，好让它粘牢一点。

我妹妹往旁边走去。她把头发扎成了马尾，每走动一步，辫子就甩来甩去，好像在鼓励她，拍拍她的背。我好想把橡皮筋扯下来。我不想让她以为一切皆有可能，以为她有朝一日也能穿上冰鞋，然后消失。

"你不想知道那边是什么样子吗？"

"当然不想，你这个笨蛋。你知道的……"我没把话说完，只是把空桶扔到了身旁的草地上。

我从她身边走开，数着自己的步数。数到四的时候，汉娜又走到我身边了。四是我最喜欢的数字。一头牛有四个胃，一年有四季，一把椅子有四条腿。刚才我胸口的沉重感一下子爆出来，就像湖里的气泡浮到水面上，各奔东西。

"没有牛，那儿肯定很无聊。"她用很快的语速说道。

烛光中，你看不出她的鼻子有点歪。她的右眼有点斜视，就像调整相机的快门速度那样，她似乎要不断调整视线才能聚焦在你身上。但愿我能放进一卷新胶卷，保证她能看清楚，清楚到能确保安全。我向汉娜伸出手，她握住了。她的手指摸上去黏黏的。

"奥贝在和一个女孩说话。"她说。

我往后看。他瘦长的身体好像突然掌握了窍门，举手投足都更自如了；他做了几个夸张的手势，并且，又能笑出声了，他好久没这样笑了。接着，他在湖边蹲下。他大概在讲一个关于蟾蜍的好故事，讲我们做善事的好心，但他不会提到湖水，即便有阳光也不会被照暖的湖水，蟾蜍正在那湖里游泳，一年半以前，我们的哥哥就躺在那湖的水底。他和那个女孩一起沿着堤坝往回走。走了几码后，我们就看不到他们了，他们已融入了黑暗。我们能找到的只有柏油路上他那盏烧了一半的灯笼。绿色的小蜡烛躺在灯笼边，像鹅粪似的扁平一块。我用自己的铲子把它刮起来了。经过一整晚的虔诚善举，我们不能就这样把它丢在这里。回到农场后，我把他的灯笼挂在长树瘤的柳树枝上。那排树站成一排，像是朝我的卧室垂下头，好像教会的一群长老在偷听我们说话。我忽然感觉到外套口袋里的蟾蜍在动。我把手罩在口袋外，护着它们。我转了九十度，对汉娜说：

"不要跟爸爸妈妈说起任何有关对岸的事，否则他们会更加不高兴的。"

"我什么都不会说的。说这个太蠢了。"

"非常愚蠢。"

我们可以透过窗户看到爸爸妈妈坐在沙发上。从后面看过去，他们很像我们灯笼里的蜡烛头。我们用唾沫熄灭了蜡烛。

| 2 |

妈妈往自己盘子里盛食物的时候总是搞错分量,而且越来越频繁。盛好后,她一坐下来就说:"低头看的时候,真的没这么多。"我时常担心这是我们的错,是我们像黑蕾丝蜘蛛那样从里到外地啃噬她。老师上生物课时候给我们讲过这种蜘蛛的事——生了孩子后,蜘蛛妈妈会把自己献给小蜘蛛。饥饿的小蜘蛛会把妈妈吃光,吃得干干净净,连一条腿都不剩。它们不会哀悼母亲,一秒钟都不会。妈妈总是把她那份鸡肉里的精华部位留在盘边,"把最好的留到最后",把她自己留到晚餐的最后,以防我们,她的孩子们,还没吃饱。

我也渐渐开始低头俯视我们家,没有了马蒂斯,我们三个是何其渺小,所以没有以前那么显眼了。现在,餐桌上的空位只有座位和椅背,我哥哥不能再惬意地靠在椅背上,翘起椅子的前腿,惹得爸爸发飙:"坐坐好!"现在,谁都不许坐那把椅子。我猜想这叫作有备无患,万一哪一天他回来了呢。"如果耶稣归来,将在一个平凡无奇的日子。生活将如常继续。就像诺亚造方舟的时候,人们会忙于工作、吃喝和婚嫁。马蒂斯归来时,也会像耶稣那样,尽得众心期盼。"爸爸在葬礼上是这样说的。等到马蒂斯回来,我会把他的椅子往里推到底,推到桌子的边缘,这样一来,他就不会把食物撒到地上,也不能悄无声息地溜走。自从他死后,我们每顿饭都会在十五分钟内吃完。等时针和分针刚好走成直角,爸爸就会站起来,戴上黑色贝雷帽去牛棚,哪怕刚刚照料过奶牛。

"我们吃什么?"汉娜问。

"新挖的土豆和豆子。"我掀开一个锅盖后回答。我看到平底炖锅里倒映出我苍白的脸,我小心翼翼地对自己笑了笑,很短暂的微笑,要不然妈妈就会瞪着你,瞪到你的嘴角又耷拉下去。这里没什么东西可以让你微笑。只有在棚屋后面、在爸爸妈妈看不到的地方,我们有时候才会忘记这一点。

"没有肉吗?"

"烧焦了。"我轻轻地回答。

"又焦了。"

妈妈在我的手背上拍了一下,锅盖从我手里掉了下去,在桌布上留下一圈湿漉漉的印子。

"别这么贪婪。"妈妈说着,闭上了眼睛。大家立刻照做,哪怕奥贝只闭起一只眼睛,我也一样,我们要睁着一只眼,保持警惕。我们要祈祷,或是爸爸要说饭前祷告前,从来不会有任何预示,所以你只能靠感觉作判断。

"愿我们的灵魂不执着于如寄浮生,但求践行上帝对我们的一切叮咛,最后也由他来终结。阿门。"爸爸用肃穆的语调说完祷告,再睁开眼睛。妈妈一个接一个地分盛餐盘。她做饭时忘了开抽风机,现在整栋屋子里都是烧焦的菲力牛排的煳味,所有窗户都蒙上了水汽。现在,谁也没法从街上看进来,没人会看到她还穿着粉红色的晨袍。村里人常常透过别人家的窗户往里看,看人家什么钟点去干活,怎样互相取暖。爸爸正坐在桌前,双手捧着头。他整日里把头抬得高高的,但到了桌边,他的头就垂下来了:变得太沉重了。为了把叉子放进嘴里,他会时不时地重新抬起头,然后再让它垂下去。我肚子里轻微的刺痛感越来越厉害了,好像内膜上被扎了好多洞。没有人说话,只有刀叉刮擦盘子的声音。我把外套的抽绳又拉紧了一点。我希望自己能蹲在椅子上。我的肚子——正在发胀——就不会那么疼了,视野也会更好。爸爸觉得这种姿势很没教养,就用叉子敲了敲我的膝盖,直到我又规规矩矩地用屁股坐好。有时候,我的膝盖上会有红色的印痕,好像在记录马蒂斯离开有多少天了。

奥贝突然凑过来问我:"你知道地下通道里的事故是什么样

子吗？"我刚用叉子在一根青豆上戳出四个洞——汁液渗出来，现在它像一根直笛。还没等我回答，奥贝就张开了嘴。我看到浸了口水的土豆泥，间杂着碎青豆和一些苹果泥。看上去像呕吐物。奥贝笑着，把这些伤员吞了下去。他的额头上有一条淡蓝色的痕迹。因为他睡觉时会用头撞床头板。他还是太小了，不会去担心这种事。爸爸说小孩子不可能有烦恼，因为只有当你不得不耕耘自己的田地时，烦恼才会找上门，但我发现自己的烦恼越来越多，让我晚上睡不着。烦恼似乎在生长。

妈妈瘦了，所以她的衣服变得宽松了，我怕她很快就会死，然后爸爸也会随她而去。我整天跟在他们身后，以防他们突然死掉，然后消失。就像藏起为马蒂斯流的泪，我也总是把他们藏在我眼睛的角落里。而且，我一定要听到爸爸的鼾声、床簧嘎吱响两声，否则坚决不熄灭床头柜上的地球仪灯。妈妈总要辗转反侧才能找到最合适的睡姿。而我就躺在北海的灯光下，等待一切安静下来。但是，他们有时候会在晚间去村里拜访朋友，我问他们什么时候回来时，妈妈总是耸耸肩，我就会瞪着天花板上发呆，躺上好几个小时。然后，我会想象自己如果成为孤儿，我该怎么办，向老师讲述他们的死因时该说什么。有一份清单列出了十大死因。我空闲的时候上网查到的。肺癌排在第一名。我还偷偷整理了一份自己列的清单，排在前三位的是：溺水，交通事故，滑倒在牛棚里。

想好了要跟老师说什么，不再沉湎于自怜后，我把头埋进枕头里。我太老了,不再相信有牙仙,但又太小了,还是忍不住憧憬她。奥贝有时会开玩笑地叫她"牙婊",因为有一天她刚好不再付他钱了,结果他的臼齿——连着牙根的两颗完整的大牙——就掉落在他的枕头下面。臼齿上留有血印,因为他从没洗过。如果有一天牙仙来找我,我要把她打趴下。那样一来,她就必须留下来,我就能许愿,希望得到新的父母。我还有智齿可以当诱饵。有过极少数的几次,我在他们没回家前下了楼。我穿着睡衣,融在黑暗中,坐在沙发上,双膝并拢,双手合十,向上帝保证:只有他把他们安全无恙地带回家,我可以再拉一次肚子。我作好了心理准备,以防电话铃随时响起,说他们握方向盘或自行车把手时失去了控制。但电话铃始终没响过,通常,我过一会儿就会觉得冷,继而回到楼上,在被窝里继续等待。一直要等到我听到卧室门响、妈妈拖鞋的趿拉声,爸爸妈妈才算复活了。我才能安心入睡。

要睡觉之前,我和汉娜玩了一会儿。汉娜坐在沙发后面的地毯上。我看到我的袜子拉得很高,袜面反折了两层,就把它们抚平。我妹妹坐在《雷鸟》桌游旁边。这套游戏以前是马蒂斯的,我们经常一起玩。我们会朝天发射火箭,和敌人搏斗——那时候我们自己可以选择角色。奥贝横趴在沙发上,戴着耳机。他在高处俯视我们。他的灰色T恤上有一块法国形状的蛋黄酱污渍。

"谁开车把树撞断，我就给谁用我的随身听，听十分钟最新的《流行金曲》。"

奥贝把耳机从耳朵边拉下来，耳机滑下去，最终挂在了脖子上。我们班里差不多每个人都有一个随身听，除了那些无趣的呆瓜。我不想当呆瓜，所以我要攒钱买个随身听：飞利浦的，带防震系统，因为我上学经过田野时有一路颠簸，有防震系统就不会一直卡碟了。还要有和我外套同色的保护套。我不用再攒很久了。爸爸每周六都会给我们两欧元，因为我们帮农场干活。他会郑重其事地把钱递给我们："把这个收在你们最底下的抽屉里，留着以后再用。"只要想到随身听，我就会忘记周围的一切，甚至忘记爸爸希望我们搬出去的事实。

桌游里的树以前是橄榄绿的，但过了这些年，它们都已褪色，油漆也斑驳了。像是有人在催我似的，还没等我反应过来就撞断了一整排塑料树。我听到它们在我指间断裂的声音。只用一只手就能弄断的东西都不值得弄断。汉娜立刻叫出声来。

"只是开玩笑，你这个白痴。"奥贝很快地回了一句。

妈妈从厨房出来时，他转过身，又把耳机罩在耳朵上了。妈妈把晨袍的腰带系紧了。她飞快地扫视我们，从汉娜到我再到奥贝。然后，她看到了我手里的被折断的树。她一言不发地拽着我的胳膊，把我拉起来，她的指甲抠进了我的外套——现在我在屋子里都不想脱掉它了——力道也穿透了外套。我尽量不作任何反应，最重要的是不去看妈妈，以免她突然想起来，

50

毫不留情地把我的外套剥下，就像剥土豆皮那样。到了楼梯口，她才放开我。

"去把你的储蓄罐拿下来。"她一边说，一边把一绺金发从脸上吹开。每迈一步，我的心跳就快一点。有那么一瞬间，我想起《耶利米书》中的一句格言，外婆有时看报纸时会引用这句话，她还会一边舔着拇指和食指，好像这样做就不会让世界上的各种问题粘在一起了："人心比万物都诡诈，坏到极处，谁能识透呢？"

没人识透我的心。它深深地藏在我的外套，我的皮肤，我的肋骨下面。在妈妈肚子里的那九个月里，我的心是很重要的，但一旦我离开了她的肚子，所有人都不再关心它每小时跳动的次数够不够。当它停止跳动或开始加速跳动时，也没有人会担心，告诉我肯定哪里出问题了。

下了楼，我只得把我的储蓄罐搁在厨台上。那是一只陶瓷做的奶牛，后背有一个投币口。牛屁股上有个塑料塞子，你可以从那儿取出硬币。塞子外面贴了胶布，也就是说，如果我忍不住花钱去买垃圾，必须先通过两道关卡。

妈妈说："因为你的罪，上帝隐而不现，不再想听你说话。"她拿着一把羊角锤——她等我下楼的时候肯定一直握着它。我努力不去想自己非常想要的随身听。爸爸妈妈的损失更惨重——你攒多少钱都换不来一个新儿子。

"但后面有个洞……"我尽力了。

你可以用那把锤子把钉子从木头里撬出来，现在，妈妈把锤子的一边轻轻地靠在我发胀的肚子上——锤子的分叉看起来像一对金属的兔子耳朵，让我在倏忽间想起我让迪沃恰活下来而作出的牺牲。我很快地接住锤子。手柄摸上去是暖的。我把锤子举起来，再落到奶牛储蓄罐上，用了很大的力气。罐子碎成了三块。我妈妈小心地捏出红色和蓝色的纸币，还有几枚硬币。她拿来簸箕和刷子，把奶牛的碎片扫干净。我紧紧攥着锤柄，指关节都变白了。

| 3 |

满脑子都是黑白画面,我躺在自己的恐龙被子上面。我让双臂僵硬地放在身旁,双脚微微分开,就像在稍息的士兵,我的外套就是盔甲。今天学校里的课题是第二次世界大战,我们在学校的电视机前看了一部关于二战的电影。我的嗓子眼像是瞬间噎住了那样。我看到了犹太人像锅里的炖牛排似的一个叠着一个的画面,也看到了光头的德国人坐在老汽车里的画面。他们看上去很像我们的蛋鸡的屁股,淡粉色的屁股上的毛被拔掉了,只有黑色的毛茬,要是它们开始互啄羽毛,谁都没法让它们停下来,它们不会让任何一只同类侥幸逃脱。

我从床上抬起上半身,从倾斜的屋顶上刮下一颗荧光小星星。爸爸已经摘下几颗了,只要我带着坏成绩回家,晚上又轮到爸爸安顿我上床时,他就会刮下一颗星星。爸爸总爱编小约翰尼的故事,小约翰尼总是表现不好,总是做一些大人不允许他做的事。现在,约翰尼是个好孩子,所以他不会受到惩罚——要不就是爸爸忘了跟我说他的事。

"约翰尼在哪儿?"我问。

"他累坏了。"

我就马上明白了,爸爸的脑袋累坏了,因为小约翰尼就住在他的脑袋里。

"他还会回来吗?"

"别抱希望。"爸爸用沮丧的声音回答。

每次他摘下一颗星,都会留下白色的蓝丁胶——每一粒都代表我做错了一件事。我把刮下的星星粘在外套上,心脏的位置。老师给我们讲课的时候,我在想,如果亲吻希特勒那样留小胡子的脸会是什么感觉?爸爸只有在喝啤酒的时候才有胡子。他的上唇会有一道啤酒泡。希特勒的小胡子至少有两根手指粗。

书桌下,我会把手捂在肚子上,想让那些小虫子别让我那么痒。我的肚皮和胯下越来越痒了。我也可以让它们躁动起来,只需要去想象自己躺在约翰尼身上。有时候,我觉得这就是他累坏的原因,但只要爸爸的头还是圆的,还在他的身体最上面,我就不会当真。我很少提问——我就是想不出问题。但这次我举起了手。

"你觉得,希特勒独自待着的有些时候,他会哭吗?"

那个老师也是单独辅导我的补课老师,她看了我很久才回答。她的眼睛始终很闪亮,好像眼睛后面有一盏用电池的茶灯,所以可以亮很久。也许她是在等我哭,好看看我是好人还是坏人。毕竟,我至今仍没为哥哥哭过,甚至无声地哭过都不曾有过,因为我的眼泪困在了眼角。我猜想是因为我的外套。教室里很暖和,也就是说,我的眼泪肯定在流到脸颊之前就蒸发了。

"坏人不哭。"老师终于说道,"英雄才会哭。"

我垂下了视线。我和奥贝是坏人吗?妈妈只会背对着我们哭,而且哭得那么轻,你根本听不到。她的身体做出的一切动作都是静悄悄的,甚至放屁都没有声音。

老师告诉我们,希特勒最喜欢的消遣是做白日梦,而且,他很怕生病。他有胃痉挛、湿疹和肠胃胀气,但胀气是因为他吃了很多豆子汤。希特勒的三个兄弟和一个妹妹都早夭,没有一个活到了六岁。我想,我和他一样,但一定不能让别人知道。我们连生日都是一样的——四月二十日。心情好的日子里,爸爸会在他的吸烟椅上对我们说,那是很多年来最冷的一个四月,一身浅蓝色的我是星期六清早来到这个世界的,他们几乎把我从子宫里凿出来,就像从冰块里凿出一座雕像。婴儿时期的相册里有我的第一张 B 超照,我的身边有个小线圈:打了结的铜管,还有像鲨鱼的小牙齿那样的白色小钩子,可以咬死每一个精子,线圈底部还有一条线,看起来像黏液留下的痕迹。我好不容易避开了这个线圈,穿游而过。我问妈妈为什么她的身体里有鲨鱼的牙齿,爸爸答道:"你们要生养众多,在地上繁衍昌盛,生养众多,但要先确保你们的卧室够多。这是权宜之计,上帝知道的,只不过你已经像头骡子一样倔犟地来了。"我出生后,妈妈就没再装铜线圈了。"孩子是耶和华所赐的产业。"你不能拒绝产业。

后来,我偷偷上网查了查我的生日。我们必须先把电话线拔出来,插上网线才能上网,上网的时候会有噼里啪啦的响声——所以,我们不能长时间上网,否则爸爸妈妈就接不到重要的电话,尽管他们从来也没接到过什么重要的电话,通常,电话里说的不过是又有一头牛溜到新地里去了。他们认为网上的一切都是邪恶的,但就像爸爸有时说的那样:"我们在这个世界,却不**属于**这个世界。"只有为了做功课时,他们才允许我们上网,虽然别人说从我们归正宗的脸上就能看出我们来自哪个村子时,我会对爸爸的那句引言产生怀疑(原本是圣徒约翰说的)。我在网上查到那天有强劲的大风,但爸爸说那天没有风,就连长了树瘤的柳树都虔诚地保持安宁,枝条一动不动。到四月的那一天为止,希特勒已经死了四十六年了。我和他唯一的不同在于:我怕的是上吐下泻,而不是犹太人——虽然我在现实生活中从没见过犹太人,不过,他们可能还像战时那样,被荷兰农夫藏在自家阁楼或地窖里,很可能,这就是大人们不许我们去地下室的原因。妈妈周五晚上会提着两个满满的超市袋子去地下室,这肯定是有原因的。袋子里有罐装热狗,哪怕我们从来不吃热狗。

我从外套口袋里拿出那封皱巴巴的信，那是老师让我们写给安妮·弗兰克的。我觉得这事太疯癫了。安妮·弗兰克已经死了，而且我知道村里的信箱只有两个槽：一个是投递给"其他邮编"地址的，另一个是投递给本地其他地区的，邮编从8000到8617。两个投递口都没有涵盖天堂。就算有也太疯狂了，因为死人总比活人更让人怀念，所以会有太多的邮件寄往天堂。

老师说："这样可以感同身受地理解她的处境。"她觉得我很善于设身处地为别人着想，但不太擅长抛开自己的感受，并且开心起来。有时候，我会过于长久地沉溺在别人的感受里，因为那比停驻在自己的内心更容易。我把椅子往贝莱身边挪了挪。从中学的第一周开始，我们就一直坐在一起。第一眼我就喜欢她，因为她有一双大耳朵，从草黄色的头发里支棱出来，她的嘴有点歪，就像一只黏土娃娃还没完工就干透了。生病的奶牛也总是更温柔一点，可以让你轻轻地抚摸，绝不会冷不丁地踢你一下。

贝莱倾身过来凑近我，隔了一会儿才低声说道："你一直穿这身制服就不厌烦吗？"她的眼睛画过眼线，下面和上面的线条看似弯曲的数轴，起伏太大，让人无法计算出答案，我顺着这双眼睛的视线看向我的外套。兜帽的抽绳荡在我胸前，被干透的口水弄得硬邦邦的。在风中，它们有时会像脐带一样缠在我的脖子上。

我摇摇头。

"他们在操场上说起你了。"

"那又怎样？"

我一边说，一边打开了我书桌下的抽屉。班上只有我一个人还有抽屉，因为那张书桌其实是从中学隔壁的小学校里搬来的。看到铝箔包装纸，我就能感到平静：抽屉里是牛奶饼干的乱葬岗。我的胃里一阵翻腾。有的饼干已经软了，好像有人把饼干放进嘴里，然后又吐到铝箔纸里。食物经过肠胃变成屎。这里每一间厕所里都有一个放东西的小壁架——我的粪便会被人装在白盘子里端到我面前，我不想那样。我必须把它存在我的身体里。

"他们说你长不出胸，所以才总穿着外套。而且你从不洗它。我们能闻到奶牛的味道。"

贝莱用钢笔在她写在纸页上的标题后点了个句号。一时间，我很想成为那个蓝点。在我之后，没有下文。没有清单，没有思想，也没有渴望。什么都没有。

贝莱满怀期待地看着我。"你就和安妮·弗兰克一样。你在躲藏。"我从包里拿出削铅笔机，再把铅笔推进刀口，然后转动手柄，直到削出非常尖的铅笔尖。我让它断了两次。

我在马蒂斯以前的床垫上翻了个身，趴着躺。这几星期里，我一直睡在他阁楼上的卧室里。我以前的卧室给汉娜睡了。有时候，我认为小约翰尼一直留在我的老卧室里了，因为他觉得阁楼太吓人了，从那时起，爸爸再也没有跟我讲过他的任何事情，只有他的缺席让我印象深刻。床垫的中间有我哥哥的身体留下的空洞。那是死亡留下的形状，无论我把床垫转到哪个方向，或是上下翻转，空洞依然是空洞，是我尽量避免陷进去的洞。

我要找我的泰迪熊，但哪儿都找不到。床脚边没有，被子下没有，床下也没有。我立刻在脑海里听到了妈妈的声音："恶心。"她突然走进我房间的时候就是这么说的，脸上的表情也在说这个意思，重音落在"恶"的音节上。这是一个丑恶的词，你要把它说出口，就会有点想呕吐的感觉。她先说出这个词，然后把它拼了出来：d-i-s-g-u-s-t-i-n-g，还把鼻头抬起来闻了闻。我一下子明白过来，知道我的小熊在哪里了。我从被单间滑出去，从卧室的窗户朝花园看，一眼就看到我的小熊挂在晾衣绳上。每只熊耳朵上都有两只红色的晾衣夹。它被风撞得剧烈地前后摇晃，和我趴在它身上时的动作一模一样，那让妈妈一连拍了三下手，好像在赶跑樱桃树上的乌鸦。她看到了我如何用胯部去顶撞它的绒毛屁股。自从睡到这间阁楼上后，我就一直这么做。我闭上眼睛，一边动，一边去想当天发生的事，重复每个人对我说的每一句话，以及他们说话的样子，只有那时候，我才会想到自己特别想要的飞利浦随身听，想到两只蜗牛相叠交配，有一次，奥贝用螺丝刀把它们俩分开，再想到电视里的迪沃恰·波洛克，想到冰面上的马蒂斯，想到没有我的外套、只有我自己的生活。想到我想尿尿为止。

"去见上帝之前，你逃向什么，什么就是偶像崇拜。"那之后没多久，我下楼喝一杯加茴芹籽的热牛奶时，她这样对我说。作为惩罚，她把我的小熊放进了洗衣机，然后把它晾在绳子上。我穿着袜子蹑手蹑脚地走下楼梯，穿过门厅，溜进后花园，迈入不冷不热的傍晚。在我身后的庭院里，探照灯还亮着。我的父母正在睡前喂小牛吃奶，配方是我绝不能忘的：一勺蛋白粉兑两升水。小牛就是这样补充蛋白质的，喝完之后，它们的鼻子闻起来会有股香草味。我能听到储奶罐的嗡嗡声，饮水槽里的哗哗声。我迅速地套上妈妈放在门边的木鞋，飞奔过草地，跑到晾衣绳前，从熊耳朵上取下夹子，把它紧紧地抱在胸前，轻轻来回摇晃几下，好像它就是马蒂斯，好像我刚把他从死寂的深夜里的黑暗的湖里捞出来。它又重又湿。至少要一个晚上才能干，洗衣粉的味道会至少留存一星期。它的右眼在流泪。当我穿过草地往回走的时候，爸爸妈妈的声音变得更分明了。听起来，他们正在争执。我受不了争执，就像奥贝受不了别人跟他顶嘴，就用手捂住耳朵，自顾自地低声哼哼。因为我不想暴露在暗夜中，就用一只手捂住外套上的荧光小星星，另一只手抓着我的小熊，躲到了兔笼后面。兔笼里暖烘烘的氨水味从木头缝隙中散发出来。奥贝从堆肥用的粪坑里弄来了几条肥蛆，打算钓鱼用。当他把鱼钩穿进那些小小的虫身时,我飞快地把头扭开。躲在这里,我可以听清楚他们在吵什么,还能看到妈妈拿着干草叉站在粪坑边。

"要不是你想把孩子打掉……"

"哦,所以现在是我的错了?"爸爸说。

"所以上帝才会带走我们的长子。"

"那时我们还没结婚呢……"

"这就是第十灾,我敢肯定。"

我屏住呼吸。我的外套被胸前湿漉漉的小熊搞得湿乎乎的,它的脑袋向前耷拉着。我想了一会儿,想希特勒会不会把他的计划告诉他妈妈,说他会把一切搞得一团糟。我还没有告诉过任何人:我曾经祈祷让迪沃恰活下来。难道第十灾要怪我吗?

"我们必须随遇而安。"爸爸说。

在探照灯的照射下,我能看到他的轮廓。他的肩膀耸得比平时高。就好像现在我们长高了,他就把衣架挂得更高一点,他的肩膀也抬高了几厘米。妈妈笑了一声。不是她平常的笑法:这是她觉得什么事真的不好笑时的笑法。让人摸不透,但大人们经常是摸不透的,因为他们的脑袋运转起来就像俄罗斯方块游戏,必须把所有烦恼安插在正确的地方。假如烦恼太多,就会越堆越高,就会全盘卡死。游戏结束。

"我宁愿从青贮仓上跳下去。"

我肚子上的刺痛感越来越强烈了。好像我的肚子变成了外

61

婆的针垫,她把针都刺在上面,那样就不会弄丢了。

"你又没把那孩子的事告诉任何人。谁知道家里人会怎么想。只有上帝知道,而他会千百次地宽恕。"爸爸说。

"你心里有数就行。"妈妈说着,背过身去。她几乎和靠在谷仓墙上的粪叉一样细瘦。现在我开始明白她为什么不吃饭了。蟾蜍迁徙期间,奥贝跟我说过,蟾蜍结束冬眠后是不吃东西的,要等到交配完成才重新开始进食:交配之后,而非之前。我的父母不再触碰对方,甚至连短暂的碰一下都没有。这肯定说明他们也不再交配了。

回到我的卧室,我看了看书桌下的小桶里的蟾蜍。它们还没有叠在一起,也没碰过桶底的生菜叶子。

"明天,你们要交配。"我说。有时候,你必须把事情讲得一清二白,定好规矩,否则每个人都不把你当回事儿。

之后,我站在衣柜旁的镜子前,把头发横着梳。希特勒这样梳头是为了遮掩脸上的子弹擦痕。头发梳好后,我就去床上躺好。在地球仪灯的光照下,我可以看到悬在我头顶横梁上的绳索。绳子下面仍然没有秋千,也没有兔子。我看到绳子末尾有个圈。刚好可以套进一只野兔的脖子。我试着安慰自己,让自己去想:妈妈的脖子至少比兔子的粗三倍,而且,她恐高。

4

"你在生气吗?"

"没有。"妈妈说。

"伤心吗?"

"没有。"

"开心吗?"

"就正常吧,"妈妈说,"我只是很正常。"

不,我心想,我妈妈什么都可能,就是不可能正常。甚至连她现在做的煎蛋饼都完全不正常了。饼里有些蛋壳,整个儿粘在平底锅上,蛋白和蛋黄都煎干了。她不再用黄油,而且又忘记加盐和胡椒粉了。最近,她的眼睛也陷得更深了,就像我以前玩的那只足球,已经瘪了,在牛棚旁的粪坑里越陷越深。

我把厨台上的蛋壳扔进垃圾桶，在垃圾里看到我那只被砸碎的奶牛储蓄罐的碎片。我把它的头捡出来，牛角没有了，但头还是完好无损的，我飞快把它放进自己的外套口袋里。然后从水槽里拿出黄色的洗碗布，擦拭鸡蛋壳留下的蛋液。我打了个寒战：我不喜欢干了的洗碗布，浸湿的时候不像干的时候感觉那么脏，满是细菌。我在水龙头下冲洗再拧干洗碗布，又站在了妈妈身边，她正在把平底锅移到已在厨台摆好的餐盘上方，而我越发希望她能碰巧触碰到我。就一下子也好。皮肤抵触皮肤，饥饿抵触饥饿。早餐前，爸爸硬是让她站在体重秤上，要不然他就拒绝陪她去教堂。这种胁迫不过是说说而已。我很难想象爸爸不在场的礼拜仪式，就好像我有时会问自己：假如没有爸爸，上帝会变成什么样？为了表示他说到做到，他一吃完早饭就穿上了主日专用的皮鞋，而不是像平常那样把要擦亮的鞋排成一排：我们出现在主面前时必须保证鞋头锃亮，妈妈常常这么说。尤其是今天，因为今天是为庄稼祈祷的日子，对村里所有农夫来说都是个大日子。每年两次，在收割前和收割后，归正宗教会的所有成员相聚一堂，为田地和庄稼祈福，感恩收获，愿万物开花结果，茁壮成长——哪怕与此同时妈妈变得越来越瘦。

"还没一头半的小牛重。"妈妈终于站上秤后，爸爸说道。他弯腰去看秤上的数字。我和奥贝站在敞开的门口，对视一眼。我们都知道出生时体重太轻的小牛会有什么下场：太瘦了，屠宰场不收，又太贵了，自家养不起。所以，大部分都由针剂了断。爸爸让她站在秤上越久，读数就好像越要缩减，像蜗牛一样慢慢爬走，妈妈比平时更安静，似乎在萎缩，好像我们只能眼巴巴看着一整年的收获即将结籽，什么忙都帮不上。但愿我能把一包煎饼粉和幼砂糖全撒在自己身上，好让爸爸别再磅下去。他以前跟我们说过，一头小牛能喂饱一千五百人，所以，假如我们要把妈妈从里到外都吃光，吃到只剩骨头，会用很久很久。我们都一直盯着她看，结果她就不吃东西了：我的兔子迪沃恰以为我走开了，才会开始啃插在食槽里的胡萝卜。后来，爸爸把体重秤放回水槽下了，我立刻去把电池取了出来。

　　妈妈在分鸡蛋煎饼的时候一次都没碰到我，连不小心地碰到都没有。我往后退一步，然后再退一步。悲伤最终会堆积在脊骨里。妈妈的背越来越弯了。这次少了两只盘子，一只是妈妈的，一只是马蒂斯的。她已经不再和我们一起吃饭了，尽管她一直做出给自己做三明治的样子，也依然坐在桌子最前面，和爸爸面对面，用百眼巨人阿耳戈斯般的眼睛看着我们把叉子送到自己嘴边。有那么一瞬间，我想象出一个死去的婴儿和大坏狼，那是我们住在奶奶家时听奶奶讲的故事，她会在睡前给我们盖上有点扎人痒痒的马毛毯子。有一天，他们剖开了大坏狼的肚子，救出了七只山羊，换了些石头填进去，再把肚子缝起来。他们肯定也在我妈妈的肚子里填了一块石头，我想通了，所以有时候她才会这么硬,这么冷。

我咬了一口面包。吃饭的时候,爸爸告诉我们,有些奶牛不肯躺在散养棚里,却喜欢睡在板条过道上,这对它们的乳房不好。他叉起一块煎蛋。

"没加盐。"他扮了个鬼脸,同时喝了口咖啡。就算鸡蛋没加盐,终究还能过着咖啡吃。

"蛋饼底也焦了。"奥贝说。

"里面有蛋壳。"汉娜说。

三个人都看着妈妈,她突然从桌边站起来,把她的茴香奶酪三明治扔进垃圾桶,盘子放进水槽。她想让我们知道,她压根儿没打算吃这个三明治,而我们就是她变得这么瘦的原因。她不看我们,谁也不看,好像我们是她始终小心翼翼地切下来,放在盘子边的面包硬边,或是以后要从我们的总得分中扣除的分数。她背对着我们说道:"看到了吧,你们总是站在他那边。"

"只是个破煎蛋而已。"爸爸说道。他的声音更低沉了,表明他预见到了分歧;有时,即使没有不同意见,他也会改变别人的想法。他闻了一下,继续观察那块煎蛋。在那种紧张的气氛下,我不得不把小手指戳进鼻子里,勾出一块鼻涕。我看了一眼淡黄色的鼻涕球,再把它放进嘴里。鼻涕的咸味让我感到平静。我把手移回鼻尖时,父亲拽了一下我的手腕。"不要因为今天是祈祷日就以为你能开始收割。"我赶忙放下手臂,把舌头尽量推回喉咙,然后打了个喷嚏。很有用。鼻涕灌满了我的嘴,我又可以把它们咽下去了。妈妈转过身来。她看起来很累。

"我是个坏妈妈。"她说。

她的视线定定地落在餐桌上方的灯泡上。是时候了,该用灯罩把它遮起来了。不管有没有花朵图案。每当我们提起这件事,她都说不值得再费劲了,说她老了,省得我们在他们死后还得把灯罩和所有家具分掉,眼看着审判日就要来临,她已经不想在其他任何东西上面花钱了。我端着自己的盘子,很快站到她的身边。我们在学校踢足球的时候就要这样站好位置。总得有人当队长,有人当前锋,有人当后卫。我把一块很大的煎蛋硬塞进嘴里。

"这是个完美的煎蛋。"我说,"不太咸,也不太生。"

"对。"汉娜说,"蛋壳还能补钙。"

"你倒是听听,当妈的,"爸爸说,"你没那么坏。"

他微笑了一会儿,餐刀滑过他的舌头;舌头是深红色的,舌尖有一条蓝色的印记——繁殖期的田野林蛙的那种蓝色。他从面包篮里拿起一只牛奶干果面包卷,左看右看。每周三上学前,我们都会去村里的面包店取面包。我们拿的面包都是过保质期的,照理说应该拿去喂鸡,但大部分都是我们自己吃掉的。爸爸说:"如果鸡吃了不生病,你们吃了也没事。"但我有时还是会担心身体里会长出霉菌,担心我的皮肤有朝一日会变得蓝白相间,就像那些加了香料的圆面包,爸爸会用一把很大的刀切掉霉斑,再切给我们吃;到那时候,我就比鸡饲料好不到哪里去了。

不过，面包通常都挺好吃的，去面包店也是一周中最开心的事。爸爸会自豪地炫耀他的收获：葡萄干脆皮面包、鸡蛋糕、酸面包、香料饼干、甜甜圈。妈妈总是拿羊角面包，尽管她觉得这种面包太油了。她想找出最好的面包，想到我们愿意吃，她就心安理得。其余的都给鸡吃了。我觉得那时我们有过短暂的幸福感，哪怕爸爸说那不属于我们，我们不是为幸福而生的，就好像我们苍白的皮肤晒太阳不能超过十分钟，所以我们总是渴求荫庇，渴求黑暗。这次，我们还有些多余的面包，装在了饲料袋里。那肯定是给地下室的犹太人吃的。也许妈妈会给他们做好吃的煎蛋，拥抱他们，所以她才会忘了来抱我们，抱得很紧，就像我有时抱隔壁黎恩家的猫那样——我觉得肋骨穿透了它的毛皮，抵在我的肚子上，它的小心脏和我的心脏跳得此起彼伏。

归正宗教会在堤坝上，我们总是坐前排——早上和晚上的礼拜都是，有时下午也有专给儿童做的礼拜——好让大家都看到我们走进来，让大家知道：尽管我们失去了亲人，我们还是会去教会，虽然经历了这一切，我们仍然对主保有信念——哪怕我越来越怀疑自己是否觉得上帝够好，好到让我想和他说话，想走近他。我已发现了两种失去信仰的途径：有些人找到自我，就失去了上帝；有些人失去自我，就失去了上帝。我认为，我以后会成为第二种人。我的主日正装紧紧地裹住我的四肢，好像是为我的老版本量身定做的。外婆说，去三次教堂就好比系鞋带：先打一个活结，再绕一个绳圈，系好，最后再打个双结，以确保鞋带系牢了，同样，我们要去三次教堂，才能把上帝的话记对，记牢。每周二的晚上，我和奥贝还有几个小学里的老同学要一起去伦克马牧师家参加慕道，听讲教理，为坚信礼作准备。他的妻子会给我们橘子汁、一片弗里西亚牌的姜饼饼干。我喜欢去，但更多是为了姜饼，而非为了上帝的教诲。

做礼拜时，我暗自希望坐在最后一排座位上的某个老人会晕倒，或感到不适；他们坐在最后面，就能少走几步路，最先回家。这种情况隔段时间就会发生，你会听到一个老人发出很大的响动，像合拢的祈祷书那样倒在自己身上，如果有人不得不被抬出教堂，会众中就会涌起一股悲痛的浪潮，悲痛比《圣经》中的所有言辞更能让我们团结起来。这种浪潮常常掠过我的心头。但我不是唯一的一个。我们会稍稍扭过头，望着倒下的老人，直到他们的身影消失在拐角处，再开始念下一首诗篇。外婆也很老了，但她从未被抬出过教堂。听布道的时候，我有时会幻想她倒下了，我就会是那个如英雄般把她抬到外面的人，大家都会为我扭头。但外婆依然像小母牛那样健壮。她说上帝就像太阳：无论你怎样远离他，他总会与你同在。你去哪里，他也去哪里。我知道她说得对。有时候，我试着走快点，或是玩捉迷藏，好躲开太阳，但它一直在我的背后或眼角，总还是看得到的。

我看着身边同样坐在长椅上的奥贝。他合上了他的赞美诗册：薄薄的纸页尤其会让我想起妈妈的皮肤，仿佛翻过每一首诗篇时，我们也会把她翻过去，然后忘记她。他正在抠掌心里的一个水疱。现在已入夏，必须把畜栏打扫干净，这样才能干干净净地过冬。我们总在为下一个季节忙碌，所以从来不算真正地活在当下的季节。

用不了多久，水疱外的软膜就会变得石头般硬实，可以用拇指和食指把它搓下来。我们持续不断地更新自己——但爸爸妈妈除外。他们就像《旧约》那样，不断重复自己的言语、行为、模式和仪式，哪怕我们，他们的追随者们，正和他们渐行渐远。牧师要我们闭上眼睛，为田地和庄稼祈祷。我为我的父母祈祷：愿妈妈把青贮仓的念头从她顽固的脑袋里清出来，愿她打扫我的卧室时别去留意挂在梁上的绳套。每次我在练习本上画圈圈时都会想起她，还有把面包袋口打结的时候，因为现在的面包盒上总也见不到封口夹。我怀疑是爸爸拿走了，封口夹大概一直都在他的连身工装裤的口袋里。有时候，当我趴在床垫上，在我的小熊身上蹭动的时候，会幻想我们在厨房里有个小机器，就像街边市集的摊位上用的那种：可以用红色塑料细带封住面包袋口。那样一来，我们丢了封口夹也不要紧，妈妈也不会再伤心了。

我透过睫毛的缝隙偷看爸爸。他的脸颊是湿的。也许我们不是在祈祷庄稼丰收,而是孩子的丰收,愿村里所有的孩子都能茁壮成长。爸爸也意识到他没有关心自家的田地,甚至任由田地被淹没。除了食物和衣服,我们也需要关心。他们好像老是忘了这一点。我再次闭上眼睛,为我书桌下面的蟾蜍祈祷,希望交配季也能让爸爸妈妈活跃起来,我还为地下室里的犹太人祈祷,尽管我觉得爸爸妈妈允许他们吃玉米片和热狗挺不公平的。直到我感觉有卷薄荷糖戳了戳我的侧腰,才睁开眼睛。

"只有罪孽深重的人才会长时间祈祷。"奥贝轻声说道。

| 5 |

奥贝的额头一侧蓝得像面包上的霉斑。每隔几分钟,他就去摸摸自己的天灵盖,用三根手指把头顶一圈的头发抚平。妈妈说我们的头形都很怪。我想这是因为,自从爸爸不再把手放在我们头上,只是将手僵硬地插在连身工装裤的口袋里后,我们都很怀念压在额头上的那种力道。天灵盖是起点,每一块单独的头骨都聚合在那儿,我们都是从那儿开始长成人的。也许这就是为什么奥贝一直去摸他的天灵盖,好确证他真的存在。

妈妈和爸爸看不到我们的小动作。他们没有意识到,规矩越少,我们就越想为自己发明一些规矩。奥贝认为我们应该一起讨论这个问题,所以礼拜结束后,我们都聚到了他的房间里。我和汉娜坐在床上,她无精打采地靠在我身上。我轻轻地挠着她的脖子。她闻上去有爸爸焦躁不安的气味，她的开襟毛衣上有爸爸的烟味。奥贝的床头板上有些小裂缝，他每天晚上都会用头撞那里，或是从这头到那头不停地捶枕头，制造出一些单调的声音。有时，我隔着墙壁去听，想听出来有没有曲调。有时听来像是在唱歌，但更多的时候只是在瞎哼哼。他不唱赞美诗，我为此庆幸，因为赞美诗让我觉得很凄楚。我听到他撞床头板时，会去他的房间叫他安静下来，要不然妈妈就会躺在床上睡不着，担心我们在营地帐篷里怎么睡得好觉——假设我们有机会去度假的话。劝阻只有短暂的作用，几分钟后，撞击声又会响起来。有时候，我担心木头不会裂开，但他的脑袋会，我们就将不得不用砂纸打磨他的头骨，再给他上清漆。汉娜也会撞床头，所以她最近常常睡在我的床上，这样我就可以抱着她的头，直到她睡着。

我们听得到妈妈在楼下前厅吸尘。我讨厌那种声音。妈妈一天要吸三次，哪怕没有面包屑，哪怕我们把地毯上的碎屑捡干净，然后把手心里的碎屑带到门口，扔进门外的沙砾里。

"你觉得他们还会接吻吗？"汉娜问道。

"也许他们会法式接吻。"奥贝说。

我和汉娜咯咯地笑起来。用舌头接吻，这总会让我想起妈妈用肉桂、黑加仑汁、丁香和糖做的炖梨，黏糊糊的，紫里透红，全都搅和在一起。

"也可能光溜溜地叠在一起。"

奥贝把他的仓鼠从床边的笼子里拿出来。它最近被改名为蒂西。蒂西是一只小小的沙漠仓鼠。因为尿液干结,它的轮子变成了黄色,笼子里到处都是瓜子壳。把它从窝里取出来之前,得先用手指在锯末里划拉几下,否则它会受惊而咬人。我也想有这种待遇:让别人谨慎地靠近我,因为每天早上爸爸把我从马蒂斯的空洞里拖出来时,都会一把掀开我的被子,说道:"该喂牛了。它们饿得哞哞叫呢。"陷进空洞容易,爬出来就难了。

仓鼠在我哥哥的胳膊上往前走。它的腮帮子鼓鼓的,储满了食物。这让我想起了妈妈:确切地说并不是,因为她正好相反——她的腮帮子是凹下去的。她不可能把食物储存在嘴巴里,等到傍晚时分再细嚼慢咽——虽然昨天晚饭后,我确实看到她把一盒酸奶舔干净了。她沿着封口把盒盖撕开。她在酸奶边缘抹了一点黑莓果酱。我听到她一直在吮,手指一次又一次隐没在她的嘴里,轻轻的噗一声,一条细细的口水。仓鼠每周会得到一只甲虫或地蜈蚣,都是我们从牛棚的干草堆里捉来的。但要活下去,这点吃的还不够。妈妈必须重新开始吃东西。

"蒂西?那是马蒂斯的昵称。"我说。

奥贝在我身旁用力一推,我摔下他的床,尾椎骨着地。我忍住不哭,尽管很痛,好像有一阵轻微的电流击穿了身体。之前不为马蒂斯哭泣,现在却为自己哭泣,这不公平。但我还是要很努力才能忍住眼泪。也许我正在变得脆弱,就像妈妈的餐具,再这样下去,我上学时就得用报纸包起来了。**勇敢点**,我轻轻地对自己说。**你一定要勇敢。**

　　转眼间，奥贝变和善了，摆出温和的语调。他稍稍摸了摸他的天灵盖。然后假装带着欢快口吻说他不是那个意思——我不知道他刚才是什么意思，但刨根问底就不太明智了。汉娜紧张地看着门口。爸爸有时听到我们吵架会发火，还会在农场里追着你跑，哪怕看上去更像是在蹦蹦跳跳，因为他的跛足跑不起来。要是他真的追到你，就会给你的屁股来一脚，或是在你的后脑勺上来一巴掌。最好的办法就是跑到厨房的餐桌边。绕来绕去跑几圈，他就会放弃，让自己的大脑补充更多氧气，就像被奥贝囚禁在书桌抽屉里的蝴蝶总要凑在农家奶酪杯上的孔洞吸入氧气。四下安静时，你可以听到它们的翅膀扑打塑料盖子的声音。奥贝告诉我们，那是学校布置的重要实验，观察某种类型的蝴蝶的寿命。爸爸始终藏起他的腿脚。他从不穿短裤，哪怕在热得冒泡的时候也不穿——我有时会想象他的双腿就像双棍冰棒，总有一天，连在一起的两条冰棍会彼此松脱，我们会把那条坏腿扔掉，或是任它在遮棚后的阳光下融化。

　　"只要你们不哭，我就给你开开眼。"奥贝说。

　　我深深地吸气，深深地呼出，再把外套袖子拉到指关节处。袖口的接缝已有磨损。我希望袖子不要慢慢地变短，短到让我无遮无掩。在蝴蝶还没长成前就把后花园里的蝶蛹扒开可不是什么好事。钻出来的小蝴蝶很可能是残缺的，我敢肯定，它们没有资格加入奥贝的实验。

我点点头,表示我不会哭。要勇敢,首先就要能够忍住眼泪。

我哥哥让蒂西钻进睡衣的领子里,当仓鼠跑到他的肚子里时,他拉开平脚短裤的裤腰。我可以看到他的小鸡鸡在短裤里面,周围有些黑色卷曲的毛发,很像爸爸的烟草。汉娜又开始傻笑。

"你的小鸡鸡好奇怪,它站起来了。"

奥贝得意地笑起来。仓鼠顺着他的小鸡鸡往下跑。万一它咬人或是想钻洞怎么办?

"如果我撸几下,就会出来白色的东西。"

这下好了,在我听来那挺疼的。我已经忘了尾椎骨的疼。我有瞬间的冲动,想去摸摸他的小鸡鸡,就像抚摸蒂西的毛皮那样抚摸它。只是为了知道它摸上去是什么感觉,它是什么材料做的,能不能移动它,大概可以轻轻地拉扯吧。如果你轻轻拉扯牛尾巴,它们会回过头来看一下,但如果你拉扯个没完,它们就会踢你。

奥贝的手松开了蓝白条纹平角内裤的裤腰。我们看到裤子里的凸起动来动去,就像海里的波浪。

"蒂西会闷死的吧。"汉娜说。

"我的老二又不会闷死,不是吗?"奥贝说。

"这倒是真的。"

"蒂西会不会有尿臭味?"

我哥哥摇摇头。可惜我已经看不见他的小鸡鸡了。我能感觉到肚子里面的虫子让人痒痒的，但理论上是不可能有虫子的，因为小熊事件后，妈妈每天晚上都会给吃我一大勺糖浆式的东西，吃上去有甘草的味道。瓶子上的标签写着：**驱虫**。我没有告诉她，我一直惦记着小约翰尼和迪沃恰·波洛克，不过主要是在想迪沃恰。要是我说了，她可能会和爸爸吵一架，因为妈妈不喜欢编造出来的东西，因为你会在想象的故事里剔除苦难，而妈妈认为受苦本来就该是世事的一部分。她永远不能忘记这种想法，哪怕忘记一天都不行，因为她会内疚；她认为每个人都应该背负自己的罪孽，好比在练习本上一遍又一遍地罚写。

奥贝抖了抖腿，蒂西滚落到了被子上。它的黑眼睛像火柴头，背上有一条黑条纹，右耳卷了两圈。就算你时不时地去抚平，那只耳朵仍会卷起来。他从床头柜上拿起那杯浑浊的水时，汉娜刚刚靠着我坐好。杯子旁边有一堆牛奶瓶盖。瓶盖埋在沙子里。读小学的时候，大家都叫他"翻盖王"。不管和谁赛，他都能赢，甚至包括那些作弊的人。

"我要给你们看点什么，对吧？"

"不是刚刚看过了吗？"我突然觉得口干舌燥，吞口水都难。我不停地去想象奥贝所说的白色的东西。像我们过生日时用来做酿馅鸡蛋的裱花袋里的馅料吗？妈妈把馅料放在地下室，否则整栋房子都会臭烘烘的。犹太人要忍住不偷吃，不偷偷地把手指尖带罗勒碎的淡黄色糊糊弹出去也挺难的，我有时就会那样弹。我留下了蛋清,因为没有馅料,蛋清也就没用了。马蒂斯还在的时候,他们说:"又到了一年中的这一天,吃蛋的人好忙哦。"我就会笑着从冰箱里拿出第二个裱花袋,那是他们留着备用的。现在他们不过生日了,妈妈也不再做酿馅鸡蛋了。

"不,"他说,"我才开始呢。"

他把蒂西丢进水杯里,用掌心盖住杯口,开始慢慢地来回移动杯子。我忍不住笑起来,这看起来挺好玩的。凡是你能用数字算出的事情,都会得到可靠的答案——我敢打赌,蒂西一分钟后就需要呼吸了。仓鼠从玻璃杯的一侧移动到另一侧,速度越来越快,它的眼睛开始往外凸,它的双腿疯狂地踢来踢去。只过了几秒钟,它就漂浮起来,俨如漂在水平仪上端的灰色气泡。没有人说话。我们只能听到蝴蝶扇动翅膀的声音。然后,汉娜开始放声大哭。楼梯上几乎是立刻传来了脚步声。奥贝吓了一跳,飞快把玻璃杯放到他的乐高城堡后面,城堡里的敌人正按兵不动,暂时停火。

"出什么事了?"爸爸推开门,恼怒地四处张望。我的脸颊红彤彤的。汉娜在灰色床罩上蜷缩成一团。

"雅斯把汉娜推下了床。"奥贝说。他盯着我的脸。他的眼里没什么显而易见的内容。没有保持水平状态的气泡。那两只眼睛像骨头一样不动声色。爸爸看向另一边的时候,奥贝飞快地张开嘴,手指伸进伸出,好像在催吐。我立刻从床上滑了下来。

"对,"爸爸说,"去你的卧室吧,你,去祈祷。"

他的鞋子踢在我屁股上;堵在那儿的屎现在可能已被踹回我的肠子里去了。要是妈妈知道蒂西的真相,肯定又会沮丧,好几天不说话。我最后看了一眼汉娜和奥贝,然后看了看乐高城堡。我哥哥突然去忙活他收集到的那些蝴蝶了。他大概是赤手空拳把它们从半空中捉回来的。

| 6 |

只有我妹妹明白我为什么不再脱外套了。也只有她一个人试图想出对策。这件事占据了我们的夜晚。有时候,我很怕她真能想出什么法子让我脱下外套,那样的话,我就要抢走她的一样东西,因为死亡就像撒了一整天肥料后笼罩在农场上方的那种令人窒息的味道,只要我们还有渴求,就能免于一死。与此同时,我的红色外套渐渐褪色,一如马蒂斯在我心中的印象渐渐淡去。家里任何地方都看不见他的照片,只有他的乳牙,收在窗台上的小木盒里,有几颗上面还有干涸的血迹。每天晚上,我都去想他的样子,好像在为重要的历史考试复习——就像反复背诵"自由、平等、博爱"直到记牢,还特别会在大人们的聚会上炫耀我学到的东西——就是这样,我要把他的五官

样貌牢记在心，还很怕别的男孩突然闯进脑海，让我哥哥的身影从他们中间溜走。我的外套很重，口袋里装着我攒下的所有宝贝。汉娜弯下腰来，塞给我一把咸爆米花：这份献祭是为了弥补刚才她没有挺我。要是我把她从床上推下去，蒂西说不定还活着呢。我不太想和她说话。我现在只想见妈妈或爸爸，想对他们说我没做错什么事。但爸爸不会来。他从不道歉。他不能让这话越过皲裂的嘴唇——只有上帝的话才能顺畅地吐露出来。在他叫你把桌上的三明治填料递给他之前，你不会知道一切又恢复正常了。然后，你又可以开开心心地把苹果蜜酱递给他，虽然我常想拿起自己的餐刀，把蜜酱涂抹在他脸上，以便把我们的目光黏在他身上，好让他看到：三王并不能找到东方。

我突然想知道，爸爸不只是刮掉了粘在我房间天花板上的星星，会不会也把天上的星星刮掉了？也许这可以解释为什么一切看起来更黑了，奥贝更坏了：我们迷路了，也没有人可以让我们问路。就连熊爸爸也在冬眠——我最喜欢的绘本书里的大熊，每天晚上都为怕黑的小熊摘下月亮。只有我房间插座里的夜灯能给我一点安慰。其实我年纪不小了，不该用夜灯了，但在夜里，所有人都会失去年龄。恐惧的伪装比我妈妈的花裙子还多，这可不是瞎说，她的衣橱里塞得满满的——不过她最近总穿同一条，印着仙人掌的那一条，好像这样就能让大家和她保持距离，就算她现在把晨袍裹在这条裙子外面也一样。

我面朝墙壁躺着，墙上有一张鲍德温·代·格罗特的黑白海报，就是孤零零的骑行者在狭小山路上的那张，自行车前杠坐着一个孩子。有时，我在睡着前胡思乱想，幻想我就是那个孩子，骑自行车的就是我妈妈，其实她并不喜欢骑车，因为她太怕裙摆会卷进轮辐，我们也不可能那样孤零零地骑行在那种小路上。我翻了个身，汉娜把爆米花放在我们中间。爆米花立刻就黏在我的床单上了。我们轮流拿来吃。《箴言》中的一段话浮现在我脑海中："行仁义公平比献祭更蒙耶和华悦纳。"我无法抵制这份献祭的诱惑，因为我们能吃到爆米花的机会少之又少，而且我知道汉娜是好心，因为她脸上有种愧疚的表情，眼角上扬，好像牧师列举本社区的罪状时抬头去看刚刚粉刷过的天花板。

一连好几次，我的手速慢了，就会碰到汉娜的手指头，触及她咬过的指甲边缘。那些指甲深嵌在边缘鲜红的指肉里，像香肠里的一块块白色肥油。我的指甲只有一个问题：指甲缝里有黑泥。汉娜说我的指甲快变黑了，因为我总想着死，想得太多了。我立刻回想起蒂西鼓出来的眼珠子，当它在水里停止扑腾时，在我脑袋里沉淀下来的是空虚感，随之而来的有如重击，一场终结、一只空轮带来的那种摧毁一切的寂静。

汉娜把最后一粒爆米花吃掉时，说起她想要的新款芭比娃娃，我这才意识到自己的双臂叠放在被子下已经有一会儿了。也许上帝已经等了半小时，想等我说出什么。我展开交叠的双手：在我们村里，保持沉默也是一种说话的方式。我们没有答录机，但我们允许一长段沉默落定，在那种沉默的背景里，你有时会听到哞哞的牛叫，有时会听到开水壶的尖啸。

"车祸还是烧死？"我问。

汉娜的表情放松下来，现在她知道我不再生她的气了，我们只是在例行日常问答。她的嘴唇看上去又红又肿，因为爆米花上有盐。你从献祭中得到的比付出的更多。奥贝是因为这个才弄死蒂西的吗？为了换马蒂斯回来？我不想去想我那只有四条腿和超过一亿个嗅觉细胞的献祭品。

"他们要怎么烧起来呢？"

"我不知道。有时候，他们会忘记吹灭蜡烛，比如摆在院子那边窗台上的那些小圆蜡烛。"我说。

汉娜慢悠悠地点点头。她在琢磨其中的合理性。我知道我过分了，但我越能想出爸爸妈妈可能会用什么方式了结他们的生命，以后被惊吓到的可能性就越小。

"被杀死还是得癌症死？"

"癌。"我说。

"从青贮仓跳下来还是淹死？"

"为什么要从仓上跳下来？那也太蠢了。"汉娜问。

"有些人感到非常悲伤的时候就会，他们会从各种各样的东西上跳下来。"

"我觉得那是个蠢主意。"

我以前没想过，爸爸妈妈不只会屈服于死亡，也可以反过来战胜死亡。你可以像策划生日派对那样去策划审判日。这肯定是因为我那天听到妈妈说了什么，还看到了梁上的绳索。我想起她去教堂前会缠上丝巾——她有各种颜色的丝巾——又担心它们会让她更疯狂。她把丝巾缠得很紧，从教堂回来后，你都能看到她皮肤上的勒痕。她戴丝巾也许是为了能唱出赞美诗的高音，有些音真的太高了，高到你不得不夹紧屁股去唱。但我对妹妹说："这个主意确实很蠢。我赌是心脏病发作或是车祸，妈妈开车太鲁莽了。"

我把最后一粒爆花米很快地扔进嘴里。这粒刚才滚到我肚皮下面去了。我把盐的味道吮干净，直到它变得没有滋味，软趴趴地粘在我舌头上。它让我想起奥贝有一次把死掉的黄蜂放进我嘴里。那只死蜂僵在窗台上，就在妈妈的口香糖旁边——她上床前总会把口香糖拿出来，滚圆了搁在那儿，让它在夜里变硬，第二天早上再接着嚼。我那么做是为了换到一摞牛奶瓶盖；奥贝发誓说我不敢。我能感觉到黄蜂身上细小的绒毛蹭着我的上牙膛，翅膀就像杏仁切片搁在我舌头上。奥贝数到了六十。我假装自己含着一口蜜糖，但在那整整一分钟里，死亡就在我的嘴里。

"你说，爸爸有心吗？"

黄蜂的印象让位于爸爸的胸膛。我今天还见过的。天那么热，他跟着牛群在农场里走来走去，没穿他那件白背心。他的胸前有三撮毛。金色的。我想象不出来他的肋骨后面有颗心，感觉更像是一个泥坑。

"应该有吧,"我说,"给教堂募捐时他总是很慷慨的。"

汉娜点点头,把腮帮子吸进去。因为刚才哭过,她的眼睛依然红红的。我们不谈论蒂西的事。我们不谈论所有我们永远不会忘记的事情。泥坑每年只会被清空一次。现在不是清空心事的时候,虽然我不知道什么时候才算到时候。外婆常说祈祷会减轻你心的负重,但我的心还是只有三百克重。和一包肉糜差不多。

"你知道长发公主的故事吗?"汉娜问。

"当然知道。"

"我们可以用她的办法。"汉娜说。她侧过身来,这样就能和我面对面了。在我那只地球仪灯的光照下,她的鼻子看起来很像一艘倾覆的帆船。她有一种罕见的美,就像她用蜡笔画的那些画:歪歪斜斜的,却让画面显得很美,很自然。

"有一天,她被人救出高塔了。我们需要一个救我们的人。得有个人带我们离开这个愚蠢透顶的村子,离开爸爸和妈妈,离开奥贝,离开我们自己。"

我点点头。这是个好计划。只不过我的头发刚刚盖过耳朵,要长到那么长——长到能让谁顺着头发爬上来——肯定还要好多年。再说了,我们农场的至高点不过是干草棚,你踩着梯子就能爬上去。

"还要让你脱掉外套。"汉娜又补上一句。她用黏糊糊的手指来撩我的头发。我能闻到爆米花的咸味。她让手指从我脑袋的这头滑到那头，指肚时不时拍打着，就像小虫子爬过时让人痒痒的。我从不碰汉娜，只有在她要求我碰的时候才会碰。我只是不会想到去碰她。有两种人，一种人固执不放，另一种人放得下。我属于第二种。我只能靠我收藏的东西来留住一个人或一段回忆。我可以把它们安全地藏在外套口袋里。

汉娜的门牙上粘着一片爆米花壳。我没说出来。

"可是，我们不能一起走吗？"我问。

"对岸就和村里卖酒的店一样。你未满十六岁就进不去。"

汉娜对我摆出一副坚定的表情。现在根本没法和她争辩。

"而且必须是个男人。救人的人总是男人。"

"那上帝呢？他是拯救者，对吗？"

"上帝只救那些已经沉下去的人。你连游泳都不敢。而且，"汉娜接着说，"上帝对爸爸太好了。他肯定会告诉爸爸，我们就永远也走不掉了。"

汉娜说得对。虽然我不知道自己想不想有个拯救者——首先，你得学会稳住自己，但我不想让妹妹失望。我好像能听到爸爸对我们大喊："离开手足的人就成了流浪汉，漂泊无根，失去了存在之本。"这是我们的存在之本吗？或者，还有另一种生活在地球上的某个地方等待我们，像我的外套那样贴合我们？

"你有二十四小时来作出选择。"汉娜说。

"为什么是二十四小时？"

"我们没有太多时间，我们的性命就指望这个选择了。"她说这话的语气很像我们在谷仓里打乒乓球时，总有人把球打偏，她就会说，"现在来正经的了。"好像我们之前挥动球拍只是为了赶走粪蝇似的。

"然后呢？"我问。

"然后，然后就开始了呀。"汉娜轻声说道。

我屏住呼吸。

"接吻。长发姑娘有长头发，我们有自己的身体。如果你想被拯救，就必须动用你的魔法。"汉娜笑了。要是手上有把凿子，我真想把她的鼻尖敲敲直。

你应该去除所有引起不必要的注意力的东西，有一次，我忍不住从包里拿出我的宝可梦卡时，爸爸曾这样说。他把那些卡片扔进火里，说："没有哪个人可以侍奉二主：因为他要么讨厌这个，喜欢那个；要么忠于这个，轻视那个。"

他忘了我们已在侍奉二主了——爸爸和上帝。再有第三个可能会使情况变得复杂，但那留给以后再操心吧。

"好恶。"我摆出被恶心到的鬼脸。

"你不想被救出来，然后去桥的另一边吗？"

"我们该怎么命名我们的计划？"我很快地问道。

汉娜沉思了一会儿。

"就叫'计划'？"

我拉下外套的抽绳，感到衣领逼近了脖子。换作梁上的套索，脖子的感觉会一样吗？我听到我的书桌下响起轻轻的扑通一声。汉娜不知道我养了两只蟾蜍，也就是说，我的房间里已经有了一点来自另一边的东西。现在跟她说好像不太明智——我可不想让她把它们放回湖里，让它们游走，看着它们潜沉到马蒂斯消失的地方。抚摸它们，我就终于有东西可以紧握在手，虽然它们摸起来感觉很滑稽。幸运的是汉娜没听到：她满脑子只有"计划"。

我们听到下面传来脚步声。爸爸从活梯上探出头来。"你们俩是在反省自己的罪过吗？"汉娜笑了，我脸红了。这就是我们俩最大的区别：她是光明的，而我是黑暗的，而且越来越黑暗。

"去你自己的床上睡，汉娜。明天还要上学的。"爸爸走下梯子。我低头看他走，他的头像颗一字槽螺钉。有时我真想让他钻进地里，那样的话，他就只能做两件事：看和听，听了再听。

| 7 |

我在半夜惊醒。汗湿了我的羽绒被,被面上的行星和月亮散发出的光亮似乎减弱了。也有可能,它们发出的光亮照旧,但对我来说已经不够亮了,渐渐失效。我推开湿乎乎的被子,坐到床边。在薄薄的睡衣下面,我的身体立刻开始发抖,门缝下的穿堂风一下子揪住我的脚踝。我拉起被子披在肩上,想着刚刚做的噩梦,在梦中,我的父母像两条冻僵的鳗鱼躺在冰下,俨如农夫埃弗森时常送给我们、用《归正宗日报》包裹的冻鳗鱼。爸爸曾说过:"它们裹在上帝的箴言里,味道就更好了。"

埃弗森也在梦里。他穿着主日礼拜时常穿的那套西服,窄边翻领,闪亮的黑领带。看到我,他开始在冰上撒盐,说:"这样可以让他们保存得更久"。我趴在冰面上,像从天堂落地的雪天使，看着我的父母——他们很像封存在罐装凝胶里的恐龙玩偶，那是我某一年的生日礼物。我和奥贝用苹果核把恐龙从凝胶里挖了出来。一旦被挖出来，它们就没什么意思了：正是因为没人能触碰到，它们才让人产生兴趣，我封冻的父母也一样。我拍了拍冰面，把耳朵贴上去，听到了冰鞋歌唱般的旋动声。我想对他们大声呼喊，但嗓子眼里什么声音都发不出来。

我再次站起身时，突然发现伦克马牧师站在水边，穿着他在复活节时才会穿的特殊样式的长袍，那时，所有本教区的小孩都会手持木头十字架走过教堂里的长廊。每只十字架上都挂着一只新鲜出炉的面包做的复活节兔子，还有两只醋栗当眼睛。在我们离开教堂前，奥贝常常把他的那只兔子吃掉大半。我从来不敢去吃我那只兔子，生怕回家后会看到兔笼里空空如也，还怕我折断复活节兔子的耳朵，迪沃恰的耳朵也会断掉。我就让那只兔子在书桌抽屉里发霉。那还不至于太可怕。发霉至少是一场漫长的解体过程。但在我的噩梦中，伦克马牧师站在芦苇丛中，像只鸬鹚在等待有什么东西可以啄上几口。在我醒来前，他用庄严的声音说道："天堂高于大地，我的途径也高于你们的途径，我的思想也高于你们的思想。上帝的计划就是你们的计划。"他的话音刚落，一切都陷入黑暗：我身下的盐粒开始消溶，我似乎缓慢地滑到冰面之下，直到最后，看到一个冰里的洞：卧室书柜边插座里的夜灯。

"上帝的计划就是你们的计划。"牧师说的会不会是奥贝和汉娜的计划？我打开床头柜上的地球仪灯，脚在地板上摸索，找到我的拖鞋，然后抚平我外套上的褶皱。我不知道我有什么计划，只愿爸爸妈妈有朝一日能再交配，重获幸福，那样的话，妈妈就能开始吃东西，他们就不会死了。一旦完成这个使命，我就可以安心地去另一边。我把牛奶桶从桌底抽出来，看了看用惺忪的睡眼望着我的蟾蜍。它们好像瘦了，肉瘤变白了，很像奥贝在新年除夕烟花目录里圈出的摔炮的照片——他花了好几个星期来研究火箭和喷花，想拼出最好的组合。我和汉娜只挑贴地旋转的小烟花，因为我们觉得它们最好看，也最不吓人。

我微微倾斜牛奶桶，想看看它们有没有吃东西，但桶底的生菜叶子都成褐色的了，蔫巴了。蟾蜍看不见静止不动的东西，我知道，所以它们会饿死的。我捡起一片生菜叶，在它们面前上下扇动。"这个很好吃的。吃呀。吃吧。"我轻轻地念叨。没有用，这些蠢笨的生物不肯吃。

"那现在就交配吧。"我坚决地说完，拿起两只中较小的那只。我轻轻地用它的肚皮摩擦另一只蟾蜍的背。我在学校电视机的自然课中看过这种场面。蟾蜍在蟾蜍身上坐了好几天，但现在没那么多时间。我的父母时日无多：他们像硝纸摊在我们的掌心里，等着有人点燃他们，才能给我们温暖。我把两只蟾蜍叠在一起摩擦时对它们轻声说道："你们不这样做就会死。你们是想死还是怎样？嗯？"我感觉到脚蹼抵着我的手掌。我越抓越紧，越来越固执地要把两只蟾蜍压在一起。过了几分钟，感觉有点无聊了，我就把它们放回桶里。我拿出几片包在纸巾里的菠菜叶，那是吃晚饭时偷偷留的，还有一大块烤面包，但现在已经软塌了。蟾蜍看起来还是一副死相。我等着，想等到它们开吃，但什么也没发生。我叹了口气，站起来。也许它们需要时间，改变总是需要时间的。奶牛也不吃混上新饲料的吃食：你必须一把一把地把新饲料加进它们吃惯的旧饲料里，直到它们无视团粒的不同。

我把放进自己晚餐残食的桶推回桌底，刚好发现桌上有个图钉，就在我的笔筒旁边。它是从我的软木板上掉下来的，本来钉的是隔壁黎恩寄来的明信片。每隔一段时间，她就会给我寄一张明信片，因为我曾抱怨自己从没收到过邮件，而爸爸总能收到——漂亮的蓝色信纸。我想，有些信应该是关于犹太人的。他们在我们这儿躲了这么久，现在肯定有人惦念他们吧？我本想把他们的事告诉老师，但又担心被人偷听到。我们班上的几个男生有点像纳粹，尤其是达威，有一次，他把老鼠装在铅笔盒里偷偷带到学校。整整一天，他把它和漏墨水的笔关在一起，最后在生物课上把它放了出来，还大喊大叫："一只老鼠！老鼠！"老师用面包屑做了个圈套，把它逮住了，但它受到惊吓，当场就死了，全班同学欢呼起来。

隔壁的黎恩在她寄来的明信片上没写几句话。通常是说说天气和她家的牛，但正面的图片都很漂亮——白色的沙滩，大袋鼠和小袋鼠，长袜子皮皮住的维勒库拉别墅，还有终于敢下水游泳的勇敢的跳鼠。我突然有了个主意。老师曾在教室后墙的世界地图上插了一枚大头针。贝莱想去加拿大，因为她叔叔住在那儿。老师说，畅想自己以后想去的地方是很好的事。我把外套和衬衫拉起来，让肚脐眼露出来。我们家只有汉娜的肚脐眼是向外凸的——白白的小肉球，像只刚出生的小老鼠，我们有时会在盖住青贮饲料堆的油布下发现它们，眼睛还没睁开，蜷缩成一团。

"早晚有一天，我要走向自己。"我平静地说道，把图钉扎进我柔软的肚脐眼里。我咬住嘴唇，以免喊出声来，一滴血流淌下来，流向裤腰的松紧带，然后渗了进去。我不敢把钉子拔出来，害怕鲜血会喷溅得到处都是，那样的话，家里的每个人都会知道我不想走向上帝，而是走向自己。

| 8 |

"你的屁股要尽量分开。"

我侧躺在棕色皮沙发上，回头看着父亲，像只撅起屁股的小牛。他穿着蓝色运动衫，这意味着他很轻松，今天的牛群让他很省心。我却一丁点儿也不轻松。我已经好多天没大便了，盖在外套下的肚子又硬又胀，像妈妈常用条纹茶巾盖着的发酵中的圆环蛋糕。三王从伯利恒返回的路上获赠圆环蛋糕，因为蛋糕是用他们的头巾当模具的，所以是环形。在找到星星之前，我决不能把大便拉出去，尽管坐着都疼。我无法想象这样子长途旅行几个小时。

"你要做什么，爸爸？"我问。

他什么也没说，只是把运动衫领口的拉链往下拉了一点。

我看到一小块胸膛露了出来。他拿着一块绿色肥皂,用大拇指甲掰下一块。我在惊恐中回想过去几天的情况。我有没有在《行话比赛》没有播放的时段里说过什么"脸红词"?我有没有欺负汉娜?还没等我想出更多可能,爸爸就用食指把掰下的肥皂深深地塞进了我的屁眼。我只能脸面朝下,把尖叫闷进坐垫里去。我的牙齿都咬进布料里去了。蒙着眼泪,我能看清坐垫上的花纹。三角形。马蒂斯死后,这是我第一次哭。我脑海里的湖水清空了。爸爸抽出他的手指,和捅进去时一样迅速。他又从肥皂上掰了一块下来。我不想哭下去,就试着去想象我们在玩"抢地盘",我和几个同学时常在村里玩这个游戏:你要把一根棍子扔到对方的地盘,爸爸的手指就是那根木棍,仅此而已。但我还是夹紧屁股,紧张地回望坐在厨房桌边的妈妈,她正在整理牛的耳标——蓝的配蓝的,黄的配黄的,原本挂着这些标签的牛都已经死了。我不想让她看到我这个样子,但也没有什么能遮掩自己,只能任由羞耻的红色像马毛毯一样重重地盖在我身上。她没有抬头,继续手上的活儿,哪怕我们一向节省用皂,而现在,一小块一小块的肥皂消失在我体内,这肯定会让她不满。有只耳标落到地上。她弯下腰,头发垂挡在她脸前。

"张开点。"爸爸吼道。

仍在抽泣的我用两只手把屁股拨开,就像新生的小牛犊不肯吮奶瓶,你就得用手撑开它的嘴。爸爸的手指第三次伸了进去,我已经没反应了。我只是盯着旧报纸糊住的起居室窗户,那真是莫名其妙，因为他们喜欢谈天气，但现在这样根本看不到什么天气。"为了阻止偷窥狂。"我问起这事儿时，爸爸这样说，现在我倒是能说是为了阻止他，因为我的屁股就像两片窗帘一样被拉开了。但据我爸爸说，往小孩肛门里塞肥皂是屡试不爽、沿用了好几百年的良方——用不了两三个钟头，我就又能大便了。爸爸最后一次拿起绿色肥皂时，妈妈飞快地抬头看了一眼，说："150号不见了。"她戴着看书用的眼镜，离她很远的所有东西都会突然变得很近。我试着让自己变小，像汉娜的摩比世界游戏玩偶那样小，有一次，奥贝半个屁股坐到沙发上时，摩比世界玩偶后面的另一个娃娃顶到了它的屁股。我不明白他为什么觉得这事很好笑，也不明白他为什么要在长老来家访时把它们拂下沙发。把自己变小没有用，反而让我觉得自己变大了，更显眼了。

接着，爸爸拉了拉我的裤腰，表示这波操作已完成，我可以站起来了。他把手指在运动衫上蹭了蹭，然后就用那只手从碗柜上拿起一块姜饼，咬了一大口。我的小腿被拍了一下。"只是肥皂而已。"我飞快地提起裤子，跪坐着扣好前门襟。然后像一头牛倒在板条地板上那样，侧身躺倒的我用手掌抹去了脸颊上的泪水。

"150号。"我母亲又说了一遍。现在，她摘下眼镜了。

"运输热[①]。"爸爸说。

[①] 牛只在运输过程中感染的呼吸道疾病。

"可怜的小东西。"妈妈说。

150号和所有别的死牛一起落入托盘。有那么一瞬间,我万分希望那个标牌永远不再被人看到:那个滚动着的、染了污垢、孤零零的,并且很快就会消失在档案柜里的数字标牌。柜子总是锁住的,钥匙挂在碗柜侧面的钩子上:那是一种姿态,束之高阁,一个畜栏随之在他们的想象中腾空出来。我依然有爸爸的手指在我体内的感觉。没过多久,那块绿色肥皂就被放回了厕所水池上的金属盘里。没有人会担心被掰下的肥皂块正在我体内的某处游荡。

我小便时看着那块肥皂,好像又听到奥贝说过的:小肠内壁全部展开的话,表面积有网球场那么大。现在,奥贝想取笑我时不再只会假装发出呕吐的声音,还会做出抛起网球的姿势。一想到我的体内可以打场网球赛,想到构建我的空间远远大于我实际占用的空间,我就感到恶心。不止一次,我想象有个小人用拖网整平网球场内的碎石,好让新一轮比赛在我体内进行,那样的话,我就又能大便了。但愿那小人的眼睛里不会有肥皂的绿色。

桌上,新耳标的旁边是我的淡蓝色泳衣,毫无生气地摊放在我的帆布背包上,再旁边是一包咸脆薯片,再旁边是一盒草莓酸奶饮料。有时候,游泳池的池底会有薯片,浸湿的残渣像起皱的水泡一样粘在脚底,你不得不用毛巾的一角把它们擦掉。

再过一会儿,你会看到它们又粘到别人脚下去,就像搭上了另一趟车。

"长颈鹿是唯一不会游泳的动物。"我说。

我努力地想忘掉那些绿色小肥皂在我体内游荡,一如努力地想忘掉我爸爸的手指。

"你是长颈鹿吗?"妈妈问。

"现在我是。"

"你只剩这一门课程没完成了。"

"但这是最难的课程。"

我是同龄人中唯一没有通过学校游泳测试的人,也是唯一一个在"游出水洞"时驻足不前的人:能从洞中游出去很重要,因为这个村庄的冬天很严酷。即便在十二月的那天过后,在爸爸烧了我的系带木制冰刀鞋之后已经过去一年多了,即便现在才五月中旬,但总有一天,我终究要再次鼓足勇气,踏上冰面。现在,冰面上的洞基本都在我们的脑袋里。

"如果上帝不希望人能游泳,就不会把我们造成这样了。"妈妈说着,把我的泳衣和薯片放进我的背包。底下还有一盒膏药。我决不能忘了在肚脐上贴一块,否则,透过泳衣就能看到那只绿色图钉。那样,每个人都会知道我从来没有度过假,否则我就会向往去外国,去涂了厚厚一层防晒霜似的白晃晃的海滩。

"我可能会淹死的。"我慎重地说道,同时观察妈妈的神色,指望着她吓一跳,指望她的皮肤上出现更多的皱纹——比她独自哭泣时更多,还希望她能站起来,抱住我,摇晃我,让我像浸泡在盐水中的小茴香奶酪一样前后晃荡。妈妈没有抬头看。

"别傻了。你不会死的。"她说这话好像很勉强,好像我不够聪明,所以不会早死。当然,她不知道我们——三王——打算见识一下死亡。我们看见死亡带走了蒂西,但太快了,转瞬即逝。再说了,如果你对死毫无预备,就根本不知道该戒备什么。人要有所成就,就必须准备充分——上帝创世时就知道了:我们必须用一天来休息,从前七天创建的万事万物中抽身而出。

"你拿不到学分,我们就不能去度假。"

我叹了口气,感到图钉扎进了我的肚脐。那一圈皮肤已变成了淡紫色。上周,他们在泳池里平铺了一块白色油布,上面有个洞,潜水员浮在洞口边。游泳老师教过我们:恐慌和失温是我们最大的敌人。为了让场景看起来更逼真,潜水员的脖子上还挂着凿冰锥。圣诞节那天,马蒂斯忘了带上他那把钢尖破冰凿。它在门厅镜下的小桌子上。没人知道我看到它在那儿,还想出去追上他,但是,大人不允许我跟出去玩,我一气之下就没有说出来。

到了游泳池,贝莱用手指戳了戳我的侧腰。她穿着粉色泳衣;右臂上有个宝可梦图案的假文身,就是买两包口香糖附送的、会从皮肤上一点一点慢慢消失的那种贴纸。她几年前就通过了游泳测试，现在能在泳池独自游，还可以从高高的跳板上跳下来，或是去玩水上大滑梯。

"伊娃的胸变大了。"

我偷偷看了一眼正在排队上大滑梯的伊娃。开学的时候，她在我耳边说我肯定没搞清楚"帅"和"潮"的区别。当然，她说的是我的外套。伊娃比我们大两岁，据说她很了解男生喜欢女生什么，还知道如何表现出来。游泳课下课后，她包里的青蛙糖总是最多，虽然一开始，我们有的糖果数量是一样的。你想得到关于男生的一条锦囊妙计，就要给她两颗青蛙糖。只有她不和我们一起冲澡。我觉得是因为她有疣，她说没有，但我能看到她的脚底两侧有肉疣，就像我的蟾蜍身上的黏液腺，充满了毒性。

"我们的会不会长大一点？"贝莱问。

我摇摇头。"我们永远不会有胸。一个男孩看你的时间超过十分钟，你才会长出胸。"

贝莱转头看看那些准备从洞口潜下水的男生们。我们是没有人看的，只是被看到而已，这是完全不同的概念。

"那我们必须确保他们来看我们。"

我点点头，指了指游泳老师。他正用手摸索吊在脖子上的哨子。我的词语像是卡住了，就像那些堵在滑梯上、挤成一列的孩子——偶尔才会有谁一头冲进水里。我的身体开始颤抖，图钉摩擦着我的泳衣。

"老师说，慌乱不是敌人，而是警告。那就只剩下一个敌人了。"我说。然而，就在我站到泳池边，准备往下跳时，我看到马蒂斯出现在眼前。我听到他的冰鞋嗒嗒嗒，冰下的气泡咕咚咕咚。潜水员说，人在水下，心跳会加快，但我还没潜下去呢，我的心就开始撞击胸口，就像我的拳头在噩梦中锤击冰面。贝莱搂住我：他们教我们怎样把人从冰面下救上来，但在水面之上，我们却不知道怎样把人留在岸上，所以也难怪贝莱的手臂又沉重又笨拙。她的泳衣紧贴在她身上，我可以看到她瘦削双腿间的窄缝。我想了想伊娃脚上的疣，想象它们会怎样爆开来，让泳池充满绿色的毒，让潜水员一个接一个变成青蛙糖，呱呱地叫。

"她哥哥。"贝莱对游泳老师说。

他叹了口气。村里的每个人都知道我们家的事，但马蒂斯离去越久，人们就越习惯我们家只有五个人。新落户的村里人甚至都不知道那件事。我哥哥在慢慢淡出众人的印象，却在我们的脑海里越沉越深。

我挣脱贝莱的臂膀，逃进了更衣室，把外套直接穿在泳衣外面，然后在长椅上躺倒。这里有氯水的味道。我相信泳池里的水会因为我体内的绿色肥皂而冒出肥皂泡。每个人都会对我指指点点，我就得告诉他们我身体里出了什么问题。我趴在椅子上，小心翼翼地做出游泳的动作。闭着眼睛，我做出蝶泳的动作，让自己从冰洞口沉下去。很快，我意识到自己的双臂不动了，只有臀部在上下起伏。潜水员说得对：心跳加快，加速呼吸。失温不是敌人，想象才是。

长椅像黑冰，在我肚皮下面嘎吱作响。现在的我不想得救，我想下沉。越沉越深，直到呼吸变得困难。与此同时，我把青蛙糖嚼成碎块，咂着明胶，甜蜜的慰藉。汉娜说得对：我们必须离开这个村子，离开牛群，离开死亡，离开生命的本相。

9

妈妈把一块小茴香奶酪投入盐水中。需要浸泡两到五天。她旁边的地板上有两大袋真空制盐。每隔一会儿,她就往水里扔一大勺盐,这样才能锁住奶酪的味道。有时候我会想,假如我们把爸爸妈妈浸到盐水里,以"圣父、圣子和圣灵的名义"给他们重新洗礼,会不会有帮助——能让他们变得结实,能保存更久吗?我刚刚才注意到,妈妈眼圈的皮肤又黄又暗,好像餐桌上的那只灯泡,用她的花围裙当灯罩后就由明变暗了。我们绝对不能带怒气和她说话,不能粗暴无礼,而且绝对、绝对不能哭。有时候我想,如果可以把他们永远浸在盐水里,那就更安宁了,但我不想让奥贝照顾我们。我们家的人已经这么少了,到那时候,就会更少了。

我从盐渍棚的窗户看出去,看到哥哥和妹妹正走向最远的牛棚。他们要把蒂西、夭折的小鸡以及两只流浪猫一起埋掉,我的任务就是分散妈妈的注意力。爸爸不会注意到的,因为他刚骑车出门了。他说他不再回来了。都怪我。昨天,我拔下冰柜的插头,好插上烤面包机的插头,但后来忘了把冰箱的插回去。刚冻好的豆子被爸爸妈妈抢救出来后,只能湿漉漉、软趴趴地摊在厨台上。绿色的小身子看起来好可怜,活像灌丛蟋蟀遭受了灭绝性瘟疫。我们的活儿都白费了:一连四个晚上我们都在剥壳,腿上搁着装垃圾的托盘,身旁的地板上放了两个牛奶桶,所以,妈妈只需要把剥好的豆子洗净,焯水,再装进冷冻袋里。丰收的、融软了的豆子都摆在桌子上,爸爸用面包刀把塑料袋割开,把软绵绵的豆子倒进手推车里,然后再倒进堆肥用的粪坑——我担心我们迟早要用这辆手推车把爸爸妈妈也倒进去,而那将是我的错。之后他说我们要自己想办法——但我们都知道他是要去工会,等他回来,就会忘了他曾扬言要一去不回。很多人都想逃,但真正逃走的人很少事先张扬:他们只是一走了事。

爸爸走后,我们把蒂西装进一只俄罗斯沙拉碗里。汉娜用水彩笔在盖子上写道:**让我们永远不要忘记。**奥贝带着冷冰冰的表情在一旁看着。他没有透露任何情绪,只不过越发频繁地去摸自己的天灵盖,我知道他躺在床上翻来覆去,撞了一整夜的头,撞得那么狠,以至于爸爸在床头板上贴了泡泡纸。我总能听见泡泡破裂的声响。我有时会琢磨：是不是因为这个原因，奥贝才会这么糊涂，也许他把自己的脑袋撞乱了。

"你能帮我压一下凝乳吗？"妈妈问道。

我从窗口走开，头发还湿漉漉的，因为刚从游泳池里出来。没人问我课上得怎样，他们想到什么事情，只会告知我们必须去做，然后就忘了追问后续的情况。他们不想知道我有没有游出冰洞，或是怎样游出来的。我还活着，这就是他们唯一关注的事情。我们每天都能起床，不管多么磨蹭，对他们来说就足以证明我们的状态挺好。三王一如既往地让自己坐上骆驼，尽管鞍座早已消失，我们只是坐在光秃秃的兽皮上，每一次颠簸都会蹭伤我们的皮肤。

我用手指把那块湿漉漉的白色奶酪按进模子里，然后移到木制的奶酪压榨机前，按住模具往下压，把凝乳中的乳清压出来。妈妈扣上了凝乳酵素的盖子。我又压了一轮乳清。白色的碎屑粘在我的手指上，我把它们抹在外套的衣缝上。

"地下室里怎样了？"

我没去看妈妈，而是把目光定格在妈妈围裙上鲜花盛开的草地。有可能，妈妈会在某一天搬进地下室；她会发现住在那里的那家人——那些犹太人——比我们好。我不知道三王到那时会怎样，直到现在，爸爸喝咖啡的时候都不会自己加热牛奶，要是他煮牛奶都会煮过头，又怎能让孩子们保持合适的温度？

"你在问什么？"妈妈问道。她转过身，把搁在壁架上的那些奶酪翻个身。其实我不用问也知道,她不会轻易泄露自己的秘密事业。这就好比你让不同品种的奶牛杂交时必须很小心。也许她正在为离开作准备,离开我们。也许这就是她不再戴眼镜的原因,让我们停留在远处。

"没什么。"我说,"没什么是你的错,就连你肚子里的那块石头也不是。"

"别说些莫名其妙的话。"妈妈说,"也别抠鼻子。你是不是又想长虫子了?"妈妈用力抓住我的胳膊;这是她第二次用指甲抠进我的外套了。她已经很久没有剪指甲了,我注意到了。她的指甲已长出了白色尖端,有些地方被乳清染黄了。"我们要为此感谢什么?"我没有回答。有些问题,妈妈并不想得到回答。她不会说出来,所以你要自己去感觉。要是你真的回答了,只会让她更伤心。她放开我的动作比抓住我的时候要小心。我想起我把小熊从晾衣绳上取下来的那个夜晚她对爸爸说起的灾祸。灾祸在埃及爆发,是因为埃及人想去另一边。在这里,灾祸爆发是因为他们不许我们去另一边,尽管我们很想去。如果我和汉娜能离开,妈妈肚子里的石头甚至都可能变轻一点。也许我可以请兽医给她做手术。有一次,邻居踩到了一头牛的乳房,兽医就从牛身上切下了几个脓肿。他把切下来的东西扔进了堆肥用的粪坑,不出一个小时,乌鸦就把血淋淋的肿块吃光了。

我们身后的棚门被推开了。妈妈刚开始检查一块新奶酪。她回头去看,把奶酪铲勺放在身旁的台面上。

"怎么没有咖啡?"爸爸问。

"因为你不在家。"妈妈答。

"但我在了,而且早就过四点了。"

"那你得自己做,如果你真的需要。"

"我需要的是多一点尊重!"

他迈开大步走出门,把门重重地甩在身后。愤怒的铰链需要上油。妈妈假装继续干活,但过了一会儿就开始叹气,终究是去煮咖啡了。这里的一切都是数字等式:**尊重=4块糖+1小杯炼乳**。我飞快地把奶酪铲勺塞进口袋,和我所有的记忆放在一起。

"鲍德温·代·格罗特。"几小时后,我对着黑暗呢喃,对着我以为的汉娜的耳朵所在之处。我不需要想太久。如果说,有谁的声音在我的脑海中回荡了好几天,那就只有他了。我的包里甚至还有一张鲍德温的照片,和我初恋的照片放在一起:那是一个叫舒尔德的男孩。他的照片上有裂痕,我还记得当我发现他在自行车棚后想用两张宝可梦卡片和一块牛奶饼干换取我的爱时我有怎样的心情。从那一刻起,我就不断地把恐龙随身杯里的糖浆和脱脂乳倒进那儿的灌木丛,以示纪念,尤其是因为同学们都嫌我带的脱脂乳臭臭的——他们都有货真价实的盒装酸奶饮料。自行车棚后面的地面和植物都变成了白色。不,对我来说,鲍德温·代·格罗特似乎才是正确的选择,因为任何一个能把爱唱得如此美妙的人一定有能力拯救爱。而且,爸爸妈妈也喜欢他。如果他把我们带走,他们肯定不会介意。妈妈以前总是大声地跟唱他那首《马斯和瓦尔的地盘》,以至于我以为她在憧憬另一个地方。现在她只听《音乐果篮》——点播圣歌、赞美诗和灵歌的电台节目。

我和汉娜仰面躺在我的床上,手臂勾在一起,像只椒盐卷饼。被子盖在腰间,因为太热了,不能都盖上。我在抠鼻子,把小手指放进嘴里。

"恶心。"汉娜说。她把手臂从我的臂弯里抽出去,释放了她自己。她看不到,但她知道我常用抠鼻子来填补我的沉默。这能帮助我思考,我想让自己的思绪有个出路,似乎也得有相应的肢体表达。汉娜说这会让我的鼻孔变宽,就像内裤上的松紧带会失去弹性。你可以买新内裤,但你买不到新的鼻子。我把手伸进外套,放到肚子上。图钉周围结了一层痂。我用另一只手去摸汉娜的脸,用拇指和食指捏住她的耳垂揉了一会儿。这是人体最柔软的部位。汉娜又依偎到我身边。有时我喜欢她这样,但更多的时候不。有人站得太近或躺得太近时,我就会有种感觉:我必须承认什么,必须证明我真的存在;我在这里,是因为爸爸妈妈对我有信念,我可以从这种信念中得以诞生——哪怕他们最近有更多疑虑,也不太关注我们了。我的衣服上有褶皱。我就像垃圾桶里被揉成一团的购物单,皱巴巴的,等着有人把我抚平,再来读我的内容。

"我选赫伯特先生。"汉娜说。

我俩都枕在我的枕头上。我移开一点,离她再远一点,想象着自己的脑袋从枕头边缘滑下去,那将是我种种思绪的临界点,我希望我能够说服汉娜相信:我不需要拯救者,我确实想去另一边,远离这里,但也许我们需要的不是男人,也许我们不能简单地用上帝去作交换——他是我们的宝可梦卡片里最厉害的一张牌。哪怕我没有别的办法能让我们离开这里。

"为什么是鲍德温?"汉娜问道。

"为什么是赫伯特先生?"

"因为我爱他。"

"我也爱鲍德温·代·格罗特。"我说。也许是因为他长得有点像爸爸,虽然爸爸是金发,鼻子也要小一点,也不太会唱歌。爸爸也从来不穿五颜六色的衬衫,只穿他那身连身工装裤、蓝色运动衫,主日礼拜就穿黑色西装,翻领是有光泽的。爸爸只会吹八孔直笛。每周六和周日早晨,我们唱本周圣歌时他都给我们伴奏,好让我们周一在学校里出出风头。每隔几句唱词,他就把食指按准气孔,吹出音调,好像他早就知道我会跑调,总是唱不准。我时常觉得自己不是在为爸爸唱,而是为全村人,歌声要像黄油般柔和,像画眉鸟般清脆——落进黄油搅拌机的画眉鸟,他们就是这样恭维我的,穆尔德家的姑娘。那尖锐、没有起伏的单调笛声让我的耳膜生疼。

"你必须知道他住在哪里。这是先决条件。"汉娜说。她倚到我身上,打开地球仪灯。我的眼睛必须先适应光线,房间里的每一样东西似乎都要立刻摆出正儿八经的样子,把衣服拉拉好,变得安静,这样才能匹配它们在我心目中的印象。有点像妈妈——如果我们走进她的卧室时她衣衫不整,她总会吓一跳,好像很害怕她不能再满足我们对她的想象,因而每天早上都把自己打扮得像圣诞树一样。

"在桥的另一边。"

汉娜眯起了眼睛。我甚至不能确定鲍德温·代·格罗特是否住在对岸,但我意识到这听起来是多么令人振奋——另一边。糖果店再往下走一栋房子就是赫伯特先生的家,恰如我们思考的途径:你先想要糖果,再想要爱。我们明白这种顺序。

"那就这样。"汉娜说,"我们必须去那里。那儿有好多好多拯救者,而且爸爸妈妈不敢去那里。"

我捏了捏外套下的图钉,北海中央的救生圈。

"你想亲吻鲍德温吗?"我妹妹突然这样问道。

我疯狂地摇头。亲吻是老人做的事,而且是在他们没话说的时候才做的事。躺在身边的汉娜现在离我很近,我可以闻到她的气息。牙膏的味道。她用舌头舔了舔嘴唇。一颗早就该掉落的乳牙仍在努力变成大人的牙齿。

"我有个主意,"她说,"我马上回来。"

她从被单间滑溜出去,回来时提着爸爸主日礼拜时穿的西装。

"你要用它干吗?"我问。

汉娜没有回答。衣架上挂着一只熏香袋——熏衣草味。我看着她把西装套在睡衣外面。我咧嘴笑了,但汉娜没有笑。她从我的笔筒里拿出黑色记号笔,在上唇上面画出小胡子。现在她看起来有点像希特勒了。我真希望我能用笔把她全身涂满,这样我就能永远记住她,把她标记为我的所有。对我的外套口袋来说,她太大了。

"来吧。你必须仰面躺好,要不然没法弄。"

我照她说的做,因为我习惯了让她做主,习惯了让我服从她。她把自己瘦骨伶仃的腿伸进爸爸那条宽松得多的裤子,然后分腿坐在我臀部上,她把遮住脸孔的头发捋到后面去。在地球仪灯的光照下,黑色小胡子更像一个领结,这样的她看上去很诡异。

"我是城里人,我是个男人。"她压低了嗓音说道。我立刻明白自己该做什么了,好像她深更半夜穿着爸爸的西装坐在我身上是再正常不过的事。那件翻领闪亮的西装让她的肩膀变宽了,头却小得像个瓷娃娃的。

"我是村里人,我是个女人。"我用假音说道,比自己平常的声音高几度。

"你是在找一个男人吗?"汉娜粗声粗气地低吼道。

"没错。我想找个男人,把我从这个可怕的村子里救出去。他要非常强壮。而且英俊。而且善良。"

"好吧,夫人,那你来对地方了。我们可以接吻吗?"

还没等我回答,她就把嘴唇贴在我的嘴唇上,并且立刻推入了舌头。它是温热的,像隔夜的牛排被妈妈用微波炉里热过、再被端了出来。她的舌头迅速转动几圈,她的唾液和我的唾液混合在一起,顺着我的脸颊滴下来。一如推入时那样,她飞快地移出了舌头。

"你也有感觉了吗?"汉娜问道,屏住了她的呼吸。

"你是什么意思,先生?"

"在你的肚子里,在你的两腿之间?"

"没有,"我说,"只是你的胡子。扎得人有点痒。"

我们笑起来,好像根本停不下来,有那么一会儿,真有笑得刹不住车的感觉。随后,汉娜倒在我身边。

"你有金属的味道。"她说。

"你有湿牛奶饼干的味道。"我说。

我们都知道那有多糟糕。

10

我和妹妹醒来时脸上都是一条一条的黑印子,爸爸的主日西装皱得一塌糊涂。我一下子从床上坐起来。要是被爸爸逮住,他就会从餐桌抽屉里拿出《钦定版圣经》,给我们念《罗马书》:"你若口里认耶稣为主,心里信神叫他从死里复活,就必得救。"昨晚我们也是用这张嘴吻了对方。汉娜把她的舌头伸进我的身体里,好像在寻找她自己未曾拥有的词语。你可以拒绝罪恶引生的罪恶感进入你的心,但永远无法拒绝它潜入你的家。因此,只要爸爸来叫我们起床,就会立刻发现我们把这种罪恶请进门了,一如我们让流浪猫进屋来。我们把小猫放在柴火炉后头的胡桃木篮子里,喂它牛奶和面包皮,直到它强壮起来。现在,我和汉娜都不会得救了。

汉娜把爸爸西装上的褶皱抚平,从胸前的口袋里掏出半卷薄荷糖。她拿出一颗放进嘴里。我问自己,她为什么要这样做呢?薄荷糖是为了让我们乖乖地等到布道结束,让我们保持安静,不要晃荡腿脚,那会把长椅抖得嘎吱响,坐在我们这排的每个人就会知道穆尔德家的孩子们没在听伦克马牧师布道。我们现在没理由坐着不动——反而必须动起来。礼拜结束后,我们抱怨时间太长,他就会说:"谁表现出不耐烦就表示想受罚,就该让他听双倍时长的讲道。"然后又说:"隔壁的黎恩,现在絮絮叨叨说个没完。她能把驴子的后腿说断,也可以把你们的耳朵说掉。"有那么一瞬间,我想象爸爸和黎恩在农间小道上面对面站着,他的耳朵像秋叶一样掉落下来。我们不得不用不干胶把它们粘回去。我宁可把它们放进天鹅绒小盒子,每天晚上对着它们轻轻说出最甜美和最可恶的话,再合上盖子,摇晃盒子,好确保那些话全都滑进了耳道。我有那么多的词语,但说出口的好像越来越少了,而我脑子里的《圣经》词汇却多到快爆棚了。想到爸爸粘好的双耳,我就忍不住笑。只要爸爸拿隔壁的黎恩开玩笑,并且像本周天气预报一样说了又说,我们就没什么好怕的。

不过,爸爸在沉思默想的时候吃的薄荷糖最多,最近,我们一回家,他就不停地问,想检查我们是否用心听了牧师讲道。我私心里觉得,他其实是为自己问的,因为他一直心不在焉,想借我们的回答了解布道的大致内容。上个主日,我说讲道的主题是浪子回头,其实根本不是,但爸爸没有纠正我。浪子回头是我最喜欢的故事。有时候,我会想象马蒂斯一身雪白的皮肤徒步归来,爸爸从牛棚里牵出最好的小牛,然后宰了它。虽然妈妈不喜欢开派对,把音乐和跳舞称作"叮铃咣当,摇来摆去",但我们还是会在农场里办一场大派对,有灯笼,有彩带,有可乐和深波纹的炸薯片,"因为他是失而又得的。"

"你觉得我们做错了什么吗?"我问汉娜。她捂住嘴,忍住了一个哈欠。我们只睡了三小时。

"你是什么意思?"

"那个,你知道的。也许是因为我们,爸爸妈妈才会变成这样。马蒂斯和蒂西的死,也许是我们的错。"

汉娜想了一会儿。她想事情的时候,会上下翕动鼻子。现在她的脸颊上也有马克笔的印记。她说:"凡是有理由的事,最后都有好结果。"

我妹妹时常口出金句,但我觉得她不尽然明白自己说出的话是什么意思。

"你觉得,一切都会好起来吗?"

我觉得自己的眼睛湿润了,赶忙掉转视线去看爸爸的西装,垫肩让他在主日礼拜时更有威信。我们用一把小刀就能轻而易举地刺穿它们。我用小手指挑出睡梦留在眼睛里的黄色痕迹,抹在被子上。

"当然了。而且奥贝不是故意那样的,那是意外。"

我点点头。是的，那是意外。在这个村子里，事情总是出乎意料的：人们谈了一场意料之外的恋爱，出乎意料地买错了肉，一不小心忘带了自己的祈祷书，碰巧就闭口不言了。汉娜起床了，正在把爸爸的西装挂回衣架。装了熏衣草的熏香袋爆开了，我的被子上全是紫色的小花粒。我躺在熏衣草里。请让这一天慢慢到来吧，那样我就不用去上学，等得够久再到来吧，好让田野里的草干得可以直接做干草，等到够久再到来吧，好让我身上的湿气慢慢消散。

| 11 |

　　新闻频道建议我们每小时喝一大杯水，甚至还展示了大杯子的照片——但看起来不太像我们家的杯子。在我们村里，没有两户人家的杯子是一样的，你用杯子就能让自己与众不同。我们用的是以前装芥末的杯子。我们喝水反而是用可乐瓶，爸爸用它来给杯子倒水。瓶子没有冲干净，所以水有可乐的味道，被太阳晒得温温的。我的鼻子被堆干草时的扬尘弄得很痒。我去抠鼻子，挖出来的鼻屎是黑色的。我把它抹在裤子上，不敢吃，怕生病，还怕病死归尘。包围着我的干草捆很像田野里的绿肥皂。我不想去回忆爸爸把手指伸进我身体里的事，就咬了一口他刚给我们的甜甜圈。我几乎没法再吃完一只返潮的甜甜圈了，根本吃不完那么多，因为面包店里最近几乎没有别的品

种。反正我咬了一口，哪怕只是为了感到自己和奥贝，和爸爸有所关联：三个人需要某种关联才会这样坐靠在草垛上一起吃甜甜圈。潮乎乎的面包皮粘在我的牙齿和上牙膛上。我没去品滋味，只是囫囵吞下。

"上帝打翻了他的墨水瓶。"奥贝盯着我们汗津津的头顶上越来越暗沉的天空说道。我笑了笑，就连爸爸也笑了，他都好久没笑了。他站起身来，手在裤腿上擦了擦，这表示我们该回去干活了。很快，他就会紧张起来，担心下雨，干草垛就会发霉。我也站起来，拔了一把干草握在手里，以免捆绳蹭破掌心。我又飞快地瞥一眼爸爸脸上的笑容。我心想，瞧，我们只要保证绳子不会留下印记，一切就会好起来，我们不用非得惧怕审判日像寒鸦捕食猎物那样随时降临到父母身上，也不用怕我们的罪孽多过祈祷。我拿起一捆干草时，外套粘在了汗湿的皮肤上。即使现在热得冒泡，我也不会脱下外套。我把那捆草扔到干草车上，好让爸爸把它们整齐地排成六排。

"我们得赶紧了，趁天还没变。"爸爸说着，望着我们头顶上越来越暗的天空。

我抬头看他时说道："马蒂斯可以一下子举起两捆干草，他把叉子插进干草里，就好像它们是荨麻奶酪一样。"爸爸的笑容立刻沉下去，直到面孔皮肤上什么都没剩。有些人，即便在悲伤的时候，你也能看到他们的笑容。笑纹是抹不掉的。爸爸妈妈刚好相反。他们即便在微笑时也显得很悲伤，好像有人在他们嘴角放了三角板,画出了两条向下延展的线。

"我们不去想死者的事,我们记住他们。"

"我们可以大声地去记,不是吗?"我问道。

爸爸犀利地看了我一眼,然后跳下干草车,把他的叉子插进地上。"你说什么?"

我看到他上臂的肌肉绷紧了。

"没什么。"我说。

"没什么?还有呢?"

"没什么,爸爸。"

"这才像话嘛。你拔掉冰箱的插头,把现成的豆子全毁了之后,竟然还敢跟我顶嘴?"

我抬头注视天空,因为不知道该拿自己怎么办。生平第一次,我注意到自己也绷紧了肌肉,我想把爸爸的头当作钢笔,摁进墨水,再用它写出一个丑陋的句子——或是关于马蒂斯、关于我多么想念他的句子。我这念头立刻把自己吓了一跳。"当孝敬父母,使你的日子在耶和华你神所赐的你的地上得以长久。"我当即想到:但愿这所谓的日子是在另一边,而不是在这个愚蠢无聊的村子里。奥贝从地上抓起可乐瓶,问都不问我是不是还要就贪婪地喝光最后一点。接着,他起身,继续去忙干草的活儿。

最后一轮的速度慢下来了。我的任务是开拖拉机,奥贝负责把干草捆扔到车上,爸爸把它们堆起来。爸爸一直在喊叫,我不得不随之加速或减速。时不时地,他会突然拽开拖拉机的车门,粗暴地把我从驾驶座上推开,然后用力地拉住方向盘,以免我们开进沟里,汗水从他的额头流下来。他一回到堆好的干草垛上,从奥贝手中接过另一捆,我就开始想:如果我猛然加速,只要一次,他就会从车斗上掉下来。只用一次。

收完干草后,我和奥贝靠在牛棚的后墙上。有一根干草秸从他的门牙缝隙里伸出来。背景中,你可以听到牛蹭背的嗡嗡声,它们会绕着圈蹭,背就不那么痒了。离喂食还有很长时间,所以我们可以闲一会儿。奥贝嚼着他的草秸,向我保证,只要我帮他完成一项任务,他就把电脑游戏《模拟人生》的密码告诉我。有了密码,你就可以变得超级富有,让人嫉妒到恨,还能让你的小人儿们互相法式接吻。我的身体一阵颤抖。有时候,爸爸来跟我道晚安时会把舌头伸进我耳朵里。虽说这比用手指捅绿肥皂好一点,但也一样糟心。我不知道他为什么要这样做。大概就像他每天晚上把香草蛋奶的盖子舔干净一样,要不然就太浪费了,这是他说的;我的耳朵也一样,因为我经常忘记用棉棒清洁。

"不是和死有关的什么事吧?"我对奥贝说。

我不知道我现在是否够强大,强大到可以面对死亡。他们只许我们穿着最好的主日礼拜正装出现在上帝面前,但我不知道面对死亡要遵守什么规矩。我仍能感觉到自己的肩膀承载着爸爸的愤怒。学校里有人打架时，我从来不会站在某人一边。我在远处观望，在我的脑子里支持最弱的那个人。至于死亡，我几乎不能为自己撑腰，因为我从未学过怎么撑。就算我有时试图远远地观望自己也没用，我是被困在里面的。而且，仓鼠的事尚且记忆犹新。我知道以后我会有什么感觉，但这不会压制我对死亡的好奇心，想去看，去了解死是什么。

"总会不小心提到他。"

奥贝把牙缝里的草秸吐出来，一摊白色落在卵石地上。

"为什么不许我们谈论马蒂斯，你明白吗？"

"你到底要不要密码？"

"贝莱也能加入吗？她过一会儿就来。"

我没告诉他，她主要是为了邻家男孩的小鸡鸡来的，因为我一直在吹嘘，说它们有点像她们家的淡白色羊角面包胚——我们时常在她家吃午餐，她妈妈会用锡罐里的面团做羊角面包，先卷成形，再放在烤箱烤成棕色。

"当然可以，"奥贝说，"只要她别又哭又闹的就行。"

过了一会儿，奥贝从地下室里取来三罐可乐，他把它们藏在自己的针织毛衣里面，还向我和贝莱做了个手势。我知道会发生什么事，所以很镇定。镇定到忘了把拉链头咬在牙缝里。这大概也要归因于隔壁的黎恩和她的丈夫基斯的抱怨。他们认为我在堤坝上骑车的方式很危险：袖口盖在手指上，拉链咬在牙齿间。对于他们的担心，爸爸妈妈不屑一顾，就像拍卖会上的小牛竞标价太低时甩甩手那样。

"这只是暂时的。"妈妈说。

"是的，她长大就不会这样了。"爸爸说。

但我不会因为长大就不这样——实际上，我越长大越这样，陷入僵局，而且没人会发现。

我们打开兔棚的门时，贝莱正说起生物课上的测验，还有坐在我们后面两排的汤姆，他的黑发长及肩膀，总是穿着同一件格子衬衫。我们都怀疑他没有妈妈，要不然怎么会没人给他洗衣服，或是给他穿别的衣服？据贝莱说，汤姆至少盯着她看了十分钟，这意味着她的T恤下面随时都可能长出胸部。我没有为她感到高兴，但还是微笑了。人需要小问题，才会觉得自己很重要。我不渴望长出胸部。我不知道这算不算奇怪。我也不想有男生，只想有自己，但绝对不能让别人知道，就好比你不能泄露自己诺基亚手机的密码，以免有人闯入你的秘密世界。

兔棚里很暖和，也很暗。阳光照在屋顶的石膏板上一整天了。迪沃恰四仰八叉地躺在它的笼子里。妈妈换掉了昨天那些软蔫的叶子，在它的笼子里放进了新鲜叶子：她会忘记往糖果罐里放新的糖果，却不会忘记兔子的叶子。奥贝把食槽从木架上滑移出来，放到地上。他从口袋里拿出一把剪刀，刀口上残留着的一点番茄酱是妈妈剪开亨氏小包装袋时留下的。奥贝做了一个剪的手势，刚好在那个瞬间，阳光射进棚墙的缝隙，反射在剪刀的金属刀刃上。死亡正在发出警示信号。

"首先,我要剪掉胡须,因为那都是传感器,然后迪沃恰就没法知道它在做什么了。"他一根一根地剪下胡须,放在我摊开的掌心里。

"这是不是对迪沃恰不太好?"贝莱问道。

"这就跟我们把舌头烧焦,然后尝不出太多滋味差不多。其实没什么危害。"

迪沃恰在它的小屋里四处奔逃,但终究逃不出奥贝的手。每一根胡须都剪掉了,他说:"你们想看它们交配吗?"

贝莱和我对视一眼。剪掉胡须再看它们是否会长出来,这并不在我们的计划之内,但虫子回到了我的肚子里。自从奥贝给我和汉娜看了他的小鸡鸡,妈妈的驱虫药水在我身体里流逝得更勤快了:因为我故意抱怨自己的屁股很痒。有时,我梦见像响尾蛇那么大的虫子从我的肛门里钻出来,它们有狮子那样的下颌,而我跌入了床垫的空洞,就像被扔进狮子坑的但以理,不得不保证自己坚信上帝,但我还是不断地看到那些肮脏、饥饿的面孔及其蛇身。直到我哭着求饶,才从噩梦中醒来。

奥贝冲着迪沃恰对面兔笼里的那只矮小兔点点头。我想起爸爸的话:千万不要让大兔子趴在小兔子身上。这是不对的。爸爸比妈妈高两个头,但她把我们生下来了,自己也活下来了。这应该也没问题吧,所以我把矮小兔放进贝莱的怀里。她抱了一会儿,然后把它放进了迪沃恰的笼子里。我们一言不发地看着迪沃恰小心翼翼地嗅着矮小兔的气味,围着它跳来跳去,开始用后脚站立,然后先是往前一跳,再往后一跳。我们看不到它的小鸡鸡。我们只能看到它急切地动来动去,还有矮小兔恐惧的眼神,和我在仓鼠身上看到的一模一样。

"热心而无见识,实为不善;脚步急快的,易入歧途。"我们有时太想得到自己想要的东西,爸爸就会这样说,这一刻也会,因为迪沃恰从那只小东西身上侧摔下来了。我飞快地想了一下:爸爸是不是也像这样,每次都搞得自己摔下来?也许这就是他的腿脚变形、总是疼的原因。也许联合收割机的故事根本就是编出来的,因为更可信,也不丢人。我们刚想松一口气,却看到矮小兔已经死了。没什么奇观可看。它闭上眼睛,死了。没有抽搐,没有痛苦的尖叫,没有一丝死亡的迹象。

"这游戏太蠢了。"贝莱说。

她快哭了,我看得出来。她太柔弱了,不适合这种事。她像是用乳清干酪做的,而我们更熟成,已经裹上了一层塑料膜。

奥贝看着我。他的下巴上长出了淡淡的绒毛。我们什么也没说,但都明白,我们必须重复这种事,直到我们能彻底理解马蒂斯的死,哪怕我们并不知道该怎样去理解。我肚子里的刺痛感更疼了,好像有人把剪刀戳进了我的皮肉。肥皂还是没用。我把胡须收进外套口袋,和奶牛罐的碎片、奶酪铲勺放在一起,拉开可乐罐的封口,把冰凉的金属放到嘴边。越过可乐罐的边缘,我看到贝莱看着我的眼神充满期待。现在,我必须履行我的承诺。耶稣也有追随者，因为他总能给他们一些让自己看起来很可信的东西。我必须给贝莱一些东西，以免她从朋友变成敌人。我带她去紫杉树篱笆上的窥视孔前，拉了拉奥贝的袖子，低声问道："密码是什么？"

"Klapaucius①。"他说着，从迪沃恰的笼子里抓出矮小兔，塞到毛衣下面，那儿肯定还凉凉的，留着可乐罐的温度。我没去问他要怎么处置它。在这里，一切需要保密的事情都会被默许。

贝莱坐在紫杉树篱笆另一边的钓鱼椅上。我在窥视孔前卷起小手指。

"那又不是小鸡鸡。"贝莱喊道，"那是你的小手指。"

"今天的天气不适合看小鸡鸡。你运气不好。"我说。

"那什么时候才算好？"

"我不知道，你永远也说不准。在乡村这种地方，好天气很少的。"

"这都只是一派谎言，对不对？"

贝莱的一绺头发粘在脸颊上——都已经垂到可乐罐里了。她用手背挡住，打了个嗝。就在那时，我们听到篱笆后面的笑声，看到隔壁的男孩们跳进充气水池，棕色的脊背向下，漂浮

---

① 《模拟人生》第一代中用作弊代码实现的虚拟币密令。

在水面上，就像葡萄干浸在白兰地里。

我拽起贝莱的胳膊。

"走吧，我们去问问，能不能去他们那边玩。"

"可是，我们怎么才能看到小鸡鸡呀？"

"他们总得尿尿吧。"我用确凿的口吻说道，那让我有了底气。想到自己有别人渴望的东西，我觉得自己变得重要了。我们肩并肩走向隔壁。我的肚子里充满了气泡。我体内的虫子浸在可乐里还能幸存吗？

12

　　我对小鸡鸡的迷恋多半始于十岁那年玩裸体小天使。我把它们从圣诞树上拿下来的时候，觉得它们坚实的双腿间冰凉的陶瓷就像鸡食里的贝壳，我的手就像槲寄生的树枝那样遮盖在上面，当时带着几分保护的心态，但这次是出于无尽的渴望，渴望基本上都窝在我的下腹，并在那里壮大。

　　"我是恋童癖。"我轻轻地对汉娜说。我感到自己的呼吸拂过了手臂上的绒毛，就尽量往后靠着浴缸壁，这样就感觉不到了。我不知道哪一样让我更紧张：是感觉到自己的呼吸拂过自己的皮肤呢，还是想到有一天我会停止呼吸，而且不知道会在哪一天。不管怎样改变自己的姿势，我终究会一直感觉到自己的呼吸。我手臂上的细毛立了起来；我把它们浸到水里去。你

是恋童癖，你是个罪人。 奥贝在朋友家的电视上看到这个词后，回来教给我。在荷兰 1 台、2 台和 3 台里都看不到那些人，因为谁也不想在电视上看到他们的脸。奥贝说，他们触摸了一些小男孩的小鸡鸡，虽然从外表看，他们和正常生活的普通成年人没两样。我和隔壁的男孩们相差五岁，整整一只手的距离。我肯定是他们中的一员，总有一天，我会被追捕，被逼到绝路，就像我们把奶牛赶进窄栏，让它们听话地搬去一片新草甸。

吃完饭后，妈妈递来一块湿绒布，让我们轮流擦净沾有番茄酱的嘴巴和黏黏的手指。我不想接下那块布。如果我把罪恶的手指擦拭在她抹嘴唇的那块绒布上，妈妈是不会原谅我的——她根本没吃番茄酱通心粉，但还是把嘴擦干净了。也许这是一种含蓄的尝试，想提前在我们的唇上落下晚安吻——她来吻我们的次数越来越少了。现在是我自己上楼，把被子拉到脖子这儿，就像我们在贝莱家看的电影里演的那样：总会有人来把被子掖到主人公的下巴下面，但这种事从没发生在我身上，有时我半夜醒来时冻得发抖，就自己拉好被子，轻轻地说句"睡个好觉，亲爱的主人公"。

绒布还没传到我这里，我就把椅子往后一推，说我有感觉了。"感觉"这个词让桌边的每个人都满怀希望地抬起头来：我大概终于要大便了。但我一直在厕所里等，等到听到椅子都被推到桌下，直到我的屁股变得冰凉，还把洗手台上的日历上的家人生日默念了三遍。我用外套口袋里的铅笔在每个人名字后面都画了个很淡的十字，淡到只有凑近了才能看到，最大的十字画在我四月的生日后面，我还在十字后面写了 A.H.：代表阿道夫·希特勒。

隔壁男孩的小鸡鸡摸上去很软，像奶奶做的肉卷，有些周日里，我要在厨台上帮忙把肉卷搓圆，再撒上香料。只不过肉卷摸起来又油腻又粗糙。我想继续握住小鸡鸡，但水流越来越细，没有了。男孩前后晃动他的屁股，上下甩了甩，最后溅出的水点落在灰色瓷砖上。之后，他拉上了平角裤和牛仔裤。贝莱隔了一段距离，远远地看着。她获准去摸摸他的牛仔裤。你总要从最底层开始某项重要的工作——逐步进展到顶层。贝莱不可能一下子就忘记那只兔子的死，但我说到做到了，这让她平静了下来。我抓住她的手指，按在那个男孩的小鸡鸡上，很多余地说道："这个是真的。"

"我是恋童癖。"我又说了一遍。汉娜从瓶子里挤出一点洗发水，在头发上揉搓起来。椰子味。她什么也没说，但我知道她在思考。她可以做到——在说话前先想一想，我却是先说再想。我试过先想，但脑袋就会突然空荡荡的，我的言语会像棚里的那些牛，躺在错误的地方睡觉，让我无法靠近。

接着，汉娜咯咯笑起来。

"我是认真的！"我说。

"你不可能是。"

"为什么不可能?"

"恋童癖是不一样的人。你不是。你和我一样。"

我让自己沉下去,沉到洗澡水里,捏住鼻子,感到头触到了浴缸底。在水下,我可以看到汉娜裸体的轮廓,朦朦胧胧的。我妹妹还会信多久?相信我和她没有差别,相信我们是一体的,哪怕足够多个夜里,我们各归各躺在床上时,她时常无法跟上我的思绪。

"而且你是个女孩。"我一浮出水面,汉娜就这样说道。泡沫在她的头顶像一顶王冠。

"恋童癖都是男孩吗?"

"是的,而且不是男孩,年纪要大得多,至少有三只手,还有白头发。"

"感谢上帝。"我或许和别人不一样,但我不是恋童癖。我回想班上的男生们。谁都没有白头发。老师说,只有达威有个老灵魂。我们都有老灵魂。我的已经十二岁了。这比邻居家最老的奶牛还老,邻居说,可以随时把那头奶牛扔进垃圾堆——它几乎一点奶都产不出来了。

"你可以再说一遍——感谢上帝。"汉娜大声说道,我们咯咯笑起来,从浴缸里出来,帮彼此擦干,再把头伸进睡衣里,像寻求掩护的蜗牛。

13

疙疙瘩瘩的皮肤松垮地挂在骨头外面。每隔几秒钟，它们就会鼓起腮帮子，好像要鼓足气力说些什么，却又不停地改主意。有那么一瞬间，我想割开那些疣，看看里面有什么，但最终只是在桌上支起胳膊，手托下巴。从迁徙到现在，它们几乎什么都没吃。也许和妈妈一样，它们加入了某种抵抗派，虽然我无法明白它们在反抗什么。二战期间，抵抗总是针对别人的——现在却只把矛头对准我们自己，就好比我的外套，抵抗的是《音乐果篮》点播节目中列出的所有疾病。所有可能感染的毛病都让我越来越怕。有时候，我甚至会在体育课上看着排队等待跳鞍马的同学们去想象——他们一个接一个开始呕吐，吐出像粥一样的东西，积聚在他们的脚踝——恐惧就会把我牢牢地铆在油毡地上——我的脸颊就会发烫,俨如天花板上的暖气管。但只要一眨眼,幻觉又消失了。为了抑制我的恐惧,我每天早上都会在桌边把几颗薄荷糖磕成四瓣,放进裤兜。感到不舒服或想吐的时候,我就吃一瓣。薄荷的味道会让我镇定。

校长不许我早退。"长期生病休学的孩子通常都有更深层、更根本的问题。"他说这话的时候,眼光穿透我,似乎能在我身后看到爸爸妈妈的脸,以及随时可能发生的事情,也就是那个叫"死亡"的恍惚走神的家伙——总是把不该带走的人带走,或者反过来说,让不该活的人活下去。

今天下午贝莱过来之前,我拿出包在纸手帕里的两条蚯蚓,那是我从菜地里捉的,我对蟾蜍说:"你们别乱喷口水就好。"蚯蚓是最强壮的动物之一,因为即便被切成两半,它们还能活下去。它们有九颗心。我用钳子夹住蚯蚓,放到胖一点的那只蟾蜍头上时,蚯蚓扭动起来;蟾蜍的眼睛转来转去。它们的瞳孔是条纹状的,我心想,就像一字口螺丝刀。会不会有一天,我不得不把它们拆开来,找出它们的毛病,就像我拆开那台被融化的奶酪糊住的烤三明治机,那倒也不难。蟾蜍不肯张嘴。我并紧双腿,扭搓了一下——从学校里拿的短裤让皮肤很痒。我最近经常尿湿,还把湿内裤藏在床下。这时才可见悲伤唯一的好处:妈妈的鼻子时常堵塞,所以她来向我道晚安时都不会闻到尿湿的内裤的味道。

今天在学校里也闯了一次祸。幸好,除了老师,没别人发现。她从失物箱里给我找出一条短裤——箱子里的有些东西是大家不再去找的,所以完全可以算作"失物"。那条短裤上有红色的字样:COOL。我觉得一点儿都不酷。

"你生气吗?"老师给我短裤的时候,我问她。

"我当然不会生气。这种事是会发生的。"她说。

我便想到,任何事都可能发生,却没有哪件事是可以提前阻止的。关于死亡和拯救者的计划。不再叠在彼此身上的爸爸妈妈。还没等妈妈把洗衣标签看熟就嫌衣服小了的奥贝,他长得太快了,而且不仅是身体在生长,他的残忍也在增长。肚子里的虫让人痒个不停,让我在泰迪熊上摩擦又摇移,起床时总是精疲力竭。还有,为什么我们不再有酥脆颗粒花生酱?为什么糖果罐好像长出了嘴巴,发出了妈妈的声音:"你确定你想这么做吗?"还有,为什么爸爸的胳膊变得像个交通障碍物——不管你是不是在等转弯,它都会劈头盖脑地拦在你面前?还有地下室里的犹太人,就像马蒂斯一样,从来没有人谈及他们;他们还活着吗?

有只蟾蜍突然向前走动起来。我用手挡住,以免它从桌边跌落下去。它们有青贮仓的概念吗?我把头枕在手背上,这样就能凑近了去看,并说道:"亲爱的蟾蜍们,你们明白是怎么回事儿吗?你们要用到自己的强项。如果你们游得没有青蛙好,跳得也没有青蛙高,就要在其他方面做得更好。比如说,你们真的很擅长坐。青蛙在这一点上和你们没得比。你们坐得那么稳，一动不动，简直就像两团泥巴。而且，你们很擅长挖洞，我必须夸你们一句。整个冬天，我们都以为你们消失了，但你们就坐在我们脚下的土里。我们人类总是可见的，哪怕我们想隐身的时候也会被看到。除了这一点，你们能做到的每件事我们也能做到——游泳、跳跃、挖土——但我们不觉得这些事有多重要，因为我们想做的基本上都是我们做不到的事情，要在学校里花好多年去学习的事，而我宁愿可以游泳，或者挖个洞，让自己在土里待两个季节。不过，我和你们之间最重要的区别大概在于：你们没有父母了，或者说你们看不到他们。那是怎么发生的呢？是不是有一天他们说：'再见，嘟嘟脸的孩子，没有我们，你现在也能应付一切了，我们走啦。'就这样吗？还是说，你们在七月某个晴朗的夏日去戏水，他们坐在睡莲叶子上，从你们身边漂走了，越漂越远，最后看也看不见了？会伤心吗？现在还会伤心吗？也许听起来很疯狂，但我每天都看得到父母，却非常想念他们。也许，这就好比我们想学一些东西，因为我们还不会；所以，我们惦念的一切都是我们所没有的。爸爸妈妈都在，但同时又都不在。"我深吸一口气，想起妈妈，她可能在楼下看《归正宗期刊》。你只能在星期四把它从塑料封套里拿出来，早一天都看不到。她双膝并拢，手里拿着一杯茴芹籽牛奶。爸爸在浏览图文电视，查看牛奶的价格。如果价钱好，他就去厨房给自己做个三明治，而妈妈又会紧张起来，担心会有面包屑掉落，好像她是害虫防治所的人。如果价钱不好，令人失望，他就会出门，从我们身边离开，沿着堤坝走。每一次，我都以为那是我们最后一次见到他。然后，我会把他的连身工装裤挂到门厅的钉子上，紧挨着马蒂斯的外套——死神在这里有它专属的衣钩。但最糟糕的是无尽的寂静。只要电视一关，你就能听到墙上布谷鸟钟的滴答声。问题是，他们不是从我们身边疏离漂远，而是我们从他们身边漂走了。

"答应我，亲爱的蟾蜍，这些话只有你知我知：有时候，我真希望有不一样的父母。你们明白吗？"我继续说道，"就像贝莱的父母那样，像刚出炉的酥饼一样柔软，在她伤心、害怕甚至非常高兴的时候都会给她很多拥抱。那种父母会赶走你床底下、你脑袋里所有的幽灵鬼怪，每个周末都像电视里的迪沃恰·波洛克那样跟你总结这星期过得怎样，所以你就不会忘记那一星期里你达成的每一项成绩，还有曾把你绊倒，但你又原地爬起的每一件事。你和他们讲话时，那种父母会看着你——虽然我觉得直视别人的眼睛很可怕，别人的眼珠子好像两颗漂亮的弹珠，你可以赢到或输掉，然后再输掉或赢到。贝莱的父母会去外国度假，她放学回家后，他们会给她泡茶。他们有几百种不同类型的茶，包括我最喜欢的茴芹籽和小茴香茶。他们有时会坐在地板上喝茶，因为那比坐在椅子上更舒服。他们会打打闹闹，但不会真的打起来。他们时常闹别扭，但一闹别扭就会互相说对不起。

"我很想知道，朋友们，你们蟾蜍到底会不会哭，还是一伤心就去游泳？我们的身体里有眼泪，但你们或许要在身体之外寻求安慰，那样，你们才能沉溺其中。但更多是要靠你们自己的长处，这是我的出发点。当然，你们必须知道自己有什么优势可用，还要知道自己想怎样利用优势。我知道你们擅长抓苍蝇，擅长交配。我觉得交配很滑稽，但你们一直在做。如果你们喜欢做的事停止了，那么，另一件事就会开始。你们是不是得了蟾蜍流感？你们是想家了，还是仅仅在耍性子？我知道我的要求可能太高了，但如果你们进入交配季节，爸爸妈妈也可能会开始。有时候，必须要有人以身作则，就好比我时时刻刻都要给汉娜树立好榜样，其实她当我的榜样更有用。还是说，你们现在的主要任务是亲吻？贝莱说有四垒：接吻、抚摸、更多的抚摸、交配。我没发言权，别说上垒了，我连击球都没试过。我明白你们要循序渐进，但是，我们没太多时间了。昨天，妈妈连黑麦面包和奶酪都没吃，爸爸也一天到晚威胁说要离开。你们应该知道吧，他们也不亲吻对方了。从来没有。好吧，除夕夜十二点那次就算吧。那时候，妈妈小心翼翼地朝爸爸靠过去，像捧着油腻腻的苹果馅饼一样，非常短暂地捧住他的头，把嘴唇贴在他的皮肤上，但没有发出亲吻的声音。你们要知道：我不明白爱是什么，但我知道爱能让你跳得高，能让你游得更远，能让你被看到。奶牛经常爱奶牛——它们会跳到对方的背上，甚至母牛跳到母牛的背上。所以，我们必须为这个农场里的爱做点什么。但说实话，亲爱的、尊敬的蟾蜍们，我想我们已经挖了洞，钻进去了，哪怕现在是夏天。我们被深深地埋在泥土里，没有人会来把我们挖出来。你们的世界里真的有神吗？一个会宽恕的神？一个会牢记的神？我不知道我们拥有的神是哪一种。也许他去度假了，也许他也钻了洞，把自己埋了。不管是什么情况，他都擅离职守了。有这么多问题，蟾蜍们。你们的小脑瓜里能装下几个问题？我不擅长算术，但我猜大概能装下十个吧。你们要想一想，如果我的脑袋能装下一百个你们的小脑袋，那么，我的脑袋里会有多少问题，又有多少答案还没有被钩掉。现在我要把你们放回桶里去了。我很抱歉，但我不能放你们走。我会想你们的，要不然，我睡着后，谁会照看我呢？我保证，早晚有一天，我会送你们去湖里。然后，我们就一起坐在睡莲叶上漂流，也许，只是也许，那时候我就敢脱下外套了。哪怕会有一阵子觉得不舒服，但牧师说过，不安是好事。心有不安的时候，我们是真实的。"

| 14 |

　　早晚挤奶正好相隔十二个小时。今天星期六，也就是说，爸爸挤完第一轮奶后会回去睡觉——你能听到楼上的地板嘎吱嘎吱，然后安静下来。必须等到十一点前后，也就是爸爸想吃早餐的时候，我们才能在厨房的餐桌旁落座。早餐在八点就摆好了，有时候，我饿着肚子绕着餐桌走来走去，满心希望爸爸能隔着天花板听到我的不耐烦。有时候，我会偷偷地带一片姜饼上楼，掰成两半。以前我会把一半给汉娜吃，但现在是给我的蟾蜍们吃。等爸爸终于来到餐桌边了——他先要把胡子刮干净，以便在主日吃饭时保持整洁——他的脖子和衣领上还有一点剃须泡沫。已经十一点多了，爸爸的面包还在盘子里干等着。我已经绕着餐桌走了四圈，妈妈已经在一片全麦面包片上抹好

了黄油，还在上面放了几片腌猪肉和一点番茄酱，爸爸喜欢这么吃。

铺好食材但还没合起来的三明治，让我想起昨天放学回家的路上在路边看到的那只被车碾死的刺猬。那场景让人难过：身子被压得扁扁的，内脏鼓凸在一边，眼睛被啄掉了，一定是乌鸦干的。留下两个小黑洞，你可以把手指捅进去。它躺在田间小路上，其实很少有汽车或拖拉机会经过那里。也许这是刺猬自己的选择，也许它等了好几天才等到错误的时机过马路。我蹲在刺猬旁边，伤心地轻轻说道："主啊怜悯我们，靠近我们。我们在此地聚合，与惨死的刺猬道别。我们将这个破碎的生命交还予你，置于你的手中。请收下刺猬并赐予它找寻不到的祥和。仁慈有爱的上帝与我们所有人同在，以使我们能与死亡共存。阿门。"说完，我揪了几把草，铺在刺猬身上。骑车走远的时候，我没有回头看。

我把一片面包放进盘子，很小心地洒满巧克力糖粒。我的肚子咕噜咕噜地叫。

"爸爸还在睡吗？"我问道。

"他根本没上床睡觉。"妈妈说，"我摸过被子了——凉的。"

她弯腰凑近桌面，用勺子把爸爸那杯凉透的咖啡上的奶皮舀下来。她喜欢吃奶皮。我看着软绵绵的棕色奶皮消失在她嘴里，一阵战栗由上而下掠过我的脊骨。我对面的椅子是奥贝坐的，现在也是空的。他肯定在玩电脑，或是和他的鸡在一起。

奥贝和我各养了二十只鸡：白色莱克亨鸡、奥尔平顿鸡、怀安多特鸡和几只产蛋的母鸡。我们经常假装是两家成功的公司——他的公司叫"到处啄"，我的公司叫"小矮脚鸡"。我们每年会得到一次小鸡，它们的细腿上都有黄色小棉花糖似的花纹。小鸡大多由鸡妈妈抚养，它们把小鸡罩在翅膀下，给小鸡保暖，但有时鸡妈妈也会拒绝小鸡，好像不知道自己的翅膀有什么用。问题在于，鸡妈妈不能带着小鸡飞——小鸡的身体太胖，太重，飞不到半空。所以，我们在鸡棚里放了一只水族箱，装满锯木屑，再把小鸡们放进去，箱子上面还挂了给小牛用的保温灯。有时候，我会带一只小鸡到阁楼上去，让它睡在我的胳肢窝里。我用一张厨房纸包住它的屁股，这样我就不会沾到鸡屎了。奥贝和我会把我们的鸡蛋卖给广场上卖薯片的人——十二只蛋一盒，卖一欧元。他会用鸡蛋做出最美味的蛋黄酱，还会用煮鸡蛋做俄罗斯沙拉。以前，奥贝会花很多时间和他的鸡在一起。他可以一连几小时坐在底朝上的牛奶桶上，看着某只红毛母鸡洗尘土澡。现在他在鸡棚里的时间越来越少了，有时甚至忘了喂鸡，它们就会饥肠辘辘地飞到笼子的网眼上。我觉得他是故意的。他开始讨厌一切，所以可能也讨厌卖薯片的人和他的蛋黄酱了。所以，我经常给那些鸡喂点面包，把产蛋笼的蛋拣出来，偷偷地放在我的蛋箱里。我希望他最终会把鸡笼清理干净。爸爸撂下狠话了：要是他不赶紧清理，他就把鸡都卖掉。特别是在这种炎热的天气里，会有很多很多蛆和鸡虱。

你都能看到它们沿着你裸露的手臂走来走去，褐色的小身子有六条腿，然后，你就会把它们捏死。

这时候，汉娜也到餐桌边了。她只花了几秒钟就把整碗草莓吃光了。等待让我们紧张，因为我们不知道接下来会发生什么——爸爸去哪儿了？他终于鼓起勇气骑车离开，再也不回来了吗？不过，车子没有挡泥板，车在教堂后面被风吹倒时撞破了挡泥板。还是说，爸爸倒在牛群中，就等着被牛踩死？我把注意力转移到草莓上。我去菜地里又摘了些回来：爸爸很喜欢草莓，喜欢在草莓上裹上一层厚厚的细砂白糖吃。

"你去牛棚找过了吗？"

"他知道我们这个点儿吃早饭。"妈妈说着，把爸爸的杯子放进了微波炉。

"他会不会去扬森家取青贮草了？"

"他星期六从不做这些事。我们吃吧，别等他了。"

但我们谁也没有开吃。爸爸不在，感觉很奇怪。而且，谁来为"必需及丰盛"感谢上帝呢？

"我去看看。"我说着，把椅子往后一推，却不小心撞到了马蒂斯的椅子。它摇晃了一下，然后倒在了地板上。坠地声在我的耳朵里震荡。我想迅速把它扶起来，妈妈却抓住了我的胳膊。

"别碰它。"她看着椅背，好像是我哥哥又一次摔倒了，在我们的脑海里，他总在摔倒，一次又一次。我放手了，盯着椅子看，好像它是个死人。汉娜已把所有的草莓都吃光了，这时开始咬指甲。有时候，她的齿缝间会有带血的指甲皮。椅子坠地后只有一片寂静，没有人喘息。过了一会儿，各种身体机能才慢慢恢复：感觉、嗅觉、听觉和运动。

"这只是一把椅子。"我说道。

妈妈已经放开了我的胳膊，正要抓起一罐花生酱。

"你真是从另一个星球来的。"她低声说道。

我看向地板。妈妈只知道一个星球：地球。我知道有八大行星，还知道到目前为止，只有地球上有生命。**很有教养的母亲刚给我们端上了玉米片**。妈妈从不给我们吃玉米片，这句话只是记住所有行星的秘诀，每个单词的首字母对应了八大行星的名字。假如有什么事让我紧张，或是要在学校附近的红绿灯前等很久，我就会在脑海里重复这句话，一口气背十遍。这句话也能让我变得微不足道。我们都不过是一只大碗里的玉米片。

"你们到底会变成什么样子？"妈妈抱怨起来。她的另一只手正抓着双味品诺巧克力酱。自从马蒂斯死后，我们谁也没有吃过那瓶酱，实在很担心我们无法保持白巧克力部分的纯白，生怕颜色会混淆，最后搅成一个黑洞。

"我们会变成圆梦巨人，妈妈，当然，这把椅子不只是一把椅子。我很抱歉。"

妈妈赞许地点点头。"那个人去哪里了？"她再一次按下微波炉的启动按钮。她没有把我放回太阳系，而是任我漂游。我真的和别人不一样吗？

我赶忙打开后门，走进庭院，穿过庭院，走向牛棚。我深吸一口气，呼出时用尽全力。如此重复了几次，我看到头顶的天空在变阴。在这样的日子里，逃到另一边去再完美不过了。在另一边，什么时候做什么事将由我说了算，我想什么时候吃早餐都行，但越接近牛棚，我就走得越慢。我试着跳过庭院里铺了瓷砖的矮墙。要不然你会病得很重，会上吐下泻。而且每个人都能看出来。村里的每一个人，你的每一个同学。我摇摇头，甩开这种想法，又注意到通往青贮仓的活门——就在挤奶棚旁边的那个仓门——竟然敞开着，没关上。一大堆饲料颗粒堆在门下。爸爸一直警告我们，要小心老鼠，"如果你洒落了什么，它们就会从饲料开始吃，然后一路吃到你的脚趾头。它们能咬穿你的鞋底"。从小活门滚落出来的饲料越来越少，大部分都洒落在地上了。我在那些颗粒里摩挲了片刻。颗粒从我的指缝间滑落时感觉凉爽又舒适。接着，我关好活门，用绳子把门绑牢。

猛然间，这害我想起了挂在谷仓中央的那根绳子，以前曾绑过一只蓝色弹力球，好让牛群分分神，消遣消遣。但有一天，弹力球被一头新来的牛撞破了，因为新来的牛还有角。后来，绳子就一直悬在那儿。有时候，我们把核桃树叶钉在上面，或是把爸爸没收的奥贝的《流行金曲》吊在下面，CD闪光的那面有助于驱赶粪蝇，和核桃叶的作用一样。现在，我想象吊在绳下的不是弹力球，而是爸爸的脑袋。妈妈经常替爸爸说话。谁知道呢，也许那天晚上我躲在兔棚后听到的其实是这么回事。乡间的绳索多得是，但没有哪根绳子的用处是恒久不变的。无论如何，他没有站在仓顶上。

透过牛棚的门，我看到奥贝站在喂食区。他正用干草叉叉起青贮草甩进牛群，动作画出了优美的曲线，他脸上的汗水就像棚窗上的晨露。奶牛们躁动不安，尾巴左右摇摆。有些尾巴上糊着干掉的牛粪。我们时不时地会用蹄刀把干粪从毛皮上铲下来，但这更多是为了美观，而不是为了奶牛本身的舒适。奥贝的二头肌随着每一次优雅的抛甩而鼓动。他越来越强壮了。我的视线扫向几十头牛的背影，又飞快地瞥向牛棚的角落和棚中央的绳子。随后，后门开了，爸爸出现了。他的样子和往常不太一样，好像有人忘了关紧他脑袋上的插销，好像他的脑袋就是青贮仓。连身工装裤最上面的铆钉敞开着，露出了他晒黑的胸膛。妈妈觉得这很不得体——万一让买牛奶的顾客看到他这样子可怎么办？我想，她是担心顾客没有带走牛奶，反倒带走了爸爸。牛奶一升一欧元。爸爸大约由五十升液体组成。这也是妈妈最喜欢星期天的部分原因：因为谁也不能在主日花钱或收钱。在那一天，我们只许呼吸，只能享用最基本的必需品，也就是说，我们只能去爱上帝的教诲，只能喝妈妈煮的蔬菜汤。

爸爸在棚里追赶最后的几头牛，用手掌拍打牛屁股。他把大畜栏门锁住了。我不明白。只有在冬天或是农场里没人的时候,这道锁才会被锁上。现在不是冬天,我们都在家里。爸爸把喂食区的干草叉都堆起来,又用青贮饲料袋里剩下的塑料膜把干草叉包起来。有那么片刻,爸爸抬头望向上天。我注意到他没有刮胡子。他把手放在面孔两边,下巴紧绷。我想告诉他,妈妈在屋里等着,她没有生气,她还没有问我们是否爱她,因而也无法怀疑我们的答案,他的三明治已经准备好了,放在他最喜欢的盘子里,就是边缘有牛皮拼皮图案的那只盘子,汉娜和我今天早上练习了本周要学的圣歌:《诗篇》第100篇,这首歌纯净如牛奶。

爸爸还没注意到我。我站在那儿观望着,手里捧着装草莓的瓷碗。他和奥贝一起,把小奶牛群中的公牛牵了出来——那头公牛到我们农场还不到两天。我们叫他贝洛。爸爸把所有的公牛都叫作贝洛。即便他让我们选择别的名字,它们最终还是会被唤作贝洛。我已经见过它的小鸡鸡了。但也没看很久,因为妈妈刚好就在那一刻从挤奶棚里出来,把戴着橡胶手套的手挡在我眼前,她说:"它们在跳康加舞。"

"为什么不让我看?"我问。

爸爸终于发现我了。他摆摆手示意我,"你得离开牛棚,立刻就走。"

"是的,立刻,马上。"奥贝随他重复了一遍。蓝色工装裤紧紧裹住他的臀部。看这身打扮就知道,他是很顶真地在扮演爸爸徒弟的角色。我的脾脏部位有一下短暂的刺痛感。在这里,在牛群中,他们似乎突然能够互相理解了:他们是父子。

"为什么?"

"照我说的做!"爸爸喊道。"把门关上。"

他语气中的愤怒吓到了我。他的眼睛就像落在脸上的兔粪,硬得像石头。汗水从他的额头滴下来。这时,离我很近的一头奶牛蹚过栅栏,乳房着地,趴到地上。它没有尝试再站起来。我用疑惑的眼神看了看爸爸和奥贝,但他们已经转过身去,蹲在一头小奶牛旁。我大步走出牛棚,把门重重地关上,听到木头嘎吱嘎吱响。让那该死的牛棚倒塌吧,我想,又立刻因这种闪念感到羞愧。为什么不允许我知道发生了什么事?为什么把我挡在事外,什么都不告诉我?

我爬进菜地里的鸟网下面。隔壁的黎恩把它铺在几排草莓上,以防海鸥和椋鸟吃掉草莓。我跪坐下来,膝盖顶着潮湿的泥土。今天是星期六,我可以穿长裤,因为有活儿要干。我小心翼翼地拨开叶蔓,去找完全熟透的、最好的红色果实,然后摘下来放进碗里。我时不时地摘下一只就直接扔进嘴里——汁液丰富,甜美极了。我喜欢草莓的质地,喜欢小种子和绒毛在嘴里的触感。质感能让我镇定。质感生发统一感,让某样东西聚合成一,因而不会瓦解。我不喜欢的质感只限于炒过的蔬菜、煮熟的菊苣和扎人的衣服。人的皮肤也有质感。妈妈的皮肤越来越像鸟网了:柔软的皮肤上裂出了很多小格子,她仿佛是一幅拼图，但失落的碎片越来越多。爸爸的皮肤更像土豆皮——很光滑，有些粗糙的斑点，有时会被他撞上的钉子顶出一个凹痕。

碗装满后，我就从鸟网下面爬出来，把裤子上的土拍干净。爸爸和奥贝的长筒靴都在牛棚里，紧挨着门垫，其中一只还半钩在靴架上。他们没坐在早餐桌边，而是坐在电视机前的沙发上，而且，现在是白天，白天的电视机屏幕理应是黑色的。就算打开，通常也只能看到满屏雪花。一开始，我还以为我们会在雪花里找到马蒂斯，但后来发现那其实只是因为爸爸拔下了有线电视光缆。电视里在播新闻："本地农场也受到了口蹄疫的重创。这是上帝的惩罚，还是令人悲痛的巧合？"

上帝总是办错事，就像搞不定天气那样。如果有人在村里的什么地方救起一只天鹅，在另一个地方就会有教友死亡。我不知道"口蹄疫"是什么，也没机会问，因为妈妈说我应该去找奥贝和汉娜玩，今天不会是个寻常日子，我不想打断她说：日了不正常已经很久了，因为她的脸色就如窗户上的乳白色钩针窗帘那么苍白。我还注意到，爸爸妈妈坐得特别近。也许这是个征兆，表示他们很快就会脱光衣服，我不该去烦他们，就好像你不该把两只叠在一起的蜗牛硬生生扯开，因为那很可能弄破它们壳上的珍珠层。我把那碗草莓放在他们面前的矮柜上，紧挨着摊放的《钦定版圣经》，万一妈妈交配后饿了，终于想恢复进食了呢。爸爸发出了一些奇怪的声音：嘶嘶地倒吸气，低吼，叹气，摇头，连声说"不、不、不"。不同的动物交配时会发出不同的声音——人类肯定也有声响。接着，我瞥见屏幕上的牛舌头上有水疱。"口蹄疫是什么？"无论如何，我飞快地问了一句。我没有得到答案。爸爸俯身拿起遥控器，只是不停地按音量键。

"去吧！"妈妈说道，看也没看我一眼。

屏幕上的音量条就像楼梯，我一格一格走上楼去自己房间时，跺脚声一点一点地变响，但没人跟着我上来。没人告诉我究竟会发生什么。

| 15 |

奥贝的卧室门上有张黑纸，用白字写着请勿打扰。他不想被打扰，但如果我和汉娜有一会儿不去他的房间，他就会来我们的房间。我们的门上没有标牌。我们想被打扰，被打扰的我们才不会太孤单。

他在白色字母周围贴了流行明星的贴纸，包括罗比·威廉姆斯和《流行金曲》最新合辑中的甜心宝贝组合。爸爸知道奥贝听他们的歌，但不敢没收他的随身听——这是唯一能让他安静下来的东西，可他却不允许我攒钱买一个。爸爸说："用你的积蓄买书吧，书更适合你。"所以我心想，我被排挤在酷玩意儿之外了。无论如何，爸爸认为CD和收音机里的音乐都很邪恶。他宁愿我们听《音乐果篮》，但那实在太无聊了，都是给老人家听的,奥贝有时会说那些歌都是给烂水果听的。我觉得那个说法挺好玩的,病床上的烂水果:点播《赞美诗11》。我宁可去听《芝麻街》里的伯特和厄尼,因为他们总是为普通人只会耸耸肩的事情争论不休;他们的争吵能让我平静。然后打开CD机,钻回被窝里,把自己想象成伯特收藏的一枚罕见的回形针。

"Klapaucius。"我把卧室门轻轻打开一条缝时轻轻说道。在一条门缝里,我看到了奥贝的背影。他穿着连身裤坐在地板上。我把门再推开一点时,门嘎吱一响。我哥哥抬起头来。就像他门上的纸条一样,他的眼睛黑漆漆的。我突然想到,如果蝴蝶知道扑扇翅膀会把自己扑死,它的寿命会不会变短?

"密码?"奥贝喊了一声。

"Klapaucius。"我又说了一遍。

"不对。"奥贝说。

"这明明就是你说的密码,不是吗?"迪沃恰的胡须还在我的口袋里。它们挠得我的掌心有点痒。我很幸运,妈妈从不清空我的口袋,否则她会发现所有我想保留的东西,我收集的各种东西变得越来越重。

"你最好想出更好的答案,否则我就不让你进来。"奥贝转回身玩他的乐高。他正在建造一艘巨大的飞船。我想了一会儿又说道:"希特勒万岁。"一阵沉默。接着,我看到他的肩膀轻轻地上下颠动,他笑起来了,而且越笑越大声。他在笑,这是好事——表明我们达成了联盟。我去买新鲜香肠时,村里的屠夫总是对我眨眨眼。那表明他认同我作出了正确的选择，他付出了那么多爱，做出了散发着肉豆蔻味的香肠，他很高兴我来帮他解除负担。

"再说一遍，但要举起你的手臂。"

奥贝现在完全转过身来了。和爸爸一样，他松开了工装裤最上面的铆钉。被晒得发亮的胸膛看似烤肉棒上的鸡肉。我听到背景声中响起了《模拟人生》那支熟悉的主题曲。我没有一秒犹疑，把手伸向半空，又把那句问候语说了一遍。哥哥冲我点点头，表示我可以进去，接着又把目光投向他的乐高。他的身边有各式各样成组的积木，按颜色分类。他已经把那座乐高城堡拆开了，之前他把死去的蒂西放在城堡里，直到它开始发臭。

他的房间里有一股污浊的味道，腐烂的气息，很久没有清洗的青春期身体的味道。他的床头柜上有一卷卫生纸，周围有些淡黄色的纸团。我把纸团拿起来玩，小心地闻闻味道。如果眼泪有香味，就不会再有人偷偷地哭了。那些纸团闻起来没有任何味道。有些感觉黏黏的，有些硬得像石头。他的枕头下面露出杂志的一角。我把枕头掀起来——封面上有个裸体女人，胸部很像西葫芦。她看起来很惊讶，好像不明白自己为什么会赤裸着，好像各种机缘巧合凑在一起才让她成了这个时刻的**她**。有些人会被那样的时刻吓到，哪怕一辈子都在期待这一刻的到来，但时候到了，却依然会觉得出乎意料。我不知道我的"那个时刻"什么时候到来,只知道我会一直穿着外套。这位女士肯定很冷,尽管我没看到她的手臂上有鸡皮疙瘩。

我迅速地放下枕头。我以前没见过这本杂志。除了《归正宗日报》《归正宗期刊》《奶农》和一些超市广告册,我们家就没别的杂志了,还有马蒂斯的柔道杂志——爸爸妈妈一直"忘记"取消订阅,也就是说,每逢周五,他的死都会在门垫上砸响一次。也许这就是奥贝用头撞床头板的原因——把那些裸体女人从脑子里赶走,把他自己清查干净,就像筛除某些有线频道那样,因为你脑子里但凡有什么不纯洁的东西,爸爸肯定看得出来。

我在奥贝身边的地毯上坐下来。他的乐高城堡的废墟里囚禁着一位公主。她涂着口红和睫毛膏,长长的金发垂到肩膀下面。

"我要给你人工授精。"奥贝说着,让他的骑士在公主身上上下蹭动,就像公牛贝洛对奶牛那样。我应该不用抬手遮住自己的眼睛,因为没人会来检查我有没有偷看。还是让诱惑无拘无束吧,我决定了。我看着那一幕时,他从乐高盒子里拿出一只干净的金枪鱼空罐头,我们一直用它存放硬币和金质奖章①——它们闻上去会有一股油腻的鱼味。奥贝伸出手。

"这是给你的钱,妓女。"我哥哥假装让自己听起来很低沉。

---

① 游戏《魔兽争霸》赠送的奖章。

他从春天开始变声了,从高音区骤跌到低音区。

"妓女是什么?"我问。

"一种女农民。"他看向房门,确保爸爸妈妈听不见。我知道妈妈不反对女人务农,哪怕她认为这更像是男人的工作。我从一座坍塌的瞭望塔里取出另一个骑士。奥贝又用他的玩偶去蹭公主。他们看起来还是挺快乐的。

我压低声音。"公主,你的裙子下面是什么?"

奥贝笑出声来。有时候,他的声音就像有只小椋鸟顺着他的喉咙飞下去了——他捏着嗓子说道:"你不知道下面是什么吗?"

"不知道。"我让公主站直,从各个角度仔细端详她。我只认得小鸡鸡。

"你自己也有一个。一个屄。"

"看起来是什么样的?"

"奶黄包。"

我扬了扬眉毛。爸爸有时候会从面包店带奶黄包回来。包子底儿有时会有些蓝色的霉斑,蛋黄酱都浸到面包皮里了,但还是挺好吃的。我们听到爸爸在楼下大喊大叫。他喊的次数比之前还多,好像要把他的话恶狠狠地按进我们身体里。我想,那是因为《以赛亚书》里的一句谚语。"你要高声呼喊,不要停止;要放声高呼,像响亮的号角。要向我的子民宣告他们的过犯,向雅各家宣告他们的罪恶。"他说的是什么样的过犯?

"口蹄疫是什么？"我问奥贝。

"牛得的一种病。"

"会怎样？"

"所有牛都得被弄死。整个牛群。"

他说得丝毫不带感情，但我注意到他头顶的头发比发际线旁的头发更油腻，好像受潮的青贮草。我不知道他摸了多少次天灵盖，但他显然在担心。

我的胸口感觉越来越烫，好像一口气喝了一杯热巧克力，喝得太快了。有人在用勺子搅动它，在我心里搅出了一个漩涡——我听到妈妈说：别搅了——奶牛们一头接一头消失在漩涡里，就像一块块可可融入了牛奶。我倾尽所有心力，去想乐高公主的事情。她在裙子下面藏了一只奶黄包，奥贝获准可以舔出里面的奶油，他的鼻子上沾满了糖霜。

"但这是为什么呢？"

"因为它们生病了。反正它们都会死的。"

"会传染吗？"

奥贝端详着我的脸，如同看平刀片那样眯起眼睛，我们有时会给隔壁黎恩家的木片机买刀片，他说："如果我是你，我会小心：在哪里可以呼吸，在哪里不要呼吸。"我用双手勾抱膝盖，摇晃起来，越摇越快。我突然有了幻觉，看到爸爸妈妈像乐高玩具那样变成了黄色。所有的奶牛都死了之后，他们必将停顿在某个地点，除非有人揪着他们的脖颈，把他们拎起来，卡到正确的地方。

过了一会儿，汉娜也来了，和我们坐在一起。她带来了樱桃番茄，用牙齿剥皮，嫩红色的果肉露了出来。她吃西红柿时层层剥开，那种小心令我感动。她吃三明治时先吃馅料，再吃面包皮，接着才吃面包最柔软的部分。她吃牛奶饼干时会先用门牙刮掉牛奶，把饼干留到最后吃。汉娜一层一层地吃，我一层一层地想。就在她又拿起一只番茄，刚放到齿间时，奥贝的房门又开了，兽医把脸凑在门缝里。他很久没来了，但还是穿着那件黑色纽扣的深绿色风衣，橡胶手套的四根手指软绵绵的从口袋边缘垂下来，大拇指向后折着。这是他第二次给我们带来了坏消息："他们明天来取样。你们应该想得到：它们都保不住了，甚至没登记的那些也是。"爸爸养了几头没有登记的奶牛，只图有点富裕的牛奶可以卖给村民或亲戚。"黑市牛奶"卖出的钱都放在壁炉架上的一个罐子里。攒下来过节用。不过，我有时也会看到爸爸打开罐子，拿几张纸币出来，他以为那时候没人在附近。我猜他是在攒钱，存在他的"最底下的抽屉"里，等他搬出去的时候再用。学校里的伊娃也这么做，虽然她只有十三岁。爸爸可能在找一个新家：新的家人会允许他舔一舔刚放进苹果糖浆罐的餐刀，而且不会大喊大叫，也不会摔门就走，也不介意他吃完饭后不扣好裤扣，你可以看到他内裤腰带上卷曲的金色毛发。说不定，他甚至能在新家自由地挑选衣服：每天早上，妈妈都会把他必须要穿的衣服搭在床沿上——如果爸爸不认同她的选择，她就会一整天不和他说话，或是从她稀少的饮食中再剔除一种食物，她会叹口气，宣布这件事，好像是那种食物不要她了。

"如果主要这样做，那就一定是主的旨意。"他带着微笑，把我们一个一个看过来。这是一个很好的微笑，比鲍德温·代·格罗特的微笑还要好。

"还有，"他接着说道，"对你们的父母要格外好一点。"我们顺从地点点头；只有奥贝阴沉地盯着房间里的暖气管。有几只蝴蝶在那儿等待被烘干。我希望兽医别看到蝴蝶，然后去告诉爸爸妈妈。

"我得回去看牛了。"兽医说着，转身关上了门。

"爸爸为什么不自己来告诉我们？"我问。

"因为他必须采取措施。"奥贝说。

"比如什么？"

"封闭农场，安装消毒池，把小牛单独关起来，消毒所有工具和奶罐。"

"我们不算他要管的'措施'吗？"

"当然算，"奥贝说，"但我们一生下来就被围在栏里，被绑住了。我们不可能成为别的什么。"

然后他向我凑过来。他抹了爸爸的须后水，好像那样就能分到一点爸爸天生就有的权威感。"你想知道他们要怎么杀牛吗？"

我点点头，想起有个老师说过，我的共情力和无限的想象力能让我大有前途，但我必须尽快为它们找到词语，否则，所有物事和所有人只能留在我的内心。早晚有一天，就像同学们有时会嘲笑我穿黑长袜——只因为我们家信仰归正宗，但其实我从来不穿黑长袜——我会在自己身上皱缩塌陷，直到我只能看到黑暗，永恒的黑暗。奥贝把食指顶在太阳穴上，发出射击的声音，然后把我外套的抽绳猛然拉在一起，紧紧地勒住我的喉咙。我直勾勾地盯着他的眼睛看了一会儿，看到了憎恨：和他那天摇晃水杯里的仓鼠时一样的恨意。我挣脱开来，大叫一声："你疯了！"

"我们都要疯了——你也是。"奥贝说。他从自己的书桌抽屉里拿出一包迷你装雅路斯牌牛奶巧克力，撕开包装，一颗接一颗地塞进嘴里，直到它们在他嘴里变成一大坨棕色的烂泥。这包巧克力肯定是他从地下室偷来的。我希望犹太人来得及躲到那一大排装着苹果酱的罐子后面去。

| 16 |

爸爸最喜欢乌鸦的葬礼。有时，他在粪坑或田野里发现一只死乌鸦，就会用绳子把它倒吊在樱桃树枝上。很快就会出现一大群乌鸦，一连几小时围着树转，向它们的同伴致以最后的敬意。没有其他生物像乌鸦那样哀悼那么久。一般来说，会有一只乌鸦特别突出，个头比其他乌鸦大一点，也更凶猛，还是那群乌鸦中叫得最响亮的。那一定是鸦群里的牧师。它们漆黑的羽毛如袍，与苍茫的天色形成鲜明对比，看起来很美。爸爸说乌鸦是很聪明的动物，会数数，会记住人脸和声音，任何对它们不好的人都会被它们记恨在心——不过，有乌鸦被倒吊在树上之后，它们就会在农场庭院里徘徊不去。爸爸在农舍和牛棚间走动时，它们就在雨水槽上垂眼凝视，盯得人不敢与它们

对视，爸爸就像射击场上的纸板兔，而它们的黑眼睛射出的视线钻入他的胸膛，一如黑色的弹孔。我尽量不去看那些乌鸦。它们或许想对我们说些什么，大概在等牛全都死了，它们才会说。奶奶昨天说，农院里的乌鸦是死亡的噩兆。我想，下一个死的不是我妈就是我。爸爸今天早上让我躺在庭院里肯定是有原因的，他要为新床量尺寸——他正在用货板、橡木和搭奥贝的鸡舍时剩下的木板做一张新床。我躺在冰冷的石板路面上，双臂紧贴身体，看着爸爸展开卷尺，从我的头到脚铺好，我心想：只要锯掉床腿，搬掉床垫，就能轻而易举地把床变成棺材。

但愿我能脸朝下地躺在棺材里，小视窗刚好开在屁股上方，那样的话，大家就能看着我的屁眼和我道别，因为那是所有问题的症结所在。爸爸收起卷尺。他坚持不让我继续睡马蒂斯的床，因为"小约翰尼实在受不了了"。这几星期里，我的脸色非常苍白，以至于隔壁的黎恩开始每周五晚送一箱柑橘给我。有些柑橘像我一样裹着外套，只不过它们的是纸做的。我一直屏住呼吸，以免吸入任何细菌，或是避免和马蒂斯越靠越近。没过多久，我就倒向地板，周围的一切都消融在茫茫大雪般的背景中。但我一挨着地板就立刻恢复了意识，看到了汉娜忧虑的神色。她用又湿又凉的手放在我的额头上，仿佛给我盖上了一块绒布。我没有跟她说，晕倒挺好的，在那片雪景里，我见到马蒂斯的机会更多，比在农场这儿见到死神的机会多。我躺在院子里，爸爸在账本上记下厘米数的时候，鸦群就在我头顶盘旋。

妈妈把裁剪合适、洗干净的床单铺在了新床垫上,还抖了抖我的枕头。她用拳头在枕头中间碾了两下,我的头就会摆放在那儿。我坐在书桌椅上,看着我的新床。我已经开始怀念以前的那张床了,尽管我的脚趾头已能触到床尾,好像躺在一枚能把我越旋越紧的手转拇指螺丝里。但那至少是一种安全感,好像有什么东西在设置界限,好让我不再生长。现在,我有了这么大的空间,可以扭来滚去,甚至可以斜着躺。马蒂斯的形状已经消失了,所以,我得挖出个能让自己躺进去的空洞。现在,无论在哪里都找不到度量他的办法了。

妈妈跪坐在我的床沿,胳膊肘搭在散发着湿粪肥味道的被子上,因为最近的风向是错的,风越来越频繁地犯错。用不了多久,牛的味道就不会渗进各种东西了,甚至会从我们的脑袋里消失,我们能闻到的将只有渴望和彼此的缺席。妈妈轻轻拍了拍被子。我顺从地站起来,钻到被窝里,侧身躺下,这样还能看到妈妈的脸。从这儿看过去,我的蓝色条纹被罩似乎让她离我很远。她在湖的另一边,她的身体和冻在冰窟窿里的红松鸡一样干瘦。我把脚移到右边,好让它们最终塞到妈妈交叠的双手下面。她立即把手挪开,好像我带电。她的眼睛下面有黑眼圈。我试着去估量口蹄疫的消息对她有多大的影响,以及乌鸦是为我还是为她而来?

"不要让你们被邪恶打败,而是要用善来打败恶。"伦克马牧师在早上的布道中这样说。我、汉娜和村里的几个孩子坐在二楼扶栏边,紧挨着风琴。我看到爸爸突然从一片黑帽子的大海中站了起来,从上面看下去,那些帽子就像臭鸡蛋的蛋黄,因为没有人把它们从鸡窝里捡出来,所以蛋黄上都生黑斑了。我身边的一些孩子也在窝里待得太久了,睡眼惺忪地盯着半空,呆呆地坐着。

爸爸环顾四周,不去管妈妈轻轻拉扯着他黑色大衣的下摆,他大声说道:"罪魁祸首就是牧师。"教堂里死一般的寂静。每个人都看着我爸爸,栏杆边的所有人都看着我和汉娜。我把下巴往外套领子里缩,感觉到冰冷的拉链贴在了皮肤上。

让我松一口气的是,我看到管风琴演奏者伸手摸向白色琴键,开始演奏《诗篇51》,信众全体起立,爸爸的抗议就像蛋黄中的黄油般消融了,时不时地还能听到压低声音的闲言碎语。没过多久,我们就看到妈妈哭着鼻子跑出了礼拜堂,胳膊下夹着圣诗歌集。贝莱用手指戳了我一下:"你爸爸的脑子不对劲了。"我没有回答,但想到了儿歌里那个在沙堆上造房子的傻子——雨水汇流,洪水来袭,房子轰然倒塌。爸爸是在下沉的沙堆上建立自己的言语。他怎么能责怪牧师呢?也许是我们自己的错?也许这只是十灾之一——这里的瘟疫从来都不是自然现象,而是一种警告。

妈妈开始轻轻地唱:"比蓝色的天空和金色的星辰更高的地

方,住着我们的天父;他守望着马蒂斯、奥贝、雅斯和汉娜。"

我没跟着她唱,转而去顾念书桌下的水桶。妈妈认为蟾蜍是肮脏的、讨人厌的生物。有时,她会用簸箕和刷子把它们从靴架后面扫出来,倒进堆肥用的粪坑里,好像它们是一堆土豆皮。蟾蜍们的情况也不太好。它们看起来有点憔悴,皮肤越来越干,长时间地闭目安坐——也许它们在祈祷,又不知道该怎样说得漂亮,就像我在与人交谈时那样。我只会把重心在两只脚上挪来挪去,瞪着前方,直到有人说"好吧,那就再见了。"我希望我必须对蟾蜍说"再见"的那一刻永远不会到来,但如果它们不尽快吃东西,那一刻就快来了。

妈妈唱完之后,把手伸进粉色睡衣的口袋里,拿出一包包着银箔纸的东西。"对不起。"她说。

"为什么说对不起?"

"因为星星,因为今晚的事。因为牛的事,太震惊了。"

"没关系的。"

我接下那一小包东西。里面是一只抹了茴香奶酪的小脆饼。从她口袋里带出来的奶酪还带着余温。妈妈看着我咬了一口。

"你实在是有点怪,你,还有你这件滑稽的外套。"

我知道她这么说只是因为隔壁的黎恩来询问奶牛怎样、我们怎样时再一次提到了这事。连兽医都跟妈妈谈起了这个话题:我的外套。她喂完小牛后进了屋,在厨房的正中间拉开平时只为扫下蜘蛛网而用的梯子,站了上去。只要蜘蛛还在网里,她就会说:"走吧,老处女。"这是妈妈唯一会讲的玩笑话,但我们还是很珍惜,如同珍爱一只被抓住后关进果酱瓶的小昆虫。这次她爬上梯子不是为了赶走蜘蛛,而是为了把我从她亲手织出的网里赶出来。

"如果你不马上脱掉外套,我就跳下去。"

她穿着黑色长裙,高高在上,双手交叠在胸前,嘴唇因为樱桃——她还会吃的少许食物之———而有几分红色,俨如一只蜘蛛被压扁在洁白的墙纸上。我估摸着落差。对死亡来说,这点距离够不够?据牧师说,魔鬼害怕我们村,因为我们比邪恶更强大。但这是真的吗?我们比邪恶更强大吗?

我把拳头往肚子里压,以平息突然爆发的酷刑般的刺痛感,并且出于本能性地夹紧屁股,仿佛要憋住一个屁。那不是一个屁,而是一场风暴,在我体内肆虐的风暴。就像新闻里播出的飓风那样,我的飓风也有名字。我称它为"圣幽灵"。圣幽灵在我体内肆虐,胳肢窝粘住了外套的布料。没有保护层,我会生病的。我当场僵住,继续看着我妈,看着她那双擦得锃亮的包口家居拖鞋,看着溅了油漆的梯级。

"我数到十:一、二、三、四……"

她的声音慢慢地消失了,厨房变得朦胧不清,但无论我试图用什么方法迫使自己的手伸向拉链,终究是做不到。接着,我听到一声沉闷的重响,骨头撞在厨房地板上,一声碰撞,一声哭喊。突然间,厨房里挤满了人,很多不同的外套。我感觉到兽医的双手像两头小牛的小脑袋搭在我的肩膀上,他那沉静的声音在引导我。慢慢地,我的视野清晰起来,聚焦起来,对准了妈妈,她正躺在爸爸把豆子倒进堆肥坑时用的那辆手推车里。奥贝推着她,穿过庭院,去找村里的医生。我只看到一些乌鸦飞了起来——从我的眼泪中看去,它们就像化掉的睫毛膏流下的条纹。爸爸拒绝开大众车送她去。"你不能把烂橘子带回蔬果店。"他这么说的意思是:这是她自找的。我想,用不了太久,我们就会把她推走,而且不再推回来。那一整晚,爸爸一言未发。他只是穿着连身工装裤摊坐在那儿,看电视,手握一杯杜松子酒,抽着烟。因为没有烟灰缸,他把燃烧的烟屁股搁在膝盖边上,结果,连身裤上的洞眼越来越多,好像这里让他窒息,他需要更多的透气孔。

自从那个消息传来后,兽医常常来我们农场,他带上我和汉娜在村里兜了一圈风。要说坐着不动,最好的办法就是坐在车里:周围的一切都在移动和变化,你看得到,却不用自己移动。我们开车去了油菜花田,然后坐在引擎盖上,看着收割机把农作物从田里割下来。最后,黑色的种子被装进了一只大桶。兽医告诉我们,可以用那些种子制作灯油、牛饲料、生物燃料和人造黄油。一群鹅飞了过来。它们要飞向对岸。有那么一瞬间,我期待它们从天而降,落在我们脚边,脖子都摔断,就像天赐吗哪,但它们还是继续飞,越飞越远,直到我再也看不到它们。我看了看汉娜,但她正热络地和兽医说学校里的事情。

她把鞋脱了，就穿着条纹短袜坐在引擎盖上。但愿我也能脱掉自己绿色的长筒靴，但我不敢。病像贼，会从四面八方侵入，哪怕爸爸妈妈低估了病有多么狡猾——他们离家时只锁前门，他们以为只有相熟的人才会从后门进来。

我们甚至压根儿没提起发生在家里的事。没有任何言语能斩除恐惧，像收割机的刀片斩断油菜花那样，只保留你要的那一点。我们默默地看着太阳下山，回来的路上从卖薯片的人那儿买了一袋，在车里就吃了起来，车窗起了雾气，我的眼睛也是，因为我第一次短暂地感觉到自己并不孤单：薯片比任何其他类型的食物更能让人团结。

一小时后，我们躺在床上，手指油腻腻的，散发着蛋黄酱的味道，挨过了一个尽管困难重重，却也充满希望的夜晚。但因为吃了薯片，我不太想吃小脆饼。但我不想让妈妈失望，所以还是咬了一口。我的眼前一直浮现她躺在手推车里的样子，受伤的脚悬在车斗外。奥贝突然间显得那么脆弱，我好想安慰他。《罗马书》第十二章说道："或服事的，要专一服事；或教导的，要专一教导；或劝勉的，要专一劝勉；施舍的，要诚实；治理的，要殷勤；怜悯人的，要乐意。"我不知道我得的恩赐是什么——也许我的恩赐就是闭嘴，倾听。我就是这么做的。我只是问他《模拟人生》玩得怎么样了，小人儿们是不是接过吻了。"现在不行。"他说着，把自己关在了卧室里。新一辑《流行金曲》从他的喇叭里传出来，音量那么大，我都能跟着歌词轻声唱。对这种音量，谁也没说什么。

妈妈像冻豆子一样越来越柔弱。她有时会眼睁睁地让东西从自己手中掉下去，然后责怪我们。我今天念了五遍主祷文。念最后两遍时我睁大眼睛，注视着周围的一切。我希望耶稣能明白——奶牛睡觉时是睁着一只眼睛的，以免受到突袭。我忍不住地越来越怕——怕一切可能在夜里出其不意攫住我的东西，从蚊子到上帝都算。

妈妈用空洞的眼神盯着我的荧光被套看。我没能把那口小脆饼咽下去。我不想让她因为我而不开心。我不想让她再搬出厨房里的梯子，因为非要如此的话，够到绳子或爬上青贮仓顶反倒更容易些。她只要用脚把梯子踢开就行了。奥贝说，那个动作不用很长时间——上吊的人需要时间只是因为他们有很多事情需要深思熟虑。在教堂里沉思至少能持续两颗薄荷糖的时间。如果她的恐高症这一次没能阻止她，那么在青贮仓顶上也不会。

嘴里塞满小脆饼的我说道："这里好黑。"

妈妈的眼神带着希望。我想起了贝莱的《友谊手册》。妈妈把"你想成为什么人？"的答案划掉了，改成了"一个好基督徒"。这意味着没有人注意到"你的身高是多少厘米？"这个问题的答案，我最近的身高有了迅猛的增长。我在想，自己是不是个好基督徒。我也许能给妈妈一些答案，让她再次高兴起来。

"黑暗？哪儿黑了？"她问。

"你知道的，到处都是。"我说着，把满口脆饼吞了下去。

妈妈打开我床头柜上的地球仪灯，假装轻手轻脚地溜出房间，她受伤的脚上缠着绷带，晨袍的腰带系得紧紧的。这是马蒂斯还活着的时候我们经常玩的游戏。永远不会让我厌倦的游戏。

"大熊，大熊！我睡不着，我很害怕。"

我从指缝中偷看，她走到窗前，拉开窗帘，说："看，我给你搬来了月亮。月亮和所有闪亮的星星。一只小熊还想要更多东西吗？"

爱，我在心里对自己说，就像牛棚里的温暖，所有那些在呼吸的奶牛都有一个共同的目标——生存。一个温暖的怀抱，能让我把头靠在上面，就像在挤奶的时候靠在奶牛肚子上。你给它们一大块甜菜时，它们时不时地伸出舌头，这就是它们能给予的所有的爱。

"没有了，我是一只幸福的小熊。"

我躺在那里等，等到楼梯不再嘎吱作响，然后拉上窗帘，试着去想那个会来拯救我的人，这样想，肚子上的压迫感才会渐渐消失，为另一种渴望让路，一种飞鸟最能表达的渴望。我注意到，我动一下，我的床就会吱吱呀呀，也就是说，爸爸妈妈肯定会知道我夜里在干什么。我站在床垫上，把挂在阁楼梁上的绳索套在自己脖子上。绳圈太大了。我解不开那个结——

绑了太久了——但有那么一会儿，我像裹围巾那样把绳子绕在脖子上，感受粗糙的纤维摩擦着皮肤。我去想象慢慢窒息的感觉，变成一只秋千，去了解哪些动作是符合期待的，去感受生命溜出我的身体，有点像我光着屁股趴在沙发上变成一只皂碟时的那种感受。

17

"这是一场入会仪式。"我对汉娜说,她正盘腿坐在我的新床垫上。她的睡衣胸前有个芭比娃娃的头像。娃娃有一头长长的金发,粉色的嘴唇。娃娃的半边脸已经磨光了,和浴缸边上的那只芭比娃娃一样。我们用海绵擦蘸了点肥皂就擦掉了她们的笑容。我们不想给妈妈留下一种印象:好像这个家里有什么值得一笑的,尤其是现在奶牛都病了。

"入会仪式?那是什么意思?"汉娜问道。她的头发梳成了一个髻。我不喜欢发髻——太紧了,而且会让别人更起劲地叫我们"黑长袜",因为教堂里那些女人的发髻实在太像卷成球的短袜了。

"欢迎某人或某样东西的仪式。我的床是新的,这是它来这里的第一个晚上。"

"好吧,"汉娜说,"那我要做什么?"

"我们先从欢迎它开始吧。"

我把头发捋到耳后,大声又清晰地说道:"欢迎你,床。"我把手放在床单上。"现在,仪式开始。"

我趴在床垫上,头侧在枕头下,所以还能看着汉娜对她说:她是爸爸,我是妈妈。

"好的。"汉娜说。

她在我旁边趴下来。我把枕头拉过头顶,把鼻子往床垫里压下去。床垫闻起来有家具店的味道,新生活的味道,爸爸妈妈是从店里把它买回来的。汉娜照我的样子做。我们就这样趴了一会儿,像两只被击落的乌鸦;谁也没说话,直到我拿开枕头,看向汉娜。她的枕头轻微地上下移动。床垫是一艘船,我们的船。"因为我们知道,我们这地上的帐篷若拆毁了,我们将有上帝所造的居所,不是人手所造的,而是在天上永存的。"那个片刻里,我想起了《哥林多前书》中的这段话。我把注意力转回到汉娜身上,轻声说道:"从现在起,这里将是我们的行动基地,我们在这里就是安全的。跟我念:亲爱的床,我们,雅斯和汉娜——妈妈和爸爸——很高兴有你加入本次'计划'的黑暗世界。这里所说的一切,渴望的一切,都只能保留在这里。从现在开始,你是我们中的一员了。"汉娜重复了这些话,其实更像是她在嘟嘟囔囔,因为她的脸还埋在床垫上。听她的声音,我就知道她觉得这事儿有点无聊，很快就会失去耐心，想玩别的游戏。虽然这不是游戏，而是极其严肃的事。

为了让她领会这件事的严肃性，我将手放在盖在她后脑勺的枕头上，然后抓住枕头的两端，用力地往下压。汉娜立刻扭动起下半身，这意味着我必须使出更大的力气。她的双手胡乱挥动着，抓扯我的外套。我比她强壮，她无法从我身下逃脱。

"这是一场入会仪式。"我又说了一遍。"任何一个来这里生活的人都要感受近乎闷死的感觉，就像马蒂斯那样，窒息到差一点就死。只有这样，我们才能成为朋友。"

我移开枕头时，汉娜开始抽泣。她的脸红得像个番茄。她贪婪地拼命吸气。"白痴啊，"她说，"我差点儿闷死。"

"这是仪式的一部分，"我说，"现在你知道我每天晚上的感觉了，现在床知道可能发生什么状况了。"

我依偎在抽抽搭搭的汉娜身边，吻干她的脸颊，恐惧的味道是咸的。

"别哭了，小男人。"

"你吓到我了，小女人。"汉娜轻声说。

我慢慢地开始在妹妹身上蹭动，就像我经常在泰迪熊身上做的那样，我轻声地说："如果我们展现出勇气，我们的时日可能会更长。"

随着上下起伏，我的身体越来越热；外套粘在我的皮肤上。我觉得汉娜快要睡着了才停下来。我们现在没有时间睡觉。我又在床上坐了起来。

"我选择兽医。"我突然说道,努力让自己的声音听上去很坚决。片刻间只有沉默。"他很好心,而且住在对岸,他还听过很多心跳的声音,成千上万的心跳声。"我继续说道。

汉娜点点头,芭比娃娃的头也点了点。"对我们这样的女孩来说,要有太大的野心才能有鲍德温·代·格罗特。"她说。

我不知道她这话是什么意思——像我们这样的女孩。究竟是什么决定了我们是什么人?人们怎么能看看我们就知道我们是穆尔德家的人?我觉得,世上存在很多像我们这样的女孩,只是我们还没有遇到她们。世上的爸爸们、妈妈们也终有一天会相遇。既然每个人身体里都潜在一对父母,那么他们就终将可以结婚。

我们的父母是怎么找到对方的?这依然是个谜。实际上,靠爸爸去找是没希望的。他要是丢了什么,那东西通常都在他的口袋里;他要是去买东西,买回来的东西总是和清单上的不一样:不是妈妈要的酸奶,但在他吃来毫无问题,妈妈指定的酸奶也没问题。他们从没跟我们说过他们是怎么认识的——妈妈总觉得不是说这事的好时机。在我们家,几乎就没有过好时机,就算有,我们也只能后知后觉。据我猜测,他们的结合和奶牛一模一样,有一天,外婆和外公打开我妈的卧室门,把爸爸像公牛一样放进去,和她待在一起。之后,他们把门一关,嘿,瞧——就有我们了。从那天起,爸爸就叫她"老婆",妈妈就叫他"老公"。遇到心情好的日子，称呼就变成"小男人"和"小女人"，我觉得这很奇怪，好像他们担心自己会忘记对方的性别，或是忘了他们是属于彼此的。

关于他们是如何相识的，我对贝莱编造了几句无伤大雅的谎话。我告诉她，他们是在超市的俄罗斯沙拉区偶遇的，两人都选中了加牛肉的沙拉，他们的手在取沙拉碗的时候短暂地碰在一起。按照我们老师的说法，爱情不需要眼神交流，触摸就足够了。我当时就想，如果他们两者——眼神交流和触摸——都没有的话，还算爱情吗？你该怎样定义那种关系呢？

虽然我觉得世间还有像我们这样的女生，但还是对汉娜点了点头。也许她们不会一天到晚带着奶牛味，或是爸爸的愤怒和香烟的气味，但总有什么办法可以对付气味吧。

我迅速地抬起手，在喉咙上按了一下。我还能感觉到绳子在皮肤上留下的触感，我想了想刚才厨房里的梯子一晃，坠地的闷响，绳索就似乎紧了一点，双环结抵到了喉头下面。一切都似乎止于喉头下方，爸爸开的拖拉机前灯在我的被子上留下的光束也是。我们能听到他在外面，把牛粪洒进田里。他只能偷偷地洒，因为现在为了减少污染的机会，已经不允许洒牛粪肥了。但要是不洒掉，我们不知道该怎么处理牛粪。粪坑早满了——用来推手推车、架设在粪坑上的木板已沉陷在粪里——没地方再存牛粪了。爸爸说，只要他趁夜把粪肥洒进田里，那就神不知鬼不觉，绝不会有人注意到。动物疫病处理公司甚至还派人来,都穿着白色防护服,把他们带来的几十个装满蓝色毒药的老鼠箱散布在农场里,这样老鼠就不会传播口蹄疫了。我和汉娜不能睡着。绝对不能让爸爸突然从我们身边溜走。光束从我的脚移动到我的下巴,过一会儿又从脚底开始。

"拖拉机事故,还是掉进泥坑?"

汉娜在被窝里挤到我身边。她的深色头发散发着青贮草的味道。我深深地吸了一下那味道,想到自己时常诅咒奶牛,但现在它们都要被扑杀了,我别无所求,只愿它们能和我们在一起,只愿农场里永远不要变得如此安静,以至于我们只能去回想它们的声音,只剩下雨水槽上的乌鸦们在监视我们。

"你和冷冻面包一样冷。"汉娜说着,把头顶在我的胳肢窝里。她没有陪我玩那个游戏。也许她担心自己说了什么,就会真的发生什么。就像看《行话比赛》时我们可以预测谁能拿到幸运绿球中大奖,我们也能预测死亡。

"冷冻面包总好过解冻的豆子。"我们笑着拉起被子蒙住头,以免吵醒妈妈。接着,我把手从自己的喉头移到汉娜的脖子上。感觉很温暖。我能隔着皮肤摸到她的脊椎骨。

"你比我更接近完美的厚度,小女人。"

"对什么来说更完美,我的小男人?"汉娜开始玩游戏了。

"拯救。"

汉娜推开我的手。为了得到拯救,你不需要完美的厚度——事实上,正是因为欠缺完美才意味着我们很脆弱,需要被拯救。

"我们脆弱吗?"

"像一根稻草那么脆弱。"汉娜说。

我突然明白了是怎么回事。最近发生的每一件事都能说得通了,我们一直都很脆弱,我说,"这就是《出埃及记》里十灾中的另一灾,肯定是。只不过,灾祸降临到我们身上的次序弄错了。你明白了吗?"

"你这话什么意思?"

"就是说,你流鼻血了,表示水变成了血。我们经历了蟾蜍迁徙、学校里传染头虱、长子之死、马蝇绕着粪坑飞、奥贝的靴子压扁了一只蚱蜢、我吃炒蛋后舌头上长了溃疡,还有雹暴。"

"你认为,这就是现在有牛瘟的原因?"汉娜一脸震惊地问道。她把手捂在心口,正好遮住了芭比娃娃的耳朵,好像不允许娃娃听到我们讨论的内容。我慢慢地点点头。牛瘟之后,还会有一灾,我在心里对自己说,那才是最糟糕的一灾:黑暗,彻底的黑暗,白昼都会穿上爸爸的主日黑西装。我没有大声说出来,但我们都知道,在这个家里有两个人不断地渴望彼岸,穿过湖泊,在那边献上祭品,无论是火球牌太妃糖还是死去的动物。

接着,我们听到拖拉机熄火了。我打开床头柜上的地球仪灯来抵挡黑暗,因为拖拉机的前灯已经照不亮我的卧室了。爸爸撒完粪肥了。我想象他身穿连身工装裤,隔着很远眺望农场的样子。唯一亮着的灯光在农场前方,椭圆形的窗户被照亮了,好像月亮喝得半醉,脚下一滑跌落了几尺。他看到农场时会看到三代农夫。农场最早是穆尔德爷爷的,然后传给了我爸爸。爷爷去世后,他养的很多牛都活了下来。爸爸经常讲爷爷的一头牛的故事,那头牛也有口蹄疫,不肯喝水。"他买了一桶鲱鱼,硬塞到那头病牛的嘴里。这不仅让牛补充了一点蛋白质,还让它非常渴,就这样,它强忍水疱的疼痛,又开始喝水了。"我至今仍觉得这是个好故事。现在,你不能用鲱鱼治疗舌头上的水疱了,爷爷留下的牛也将被扑杀。爸爸这辈子拥有的一切都将一下子被夺走。他肯定会有蒂西有过的感觉——但要乘以牛只的总数:乘以一百八十头。他对每头奶牛、每头小牛都了如指掌。

汉娜翻身离开我——黏黏的皮肤慢慢地从我的皮肤上扯开。有时候,我觉得她就是从我天花板上一次又一次掉下来的宇宙天体之一,也就是说,我的愿望已经许光了;虽然我已经明白,天堂不是许愿池,而是乱葬岗。每颗星星都是一个死去的孩子,最美的那颗就是马蒂斯——这是妈妈教我们的。所以,我才会在某些日子里害怕他掉下来,结果落在别人家的花园里,而我们根本不会注意到。

"我们必须让自己进入安全区。"汉娜说。

"非常正确。"

"但是什么时候呢,我们什么时候去另一边呢?"

我妹妹听起来不太耐烦。关于等待,她懂得不多,总是想一出是一出,恨不得立刻去做。我更谨慎,所以会错过很多事情,因为事情本身有时也会不耐烦。

"你很能说,但没说出什么来。"

我答应汉娜再努力一点,又说道:"猫不在,老鼠就作怪;老鼠不在,爱就作怪。"

"老鼠?又是一灾吗?"

"不,是等猫回来时的一种保护。"

"爱是什么?"

我想了一下,然后说:"就像不太虔诚的奶奶以前做的蛋奶酒,很浓稠,金黄色的:想要味道好,就要按照正确的顺序,正确的比例加入所有材料,这一点至关重要。"

"蛋奶酒好恶心的。"汉娜说。

"因为你必须去学着喜欢它。一开始,你也不会喜欢爱,但时间越久,滋味就会更好,更甜。"

汉娜飞快地抱紧我——像抱她的娃娃那样,从我的胳肢窝下抱住我。妈妈和爸爸从不拥抱,那一定是因为——只要拥抱了,你的一些秘密就会像凡士林一样,最终粘到了对方身上。这就是为什么我从来不主动去拥抱别人——我不确定自己想送出哪个秘密。

| 18 |

　　爸爸的木鞋在门垫边，硬硬的鞋头套着蓝色塑料套，以防病菌传播。我真希望在自己脸上贴一只塑料面罩，只吸入自己呼出的气息。我穿上他的木鞋，把篮子里的果皮倒进堆肥用的粪坑里，就倒在被露水染白的牛粪上，闪念间，我突然想到：这可能是我未来一段时间里看到的最后一堆牛粪了。就像清晨哞哞的牛叫，饲料集中搅拌机的滚动声，牛奶罐冷却系统开启的声音，被玉米饲料引来后在谷仓橡子上筑巢的木鸽的咕咕叫声一样，一切终将消散，变成我们只会在生日或晚上睡不着时才会想起的物事，一切都将成空：奶牛棚、奶酪棚、饲料仓、我们的心。

　　爸爸打开了龙头，牛奶流成一条细流，从牛奶罐一直流到农田中央的排水沟。不能再卖牛奶了，但他依然给奶牛挤奶，好像什么事都不会发生。他把奶牛固定在两道栅栏之间，把挤奶杯固定在它们的乳房下，挤完后再用一条沾满药膏的我的旧内裤帮它们擦干净。爸爸把我的破旧内裤揉成一团去擦牛乳房或是清洁挤奶杯时总是毫无忸怩，但那常常让我感到十分尴尬——有时我会在夜里想，从奥贝的手到农夫扬森的手，那个裆部几易其手，他们等于用这种方式触摸了我，用带有老茧和水疱的手。有时会有一条旧内裤在牛群中迷失了方向，最后被踢到格栅间。爸爸管它们叫"牛乳抹布"，他不再把它们看作是内裤。妈妈会在周六把牛乳抹布洗净，挂在晾衣绳上晾干。

我用指甲尖从削皮篮底勾出一只吃剩的苹果核，眼角的余光瞥到兽医蹲在白色帐篷外。他把注射器推进抗生素瓶里，再把针头刺入小牛的脖子里。那头小牛拉肚子了，身体两侧都溅到了芥末黄色的稀屎，四条腿像风中的栅栏桩似的不停打战。即使是周日，兽医也在这里，但如果是我们躺在浴室的地毯上，屁股里插着体温计，事情就会推迟到周一再说。妈妈会唱那首"短衫小女孩柯嘉琪"的荷兰童谣——"柯嘉琪常生病，但从来不在周日生病，总在两个周末之间。"我听了就会想，柯嘉琪是个胆小鬼：她不能去学校，但可以去教堂——这可有点怂啊。但等我上了中学才搞懂，所有陌生的东西都会让柯嘉琪害怕。她被欺负了吗？她是不是和我一样：一看到学校操场就肚子疼？学校宣布集体出游时，所有的细菌也会跟着一起去吗？为了让恶心感消停，她也会把薄荷糖在桌边磕碎吗？事实上，你不得不为柯嘉琪感到难过。

每走一步，塑料套都会吱呀作响。爸爸曾经说过："死神总穿木鞋来。"我以前不明白。为什么不穿冰鞋或运动鞋？现在我懂了：死神在大多数情况下都会主动声张，让你知道他来了，但我们往往不想看到，不想听到。我们明知有些地方的冰层太薄弱了，我们明知口蹄疫不会放过我们村。

我躲进兔棚里，那儿是百病不侵的，我很安全。我把潮软的胡萝卜缨子塞进铁丝网格里。我稍微想了想兔子的颈椎骨。如果拧动兔子头，那骨头会不会裂？别的生物的生死就握在我们手里，不管我的手有多小，这真是一个可怕的念头——就像砌砖的泥刀，你可以用泥刀来砌墙造屋，也可以用锋利的那一边把东西劈成合适的大小。我滑开食槽，放低我的手，低到毛皮上，把迪沃恰的耳朵抚低，平贴到它的背上。因为里面有软骨，兔耳的边缘有点硬。有那么一瞬间，我闭上眼睛，去想儿童电视频道里那位卷发女士。想她眼里的担忧——那时，她在解释圣诞老人的帮手们都迷路了，每个人醒来时都会看到壁炉旁的鞋子里空空如也，放在旁边的给圣诞老人的马吃的胡萝卜都会蔫软，橘黄色的皮被壁炉散发的热气烘得皱巴巴的。我还想起她桌上的蛋白饼、姜饼人，还想起我有时会幻想自己是个姜饼人，所以获准和她靠得很近，比以前的任何人都要近。她会说："雅斯，万物生长又萎缩，但人总是保持同样的大小。"

她这是在安慰我,因为我已无法让自己安心了。

再次睁开眼睛时,我把兔子的右耳夹在手指缝里。接着,我摸到了迪沃恰两条后腿之间的地方。就这样摸到了,和以前摸到陶瓷小天使那次一样。就在那一刻,兽医进来了。我迅速收回手,埋下头,把食槽推回兔笼前。如果脑袋变红了,那就更重了,因为尴尬的质量更大。

"它们都发烧了,有的甚至烧到四十二度。"兽医说着,在水桶里洗了手,用了一块绿肥皂。水桶里有水藻。我赶忙拿了刷子要去清洗。我凑在桶边看进去。肥皂泡沫让我觉得很恶心,我把手放在下腹时能感觉到我的肠子很胀。感觉就像屠夫家的茴香香肠,根本不可能消化。

兽医把绿肥皂搁在木桌上的几条石食槽之间。以前有些兔子用过那些食槽,它们大部分都是老死的。爸爸用铲子把它们埋在田里最远的那一边,我们是不许去那么远的地方玩耍的。有时候,我很担心埋在那里的兔子:牙齿会不会在它们死后很久仍在长,从地里冒出来,绊倒牛,或是更糟:绊倒我爸爸?这就是为什么我一直给迪沃恰吃很多很多叶子,用一桶一桶的缨子去喂它,好让它有足够的吃食嚼个不停,以免它的牙齿长得太长。

"它们为什么不能好转呢?小孩也发烧,发过之后不就好了吗?"

兽医用一块旧茶巾擦干手,再把它挂回棚墙上的挂钩上。

"传染性太强了,而且,牛肉和牛奶都卖不出去了。你们只能亏本了。"

我点点头,虽然我不明白。这样一来,损失不是更大了吗?那些我们深爱的热气腾腾的奶牛即将被杀死。就像犹太人那样,只不过犹太人是因为被人憎恨了,它们和他们都不能出于爱和无能为力而走进坟墓,而只能早早地死去。

兽医翻倒一只饲料桶,坐在上面。他的黑色卷发垂在面前,像派对上用的打卷儿彩带。我觉得自己现在特别高,可以高高在上地俯视他。最近新长的几厘米只在《友谊手册》中被写明了,但我还不知道该如何应对。以前,我们会把新长出来的部分标记在门柱上。爸爸会拿着卷尺和铅笔抵在你头顶,在木头上划出一条线。马蒂斯不再回家后,他把门柱漆成了橄榄绿,和屋舍门面那排百叶窗一样的绿色,百叶窗最近一直关着——谁也不许看到我们长大。

"这是个让人心碎的行业。"他摊开手掌朝上,叹了口气。你可以看到掌心里的水泡,酷似爸爸寄出公牛精液小瓶时用的泡沫信封里的小气囊,有时候,那些小瓶子会直立在桌上,还留有余温,旁边尽是早餐用的东西。冬天,我刚起床,地板的冰凉会从脚趾头一路传到脸颊,我就会把它们贴在脸颊上,背景音里能听到妈妈对着柴火炉的小窗口吐口水,然后用一张厨房卷纸把玻璃擦亮。她总是先这样做,再让爸爸把旧报纸放进去——他总是用旧报纸当引火物去点柴火。她说,如果你能看到火焰在争夺一块木头，就能感受到更多热量。

妈妈不喜欢我把那些小瓶子贴在脸颊上——她说那样很不雅观。她说那是用来造牛犊的，就像外婆用烛蜡做新蜡烛那样，村里所有人都会把攒下的蜡烛头给我外婆。但小瓶子里的东西白白的，有时是水样的，有时很浓稠。有一次，我偷偷拿了一些到我的卧室去。汉娜坚持要等它凉透、不能再用来取暖了就把瓶子打开。等小瓶子和我们的身体一样冰凉之后，我俩都把小手指伸进去，蘸一下，数到三，塞进嘴里。寡淡无味，有点咸。傍晚入夜时，我们会幻想小牛犊从我们体内出来，直到后来满脑子都是找寻拯救者的"计划"，我们才觉得自己比以前更重大了：我们会在拯救者的手里变成液体，像试管里的精液一样可以流动。

"你的外套舒服吗？"

过了一会儿，我才能回答。我的思绪还被他掌心里的水泡所占据。

"是的，非常舒服。"

"不会太热吗？"

"不会太热。"

"会有人因此取笑你吗？"

我耸耸肩。我善于思考答案，但不太擅长说出答案。每个答案都会引发一番审视。我不喜欢审视。那感觉太顽固，太黏糊了——就像浸透了干酪蜡的黄油刷掉在衣服上，几乎不可能洗掉。

兽医笑了。我这时才注意到他的鼻孔——我从没见过这么宽大的鼻孔,他肯定花了很多时间抠鼻子。这奠定了一道我决不会忘却的纽带。他的脖子上挂着听诊器。有那么一瞬间,我想象着冰冷的金属贴在我胸口,他在听我体内的每一种动静和变化。他的额头上会挤出忧虑的皱纹,用拇指和食指推动我的下颌,以便给我喂食,就像喂小牛犊那样。他会用他的绿色风衣罩住我,让我始终温暖。

"你想念你哥哥吗?"他突然问道。他用手掌包在我的小腿上,轻轻捏了捏。也许他想摸出来我有没有生病:看小腿的肉多不多就能判断出牛犊是不是很健康。他的手轻轻地来回摩挲,这让牛仔裤下的皮肤变得热起来,暖意扩散到我的全身上下,一如寒冬里想到回家、想到热巧克力时的念想,只不过,在你回到家后,那种暖意就会骤减几分。我盯着他修剪整齐的指甲看。你可以看到他的无名指上有戒指的印记——那一圈皮肤的颜色比较淡。亲爱的人总会在你的心里,甚或皮囊之下留下清晰可见的痕迹,就好比妈妈坐在我的床边,用瓷器般脆弱的音调问我是否爱她,而我答道"从地狱到天堂"时,我的胸膛简直要裂开了。有时,我真的能听到肋骨裂开的声音,我害怕它们裂开后永不再复合。

"是的,我想他。"我轻轻地说道。

这是第一次有人问我是否想念马蒂斯。不是拍拍我的脑袋,也不是捏捏我的脸蛋,而是用一个问题。不是"你的父母还好吗?奶牛怎么样?",而是"你过得怎么样?"。我盯着自己的鞋子看。

当我看向兽医时,他突然显得垂头丧气,妈妈也时常那样,好像她整整一天都用头顶着一罐水走到了对岸,一滴都没洒出来。所以,我说:"但我挺好的,我甚至可以谈论幸福,赞美上帝,直到我的牛仔裤膝盖打上补丁,补丁上面有漫画书里的人物。"

兽医笑出了声。"你知道你是我见过的最漂亮的女孩吗?"

我觉得我的脸颊被涂满了颜色,就像做完多项选择题后的那些彩色圆圈。我不知道他这辈子见过多少女孩,但我还是觉得受宠若惊。有人觉得我漂亮。哪怕我褪色的外套的接缝处都已磨烂了。我不知道怎么应对。老师说,多项选择题往往设有陷阱,因为每个选项都包含了一部分真相,但同时也是谎言。兽医把听诊器藏进衬衣里。出门前,他对我眨眨眼。"为了和解。"爸爸朝妈妈这样眨眼睛时,妈妈有时会这样说。她是带着怒气这么说的,因为"和解"早就消亡了。不过,我的肋骨里还是有什么东西烧焦了,和心里平时的燃烧感不一样——我的心里,常有什么像荆棘丛那样熊熊燃烧。

| 19 |

　　我们是听着神的话长大的，但农场里的话越来越少了。现在早就过了喝咖啡的时间，我们却还静静地坐在厨房里，没人发问，我们却点着头。兽医坐在餐桌的一端，那是爸爸平时的座位。他喝黑咖啡，我喝黑果汁饮料。一如往常，爸爸在下午喂牛时段前骑自行车去湖边了，左裤腿上夹了一只蓝色的晾衣夹，以免裤子卷进辐条间，他要去看看自己有没有错过什么。爸爸错过了很多。他看地面或望天空的时间更多，比他平视与眼睛等高的东西的时间多。以我现在的体型，我刚好在天地之间，我要么把自己变大，要么把自己变小，才能被他看到。有些日子里，我隔着厨房窗户远远望他，直到他变成堤坝上的一个小斑点，像是从鸟群中掉落的一只鸟。哥哥死后的头几个星

期里，我一直期待爸爸能用自行车载他回来，他可以坐后面的货架，虽然会被冻到刺骨。那样的话，一切都会好起来的。现在我知道了，爸爸回来时，货架上总是没有人，马蒂斯永远不会回来了，就像耶稣永远不会踩着云朵从天而降。

餐桌旁静默着。平时说话少了，所以大部分对话只在我脑子里发生。我会和地下室的犹太人聊很久，问他们会怎样形容我妈妈的精神状态，问他们是否碰巧看到她最近吃了什么东西，问他们是否相信她有一天会突然死掉，像我那两只一直拒绝交配的蟾蜍那样。我幻想着在地下室中间，在面粉袋和黄瓜泡菜罐的架子之间有一张铺好的桌子，桌上油腻腻的小包装袋里会有妈妈最喜欢的坚果——虽然她只喜欢整颗的坚果，不喜欢半颗的，她会把半颗的都给爸爸吃。她会穿上她最喜欢的裙子，那条印着雏菊的海蓝色裙子。我问犹太人会不会为她念《雅歌》，因为她觉得那首圣歌特别好听，还问他们会不会照顾她，不管她在幸福中还是在逆境中。

关于我爸爸的对话就不一样了。话题常常围绕他那只最底下的抽屉。如果他离开我们，我希望他的新家人能和他多说几句话，希望有人敢于挑战他，怀疑他，就像我们有时怀疑上帝那样。有时我甚至希望有人能对他发火，说"你的耳朵里都是甜菜，你只能听到自己的声音，还有，挡车栏太松了，我们必须把它修好，这没什么好推诿的"。那样挺好的。

奥贝冲我吐舌头。每次我看着他，他就把舌头伸出来，他的舌头是褐色的，因为他们给我们一块巧克力蛋白酥饼配果汁一起吃。我把我的酥饼掰开了，这样就可以先用牙齿刮掉中间的白色奶油。我没有意识到自己的眼睛里噙满了泪，直到兽医向我眨眨眼。我想到了月球，我们学校里的科学课讲过尼尔·阿姆斯特朗，第一个登上月球的人，从月球存在至今，第一次有人不辞万难地接近月球，月球的感受肯定和我差不多。也许兽医也是宇航员，终于有人费神来看看我，看看还有多少生命残存于我。我希望这将是一次很好的对话。只是我不确定好的对话该有哪些部分组成。在我看来，有一点是肯定的：这场对话必须包含"好"这个词。而且，我决不能忘了，要长时间地看住对方的眼睛，因为频繁转移视线的人往往有秘密要隐瞒，而秘密总是藏在你脑袋里的深冻室，就是冰箱里冻肉末的那一层。但凡你把它们取出来，放着不管，它们就会变质。

"所有的牲畜都在拉肚子。糟得不能再糟了。"兽医这么说是想打破沉默。妈妈把双手捏成了拳头。拳头像卷成团的刺猬躺在桌上。我想跟汉娜说它们在冬眠，但她肯定立刻去摸索我们下颌的血管，她时常用食指这样做，然后刮掉我们嘴角干结的牛奶。

接着，门厅的门开了，爸爸走进了厨房。他拉下运动开衫的拉链，把一袋冷冻面包扔到厨台上。他站在桌边，大口大口地吃起他那份蛋白酥饼干。

"他们明天大概喝咖啡的时间来。"兽医说。

爸爸猛地一拍桌子。妈妈的饼干被震得微微跳起来,她用手护住它——我要是蛋白糖饼干就好了,我会完美契合她手心的弧度。

"这是遭了什么报应?我们做了什么?"妈妈问道。她把椅子往后一推,走到厨台前。爸爸捏紧鼻子,他的手指像封口夹,这样一来,他就不会因为哭起来而像面包那样变干。

"上楼去,你们几个。"他只说了这么一句。"马上。"

奥贝指了指阁楼。我们跟着他去了他的房间——窗帘仍然拉得严严实实。今天下午,老师在科学课结束时说,如果你用鼻子呼吸,吸入的一切都会被鼻子里的小绒毛过滤一遍。如果你用嘴巴呼吸,一切就会直接进入你的体内,你无法阻止疾病侵入。贝莱开始大声地用嘴巴呼吸,这让大家都笑起来。我只是焦虑地看着她:如果贝莱生病了,那就意味着我们的友谊终结。现在,我只用鼻子呼吸,牢牢地闭紧嘴唇。我只有在说话的时候才会张开嘴巴,尽管现在已不太有这种机会了。

"你得把裤子脱了,汉娜。"

"为什么?"我问。

"因为这是生死攸关的大事。"

"爸爸需要更多的内裤给牛用吗?"

我想到了自己的内裤。也许妈妈找到了我床底下的那些内裤,看到了它们被干结的小便弄得又黄又硬。奥贝扬起眉毛,好像问出滑稽问题的人是我。然后，他摇了摇头。

"我知道有一件事很好玩。"

"不会又是和死有关吧？"汉娜问。

"不，和死没关系。是个游戏。"

汉娜热切地点点头。她最喜欢游戏了。她经常在起居室的地毯上一个人玩《大富翁》。

"那你就得脱掉你的内裤，躺到床上去。"

我还没问他有什么打算，汉娜就脱下了她的衣服，长裤和内裤堆在她的脚踝上。我看向她两腿间的裂隙。看起来不像奥贝说的奶黄包。更像是奥贝以前在靴架后面用小刀切开的鼻涕虫，切开后就冒出了黏液。

他坐在床边，挨着汉娜。"现在，闭上你的眼睛，打开你的腿。"

"你在偷看。"我说。

"我没有。"汉娜说。

"我看到你的睫毛在抖。"

"那是风吹的。"汉娜说。

我把手搁在她眼睛上，仅仅为了确保她没有偷看，却感觉到她的睫毛挠动着我的皮肤。我看着奥贝拿起一罐可乐，疯狂地摇起来。然后，他把罐头凑向她的裂隙，强迫她的双腿尽可能地张开，让我能够清楚地看到粉色的皮肉。他又摇晃了几下，再把罐头尽可能地凑近孔洞。突然，他拉开了拉环，可乐笔直地喷向她的皮肉。汉娜的屁股当即抽搐了一下,她大声喊叫出来。但当我在惊惧中移开自己的手时,我在她眼中看到的并非我能看懂的。不是痛苦,更像是平静。她咯咯地笑起来。奥贝摇起第二罐可乐,重复刚才的动作。汉娜的眼睛睁得更大了,湿润的嘴唇贴在我的掌心里,她在轻轻地呻吟。

"疼吗?"

"不,感觉很好。"

接着,奥贝把一只可乐罐上的拉环扯下来,放在从裂隙中凸出的粉色小肉球上。他飞快地弹了一下拉环,好像要把她像一罐可乐那样打开。汉娜现在呻吟得更大声了,还在被子上扭来扭去。

"停下,奥贝。你弄疼她了!"我说道。我妹妹躺在枕头上,被汗水和嘶嘶作响的饮料弄湿了。奥贝也在出汗。他从地上捡起那两罐半空的可乐,递给我一罐。我贪婪地喝起来,越过罐身上缘看到汉娜正要穿上她的内裤。

"等一下,"奥贝说,"你得帮我们保管一点东西。"他从书桌下面抽出垃圾桶,把里面的东西全部倒在地板上,从考砸的试卷堆里捡出几十只可乐罐拉环,再把它们一只一只推进汉娜的体内。

"否则爸爸妈妈就会发现你们两个一直在偷可乐。"他说。汉娜没有抱怨。她好像突然间变成了另外一个人。她看起来似乎轻松了,哪怕我们曾互相承诺过,为了减轻父母的负担,我们愿意永远感受到承担的重负。我生气地看着她。"爸爸妈妈不爱你。"我不自觉地说出了口。她吐了吐舌头。但我看到她眼中的释怀感正在慢慢消退,她的瞳孔在缩小。我赶忙把手搭在她的肩膀上,说那是开玩笑的。我们都想要爸爸妈妈的爱。

"我们将不得不作出更多的牺牲。"奥贝说。他在他的电脑前坐下来,电脑嗡嗡地从休眠状态中恢复过来。我不知道我们刚才作出了什么样的牺牲,但我不敢再问任何问题,唯恐他又提议什么新任务。汉娜坐在他旁边的折叠椅上。看他和她的表现,好像什么事都没发生过,也许确实如此,而我的忧虑是多余的,就像我每次忧虑夜幕降临那样。这只是过程的一部分。不管我多么害怕黑暗,到最后总会重获光明的——比如现在,虽然这光明是人造的,来自屏幕的光,但刚才的黑暗多半还是消失了。我捡起一只被他漏掉的拉环,放进外套口袋里,和胡须、我的奶牛储蓄罐的碎片放在一起。我们必须小心地对待汉娜——她每走一步都可能出卖我们——你可能会听到拉环在她身体里叮当碰响,就像你喝可乐时,环拉有时会断掉,落进罐头里,于是你每喝一口都能听到叮当响。我看着哥哥和妹妹的背影。我猛然间发现,我已经听不到蝴蝶的翅膀扑打农家奶酪杯盖的声音了。《马太福音》中的一句话浮现在脑海里:"若是你的弟兄得罪你,你要去,趁着只有他和你在一起的时候,指出他的错来。他若听你,你就赢得了你的弟兄。"我和奥贝真的需要好好谈谈。尽管我们从来都不是两人,而是三个人,但我必须确保汉娜的耳朵关起来，就关一小会儿。

吃完晚饭，我快步溜到外面，跨过牛棚周围的红色隔离带，进去的时候用手捂着嘴，假装戴了一次性口罩。牛棚所有门窗都不允许打开，所以里面的氨气味特别重，还混合着青贮饲料的味道。我把粪铲伸到牛群后面的栅格上，把稀便往中间堆。泥浆般的粪便从栅格间流下去——我听到它们最终落在了地下半层。你得让身体和铲子保持在恰当的角度，否则它总会卡在缝隙间。我时不时地推推牛脚，让牛挪动一下。有时，你的动作要粗暴一点，否则它们根本不理你。我沿着排水沟后面走到几头干奶牛①身边，它们乖乖地站在那儿，嘴里不停地咀嚼，哪怕这是此生最后一餐，它们似乎也无动于衷。我让碧雅翠丝舔我的手。它是一头黑色的奶牛，头是白的，眼圈有棕色的斑点——所有奶牛的眼睛都是蓝盈盈的，因为它们多了一层反射光线的膜。冬天，我也会让小牛这样做——让它们吮吸我冻僵的手指，直到手指被吸得紧紧的，像真空包装抽空了气，我胸怀里的悲哀也一样被抽空了。每次听到那种吸吮声，我都会想起奥贝讲的那个故事。他说扬森的儿子没把手指放进牛嘴里，而是放了别的东西，但那只是流传在村里的闲谈，一如每月一次洒牛粪肥时的臭气在村里四处传开，你最好别去闻。

---

① 分娩前五十至七十天停止挤奶的母牛。

我又让牛舔了舔我的手。你要先取得它们的信任，然后毫不留情地出手，这是奥贝教我的。他收藏的蝴蝶就是这样捉来的。我让我的手从牛头沿着背脊滑动，滑到臀骨和尾巴之间的地方。除了耳朵，那是奶牛最喜欢被人摸的地方。每天晚上，我都会用手电筒在自己身上寻找类似的地方，但没找到任何值得抚摸的地方，任何能让我平静下来或让我呼吸加快的地方。我的手好像有自己的意愿，又从它的臀骨摸向尾巴。我可以看到它的腚眼一开一合，像饥饿的婴儿的嘴巴似的。我想也没想就把手指伸进了那头奶牛的腚眼。里面很温暖，也很宽敞。我可以看到腚眼下面垂挂着什么，确实有点像奥贝说的奶黄包，只不过是粉色的，顶端有一丛毛。在那二者之间，我又摸到了一个孔洞，这个洞又窄又软。我想，这一定是牛的屄了。它立刻夹紧屁股，紧紧夹住尾巴，不安地把腿向后挪。我的脑海里闪过汉娜的样子，我推动手指进进出出，越来越快，直到开始觉得乏味。我把另一只手揣进外套的口袋，冷不丁地在储蓄罐碎片、可乐环拉和迪沃恰的胡须当中摸到了奶酪铲勺。我已经忘了把它从奶酪棚里拿出来了。我从口袋里取出它，在半空转动它几圈，从各个角度审视它。我的脑子里突然冒出一个念头。拯救者需要接受测试，就像潜水员需要获取潜水证。这将是一场针对兽医的测试，因为如果他能救下一头奶牛，让它免受奶酪铲勺在体内游荡之苦，那么，他也能救下一个女孩，让她的心免受游荡之苦。我把眼睛眯成一条缝，预感到碧雅翠丝肯定会有点疼痛，然后，小心翼翼地把奶酪铲勺伸进了它的腚眼。越往里，我越用力，它的腚眼就变得越来越宽，贴合了铲勺的形状，直到我无法再深入。我的手和手腕完全伸进了奶牛体内，我松开手，抽出手臂。前臂上沾满了屎。我拍拍她温暖的侧面，就像爸爸塞完肥皂后拍我的小腿那样。

我用妈妈清洗挤奶桶的东西洗净手臂，用水管冲洗了长筒靴的鞋底，关上水龙头，然后对兽医说："碧雅翠丝有点不对劲。"

"我去看看。"他说着，走向牛棚。过了一会儿，他回来了，我猜不透他凝视的目光。眉目间没有忧虑的皱纹，嘴角没有严峻的走向。

"怎么样？"我问道。

"它是纯种的，你知道的。有点难受的时候，王室成员总要搞点歌舞升平的花样。没什么不对劲，那头牛健康得不能再健康了，想想啊，那可怜的动物明天就要被扑杀了。这口蹄疫是上帝所憎恶的。"

我对他微笑，就像有人没抢到绿球时，《行话比赛》里的女主持人的那种笑法。

| 20 |

"第一头牛正在倒下。"妈妈说道。她站在牛棚门边,两手各提一只保温瓶——一只瓶身上用防水笔写着茶,另一只上写着咖啡。好像这样她就能保持平衡似的。她的胳膊下还夹着一盒粉色镜面蛋糕。她的声音听起来很嘶哑。我跟着她走进牛棚,就在这时,最先死掉的几头奶牛倒在了栅格上,装载机上的抓斗抓住它们的后腿,让笨重的身体在地面上拖行,就像集市上那些让人忍不住想抱的可爱玩具,它们被抓起来,再被扔进卡车里。有两头牛站在旋转牛刷下,漫不经心地咀嚼着,鼻头上布满了厚厚的疥癣。它们狂热地盯着同伴们看,有的腿腿无力地倒下,有的滑倒在牛棚的预制地砖上。有的小牛被装进畜体回收车时还活着,还有的额头被螺栓枪射入了螺栓。呻吟声、

撞击卡车厢壁的声音让我的皮肤裂出了细纹，我的身体开始觉得燥热。把衣领拉到鼻子，咬抽绳已经没有用了。就连马克西玛、宝石和火光都被毫无怜惜地杀死了。它们倒下，死了，像空牛奶箱一样被折叠起来，扔进车斗。

突然，我听到爸爸在喊。他和奥贝在喂食区，站在穿着蓝绿色连身防护服、戴着塑料帽和口罩的那些人中间。他在背诵《诗篇35：1》，唾沫涌聚在嘴角，他用上了自己最高的音调，最后演变为尖叫。"耶和华啊，与我相争的，求你与他们相争！与我相战的，求你与他们相战！拿着大小的盾牌，起来帮助我。抽出抢来，挡住那追赶我的。"口水顺着他的下巴缓缓滴落在喂食区的地板上。那滴口水，从他身上流淌出来的悲伤，让我全神贯注，就像流淌的稀便、死牛的血，在地砖缝隙间流淌，最后流入下水道，和冷却罐里倒出来的牛奶混于一体。

小牛是第一批走的，这样就不用看到它们的妈妈被残忍地杀死。为了表示抗议，奥贝把最年幼的小牛犊倒挂在树枝上，绳子绑在脚上，舌头从嘴里垂下来。村里的每户农家都把自家的一头死牛或死猪倒挂在自家车道旁。有些人还锯倒了一棵树，把树干横放在农场的主干道上，不让回收车通行。穿白大褂的人——就是先前在农场周围放老鼠药箱的人——把尸体搬走，小心翼翼地放进回收公司的货车里。现在，同样的小心翼翼不见了，他不过是把有毒的药丸扔进黑色的车斗。

"不可杀戮。"爸爸喊道。他站在一头奶牛身旁，那头牛以前是爷爷的,现在四脚朝天地躺在地上。栅格地板上有几条断掉的尾巴。有牛角。有牛蹄的碎块。

"杀人犯!希特勒!"奥贝跟着喊。我想起惨遭厄运的犹太人,他们就像被追杀的牛,又想起了希特勒那么惧怕生病,以至于把人也看作细菌,看作你可以轻易消灭的东西。老师在历史课上告诉我们,希特勒四岁时掉进了冰窟窿,被一个神父救起来了。有些人掉进冰窟窿,不去救他们反倒更好。我当时就在想,为什么希特勒这样的坏人可以被救起来,我哥哥却没人救。为什么奶牛什么坏事都没做,却不得不死。

奥贝去打一个戴口罩的人时,我看到了他眼中的恨。农夫埃弗森和农夫扬森拽着他的连身防护服,把他拉回来,想让他冷静下来,他却狠狠地挣脱开,跑出牛棚,从妈妈身边一闪而过,她依然手提两只保温瓶站在门口,像被铆钉铆在地上了。如果我从她手里夺走一瓶,她可能也会像那些干奶牛一样重重地瘫倒在地,因为现在轮到它们死了。死亡的恶臭粘在我的喉咙里,像一大块凝结的蛋白粉。我使劲地想把它咽下去,并使劲地眨眼,要是眼角的小牛像牧草虫就好了,眨巴眨巴它们就会不见了,可它们变聪明了,我只能用眼泪来冲掉它们。每一次失去都包含了之前所有尝试过的坚持,对不想失去却无论如何必须放手的东西的坚持,从装满最漂亮的弹珠,最罕见的弹弓的弹珠袋,到我哥哥。我们在失去中寻找自己,我们就是我们这样的人——脆弱的存在,一如带条纹的小椋鸟赤条条的从窝里掉下来,期待还能被捡起来。我为牛哭,为三王哭——出于怜悯,为我裹着焦虑的外套的可笑的自我哭,又再次飞快地擦掉眼泪。我得去告诉汉娜,我们现在不能去另一边。我们不能这样抛下爸爸妈妈不管。牛都没了,他们会变成什么样呢?

我用手捂在嘴前以抵挡那气味,我不停地轻声念叨:"很有教养的母亲刚给我们端上了玉米片,很有教养的母亲刚给我们端上了玉米片,很有教养的母亲刚给我们端上了玉米片。"这不管用了,我无法镇定下来。我朝爸爸看去,他手持干草叉,时不时愤怒地指向那些人。我心想,他们要真是一捆捆干草或青贮饲料就好了,我们就可以把他们一股脑儿全叉起来,举高,挪走,或是用绿塑料布包起来,放在田里当摆设,把它们晒到干透。牛棚门边,有个男人站在妈妈身边,他是这群人里个子最高的,正在吃一块粉红色的镜面冰蛋糕,口罩拉下来了,像只呕吐袋似的松松垮垮地垂在下巴下面。他用门牙刮掉糖霜,刮干净后才开始吃蛋糕,与此同时,他周围的牛正在被甩到墙上,牛头里被射入子弹。当他从蛋糕盒里灵巧地掏出第二块蛋糕,把糖衣小心地刮进嘴里时,我体肤上的裂缝似乎变大了——那是一只毛毛虫的感受:即将变成蝴蝶,但一直有什么东西在阻挡它,哪怕它能够看到裂缝在周围滋生,自由的光芒穿透了缝隙——我的心在肋骨后面狂野地跳动起来,有那么一瞬间,我生怕整个村子的人都能听到我的心跳,有时我躺在我的小熊身上、穿越黑暗时也曾这样恐慌,怕他们会在夜里听到我。我真希望自己能嘶吼出来，能去踢那些人的肚子，或是把两只口罩绑在他们眼前，让他们再也看不到牛，只能看到他们所做的事有多黑暗，又黑又黏，他们每走一步都会粘住他们。我要拖着他们愚蠢的脑袋走过污迹遍地的牛棚，再用装载机的抓斗抓牢他们的腿，把他们扔进车斗里去。

爸爸放下了干草叉，抬头望向牛棚的椽子，每一声枪击声、撞击声都让那上面的鸽子惊飞而起。它们的羽毛很脏——和平总是以白色出现，但这是战争。而我心里的愿望转瞬即逝：我希望爸爸能走到我身边，紧紧地揽住我，让他工装裤的铆钉压在我的脸颊上，好让我在紧紧抱住他的渴望中失去自己，然而现在，我只有在失去中才能失去自我。

我走到棚外时，看到奥贝脱下了他的一次性防护服。他把衣服扔进了用以抗议的火堆，那是用干芦苇在田里搭出来的，紧挨着堆肥用的粪坑，寥寥几位失落的农民围着火堆站着。要是我们也能以同样的方式脱下身体，彻底清除身上的肮脏，那该多好。

第三部分

| 1 |

突如其来的，奥贝把嘴贴在我耳边，用缓慢而加重的语气轻声说道："上帝的诅咒：该——死——的。"一道光束透过窗帘的缝隙照在他的额头上。撞伤的红色伤口已结成了一道疤，有点像我袜子上的缝合线。我紧紧闭起双眼，感受到他带着牙膏气味、混杂了他反复念叨的禁忌用语的温热呼吸消失在我耳内的漩涡里。幸运的是那是我的耳朵，而不是我父母的耳朵，因为那是我们能说的、能想的最恶劣的语词，从来没有任何人在这个农场里说过这种话。我觉得自己正在变得哀伤，更多的是为上帝而非为自己哀伤。上帝对这里的情况无能为力，但他的名号却被人白白地拿去用了。他说这句话的次数越多，我越往被窝里缩。

"你用了《模拟人生》的密码。"奥贝穿着条纹睡衣，在我的上方摇来晃去。他的两只手放在我枕头的两边。

"只用过一次。"我安静地说道。

"胡说——你的小人儿再也不用工作了,因为他们都成了肮脏的有钱人。你一直在用作弊码。你应该先征得我的同意,该死的!"

我闻到了爸爸的须后水:混合了肉桂和核桃的香味。我得套用爸爸的方式去满足奥贝,我决定了,就出于本能地翻过身,趴着躺,然后把我的睡裤和内裤往下拉,露出屁股。奥贝把嘴巴从我的耳边移开,说道:"你在干吗?"

"你必须把你的手指伸进我的屁眼里。"

"但那多脏啊!"

"反正爸爸这样做了,为了让我可以每天大便。你要做个隧道,你懂的,就像我们在水族箱里放进沙子,为蚂蚁做的那种隧道?分分钟就好了。"

奥贝卷起衬衫袖子,谨慎地分开我的两瓣屁股,好像它们是一本由他妥善保管、只有他才能触碰的动物百科全书,然后,他把食指推了进去,仿佛要指出一种罕见的生物,凤头鹦鹉之类的。

"不疼吗?"

"不疼。"我说着,咬紧牙关,为的是拼命忍住眼泪。我没有告诉他,他应该把一些阳光牌绿肥皂推进去,其实根本不是绿色的,而是类似于黄褐色。我不想让我的嘴唇像有些得了口蹄疫的牛那样起水疱。爸爸时常忘记做这件事,忘得越来越干净。总得有人来接管这项工作,以免我不得不去看医生,乃至被人道毁灭。

奥贝尽可能地往里推,手指已伸到尽头。

"你要有种放个屁就等着瞧。"他说。

我回头去看,看到他的睡裤紧紧裹住他的胯部。我想起上次他的小鸡鸡表演的把戏,不由地去想它有几根手指粗,我们能不能把它放进去,让隧道变得更大?但我没说,现在不能说:提问会制造期待,而我不知道自己能不能满足那些期待。有时候,老师问我问题时,我的思绪好像都被修正液涂成了一片空白。而且,我绝对不能让奥贝更加生气。想象一下——如果他的脏话吵醒了爸爸妈妈,那该如何是好?突然,奥贝开始前后移动他的手指,速度越来越快,好像要戳一戳他收藏的珍稀生物,好让它活过来。慢慢地,我的屁股也开始上下移动:我既想逃跑,又想留下。我想沉下去,又想浮在上面。茫茫白雪般的背景泛起在我的周围。

"你知道鳗鱼能活多久吗?"

"不知道。"我轻轻说道。没什么理由必须小声说话,但我的声音自觉自愿地变得更安静,更嘶哑。我的嘴里涨满了口水。我在闪念间想起了我的蟾蜍。一只坐在另一只身上,彼此称呼着"小男人"和"小女人"。它们的长舌头互相纠缠,好像在争夺同一只想象中的绿头蝇。蟾蜍有小鸡鸡吗?它能像公牛的那样收回鞘里去吗,就像奥贝把木制左轮手枪塞回枪套里那样?

"它们可以活到八十八岁,它们有三个天敌:鸬鹚、线虫和渔夫。"

奥贝突然从我的屁眼里抽出手指。雪景开始融化。除了舒缓,我的胸腔深处还感受到一种失望,好像他把我推回到漆黑一片的思绪里去了——仿佛有过一束手电光照在你身上,给你一个舞台,然后光又熄灭了。为了逃离农场,我花了越来越多的时间趴在床上,用自己的胯部去顶撞我的泰迪熊,让我的床板嘎吱响,越来越用力,直到我再也听不见,直到我摆脱一整天的紧张,只能听到耳边嘶嘶呼啸的风声,大海更近了,比白天近了许多。

"爸爸妈妈都四十五岁了,但他们一个敌人也没有。"

"这不说明任何问题。"我一边回答,一边把我的内裤和睡裤拉起来。我希望爸爸不会因为我剥夺了他的职责而生气,哪怕是因为他自己失职了,而且彻底不再碰我了。我不想让他的负担更重。

"是的,不说明任何问题。"奥贝说。

他干咽了几次,喉头的声响清晰可闻,他在假装这件事没有困扰他,或者说他并不害怕我们甚至会先失去父母,再失去自己。他看着自己的食指,做了个鬼脸。他飞快地闻了一下。

"这是秘密的味道。"他说。

"你真恶心。"

"不许对爸爸妈妈透露半个字,否则我就宰了迪沃恰,再把那件蠢到家的外套从你身上剥下来,该死的。"奥贝把我从他身边推开,大步走出我的卧室。我听到他下了楼,打开了厨房的橱柜,再砰地关上。现在,牛都不在了,我们吃早餐的时间也不固定了。有时根本就没有早餐,只有一些干巴巴的饼干和速溶粥可以吃。爸爸忘了每周三去村里的面包店取面包。也可能他突然开始害怕发霉的东西了。下午,我们都要站在他面前。他会坐在窗边的吸烟椅上,手拿账本里的蓝墨水笔,右腿搭在左膝盖上,这个姿势不太适合他——他还是两腿叉开比较好。我们就是新的畜群,他要检查我们有没有潜在的疾病;我们要像鸡蛋糕那样,袒露无遮无掩的底部。爸爸要检查我们有没有蓝蓝白白的斑点。

"答应我,你们不会死。"他这样说,我们就点点头,不提我们肚子饿,也不提人太饿了其实也会死。入夜了,我们就开罐头汤,配肉丸子,再来一点意式细面,妈妈会在平底锅上把意面折断。看起来,她好像还在为我们做饭。有些意面像救生圈一样漂浮在饰有母鸡图案的汤碗里。

我在恐龙被子下活动活动双腿,直到它们不再感到沉重,而是正常的重量,尽管我不知道双腿应该有什么感觉,也许就是没有重量的感觉吧。一切属于你的东西都没有重量感,不属于你的东西才会感觉很重。奥贝混杂着脏话的牙膏气味仍在我周围萦绕不去,活像一个苛刻的牛奶顾客:他们对什么都不满意，大摇大摆地走进别人的农庄，好像他们才是主人，昂首挺胸的。我掀开被子，走过楼梯平台，来到汉娜的房间。她睡在走廊的尽头，她的卧室门总是留着一条缝。她非要让楼道里的灯一直亮着。汉娜认为窃贼会像飞蛾一样被灯光吸引，到了清早，爸爸可以再把他们赶出门去。

我轻轻地推开她的门。我妹妹已经醒了，正躺在床上看绘本书。我们读了很多绘本——我们喜欢英雄，把他们记牢就能随身携带他们，让他们在我们的脑子里继续英雄的故事，只不过，现在要让我们成为主角。总有一天，我会成为妈妈的英雄，这样一来，我和汉娜就可以安心地去对岸了。然后，我要释放蟾蜍和犹太人，给爸爸买一个新牛棚，里面挤满了闪闪发光的新奶牛，再把所有绳索和青贮饲料仓清除一空。不再有高处，不再有诱惑。

"奥贝说脏话了。他说了——上帝的诅咒。"我在她床脚下坐下，低声说道。汉娜的眼睛瞪大了。她放下了绘本。

"要是被爸爸听到了……"她说道，眼角还留有睡意。我可以用小手指把它抹去，如同我和奥贝曾用填塞刮刀把蜗牛从壳里弄出来，再把那只黏糊糊的生物抹在瓷砖上。

"我知道。我们得做点什么……也许我们该告诉妈妈，奥贝现在很凶？还记得埃弗森想除掉他的狗吗？他说那只畜生很可恶，一个星期后，它就被放倒了。"我说。

"奥贝又不是狗，你这个白痴。"

"但他很凶，很可恶。"

"是的，但我们必须给他一点什么。更像骨头的东西，而非打一针——好让他保持安静。"汉娜说。

"那给什么呢？"

"一只动物。"

"死的还是活的？"

"死的。这就是他想要的。"

"对那只可怜的生物来说，这不是好事。我得先和他谈谈。"我说。

"别说什么傻话，你只会让他生气。而且，我们得谈谈'计划'。我不想再待在这里了。"

我想到了兽医——他没能找出奶酪铲勺，所以他也不可能拯救我的心。我没提这件事——眼下发生的事比那件事更紧要。

汉娜从床头柜上拿起一袋火球糖。袋子上有个口喷火焰的卡通人物。她撕开塑料袋，给了我一颗红色的糖球。我把它放进嘴里吸吮。感觉有点辣了，我就把它从嘴里拿出来。糖球一直在变色——从红色到橙色，再到黄色。

"只要我们到了另一边，得救了，我们就可以建一个火球工厂。我们每天都能在红球海洋里游来游去。"汉娜继续说。她在嘴里滚动太妃硬糖，从左边脸颊推到右边脸颊。我们是在后村的酪乳路上的小糖果店买的这包糖。卖糖果的女士总是穿着那条可爱的白色围裙，蓬乱的黑头发总是支棱得到处都是。大家都叫她"女巫"。传言中有些关于她的恐怖故事。据贝莱说,她会把流浪猫变成猫形甘草糖,还能把打算偷糖的小孩变成太妃糖。不过,村里所有的小孩仍会到她店里买糖果。

其实,爸爸不允许我们买。"她是一个异教徒,伪装成敬畏上帝的基督徒。我见过她在主日里修剪她家的树篱。"有一次我和贝莱悄悄地绕到她家后面,越过树篱笆,偷看她的花园。花园里的植株茂盛极了,简直能长到天上,碰到星星。我吓唬她说,女巫会在夜里偷偷拜访偷看她花园的人,可以把你变成一株植物,以后还会重新栽种在她后门外的花盆里。

除了糖果,店里还卖文具和杂志,杂志封面上要么是拖拉机,要么是裸体女人。开门的时候会有铃铛响,其实没这个必要,因为她丈夫——穿着和他的脸一样白的风衣,身体像灵缇犬一样修长——总是站在柜台后面,看着每个进店的人。他的眼光像磁铁一样牢牢地吸住你。他身旁有只笼子,笼子里有只鹦鹉。范路易克夫妇总是和那只色彩艳丽的鸟儿说话,不过大多是在抱怨新圆珠笔还没到货,甘草绳子糖都干透了,简直可以用它们砸碎玻璃窗,天气太热或太冷或太闷。

"你现在得走了,不然爸爸妈妈会醒的。"汉娜说道。我点点头,把火球糖当口香糖咬下去,嘴里立刻溢满了甜甜的肉桂味。汉娜拿起她的绘本书,假装读下去,但我看得出来,她已经没法专心看文字了。文字在跳舞,犹如时常在我的脑海里跳舞那样,越来越难排成有序的队列,再从我嘴里出来。

| 2 |

庭院的地上有两把干草叉，叉齿相交，像一双手在祈祷。哪儿都看不到奥贝的身影。我去空荡荡的牛棚里找他，棚里有鲜血干涸的气味，偶尔还能看到断掉的牛尾粘在地上。奶牛全部被清空后，没人来过这里。我继续往菜地走去，看到我哥哥蜷在地上，在他的甜菜根旁边。他的肩膀在颤抖。我远远地看着他怀抱着一株死了的甜菜根，就像刚才把手指插入我的屁股中间那样，愤怒地把手指插进土里，埋下新的种子。这次他插得更粗暴。奥贝的另一只手抚摸着甜菜根的叶子——心情好的日子里，他也会这样抚摸小鸡的羽翅。他对这里发生的事情——死亡已降临——没有任何影响力。我用双臂搂住我的外套。才十一月，昨晚却已有霜冻了。

奥贝猛地挺起身子，回过头来，看到我站在这里。我想起了《出埃及记》里的一句话："若看见恨你的人的驴被压在重驮之下，不可走开，务要和他一同卸下驴的重驮。"我对奥贝笑笑，表示我带着善意，我总是代表和平的，尽管有时也会渴望带动头脑中的战争，就好像有时候我会带一个破玩具去菜地，把它埋在红洋葱中间，埋在只剩独翼的小天使旁边。然而，我明白，我们必须来自更好的家庭，才能埋葬我们的童年——我们自己必须躺在一层泥土下，但现在时机还不成熟。我们还有自己的任务，是这些任务让我们一直挺立至今，哪怕奥贝现在瘫倒在潮湿的土里，回头看着我，一动不动。我在地上笨拙地前后挪动我的长筒靴，逐渐意识到手臂上起了鸡皮疙瘩。睡裤的松紧带松松垮垮地围在我的腰上。奥贝一跃而起，脸上还有一丝泪痕。他拍了拍条纹睡裤上的泥巴。让我们感动的东西最终会使我们像碎奶酪那样分崩离析。

奥贝站到我面前。他那浓密的眉毛俨如铁丝网压在眼睛上方，像在警告：别再靠近。他用手背抹干脸颊，另一只手抱着几株冻死的甜菜根。甜菜根的叶子顶端萎皱了，显露出发霉的迹象。叶子是褐色的。

"你刚才看到的一切从没发生过。"他低声说道。

我飞快地点点头，看向倒在花椰菜周围、为了驱赶害虫的咖啡渣。爸爸妈妈是不断蚕食我们的害虫吗？奥贝转过身去。他的睡衣上有湿土。有生第一次，我去想象在菜园里挖一个洞，让奥贝躺进去，然后把土盖好，耙平，让霜落在上面，你总会期待打过霜的甘蓝更好吃，同样，我也将期待能得到一个升级版的哥哥——当抽屉里的东西塞满了，再也放不下的时候，我愿意把我的牛奶饼干分给他吃的那种哥哥；假如那种哥哥又和人打架，或在自行车棚里炫耀什么，或是把他的好彩香烟掐灭在花园里的蜘蛛身上时，我也不会再替他羞愧。

"如果上帝不诅咒人，你也不能诅咒人；如果上帝不说脏话，你也不能说脏话。"

奥贝停在妈妈躺过的那辆手推车边，现在，车斗底部有雨水。我愤怒地踢向手推车，把它踢翻了，水流到土地上，围绕住奥贝的长筒靴鞋跟。马蒂斯那辆锈迹斑斑的卡丁车就在手推车旁边。红色的侧座已经褪色，椅背上有一条很大的裂缝。他死后就没有人开过它了。奥贝笑了。

"你总是这么乖，对吗？"

"我只是不想让你说脏话——你是想让爸爸妈妈死，还是怎么着？"

"他们已经死了。"奥贝用手指在他的喉咙上做出切割的动作。"你也快死了。"

"你在胡说。"我说。

"除非你作出牺牲。"

"为什么要牺牲？"

"等时机到了，我会告诉你的。"

"可是，什么时候才算时机到了呢？"

"牛番茄长出那种漂亮的颜色时。如果你让牛番茄在藤上长太久，它们就会裂开，爆开，霉菌就会进去。恰到好处的时机就差不多在那时候出现。"奥贝说着，把甜菜根夹在胳膊下，从我身边走开。它们在他的睡衣上留下了泥斑。

| 3 |

爸爸把镀银的奶牛一只一只放进垃圾袋里,然后把两边的黄色绳环拉紧——抽过的袋口看上去很像牛屁股括约肌紧缩的样子。他手拿垃圾袋,停顿了一下。我的目光越过自然课本的上缘去看他,看到他洗过并梳成齐整的侧分的头发,梳齿如犁地般划出头路,看到他的嘴唇上有个烟灰缸上的那种凹痕,现在就有一支香烟搭在上面。侧分头路令他有点像希特勒,但我不能这样说。爸爸可能会以为我也憎恶他,那么他走路时就会更佝偻,更靠近土壤,更凑近马蒂斯的双人墓——那里还能容下一个家庭成员,妈妈曾说过"先到先得"。我希望他们不要为此竞争。

在他去世和出生的这两个日子里,我们都会去归正宗教堂旁的墓园,在那里,死亡有松柏的味道。到了墓园后,妈妈会沾点口水,用手帕清洗他墓碑上的照片,好像在擦去她想象中残留在马蒂斯唇边的牛奶沫。爸爸点上提灯,给墓边的花草浇水。我们走动时,脚下的碎石会嘎嘎地响。我总是尽可能地保持不动,以免不小心撞到妈妈。我们不说话。我总是去看马蒂斯的墓旁边和后面的墓。有个女孩在夏天从船上落水,卷进了螺旋桨里;有个女人的墓碑上有只巨大的蝴蝶雕塑,因为她想飞,但没有翅膀;有个男人开始发臭时才被人发现。但总有一天,所有的坟墓都会敞开,死者总有一天会归来,这都是《圣经》里说的。我一直觉得这想法很可怕:我想象着所有的尸体从土里冒出来,牙齿打战,眼窝空空,像一支生物标本组成的队伍穿行在村子里。他们会敲门,声称认识你,说他们是你的亲戚。我还记得,我那时很担心我们再也认不出马蒂斯了,外婆给我读过《哥林多前书》里的句子:"无知的人哪,你所种的若不死就不能生。并且你所种的不是那将来要有的形体,无论是麦子或别样谷物,都不过是子粒。但上帝随自己的意思给它一个形体,并叫各样子粒各有自己的形体。死人复活也是这样。所种的是会朽坏的,复活的是不朽坏的;所种的是羞辱的,复活的是荣耀的;所种的是软弱的,复活的是强壮的;所种的是血肉的身体,复活的是灵性的身体。既有血肉的身体,也就有灵性的身体。"我不明白为什么我们非要把马蒂斯像种子一样埋进土里,他明明可以在地面上绽放出美好的模样。除非爸爸转过身来，否则我们永远不知道该走了。走过针叶松时，我通常都会一棵一棵地摸过去，好像我在向死致以诚挚的哀悼，出于尊重，出于恐惧。

爸爸用发蜡固定了侧分发型。我不希望犹太人从地板缝中看到他这样子——他会毫无必要地吓到他们。虽然我有时也怀疑过他们是否还住在地下室里。这里太安静了，现在冬天来了，地下室里非常冷，冷到他们的身体会像那几瓶黑加仑果汁一样冻住。我想把它们拿到干草谷仓去，那里比较暖和。

我继续看我的自然课本，这一页讲的是蚂蚁和它们的负重力——为了妈妈好，我希望犹太人还在地下室，因为我读到：如果你带走蚁后的子民，过不了多久，她就会因孤独而死；反之亦然，如果蚁后垂下了翅膀，不再称后，她的子民也会死。没有她，正在把垃圾袋口打死结的爸爸也活不了多久。他曾为产奶量达十万升的奶牛宝德和莱恩赢到了两块银牌。它们是他最喜欢的"水泡头[①]"，还上过《归正宗日报》的专题报道，配有照片。那个主日，在教堂做完礼拜后，大家聚在基石那儿讨论刚才的布道，有些人软绵绵地和我们握握手，我们还得到一块免费的香草海绵蛋糕。在那个短暂的时段里，爸爸好像在会众中发出了光芒，就像我天花板上的荧光星星那样。他说话时做出大幅度的手势，笑容很灿烂——就像他把小牛卖给牛贩子

[①] 一种荷兰奶牛品种的名字。

时的那种笑容。我看着他，心想：这不是爸爸，这是一个即将跟我们一起回家的陌生人，当他身边的一切再次点亮时，他就会失去自己的光。这就是为什么我们必须待在黑暗里，因为黑暗可以为爸爸带来很好的对比。他，以及他把宝德和莱恩的佳绩告诉大家的那种方式令我难忘。有时，你必须把自己卖出去——这是我们日后必须学会的事。爸爸擅长此道。总有一天，他会达成交易，把我和汉娜卖出去——虽然我们已经迫不及待地想自己动手了。那个主日，我一边听爸爸说话，一边撕下手里的蛋糕油腻的黑边，放进了外套的口袋。我下定决心，回家后就要站到沙发上，把一条条的蛋糕边献给妈妈，就当是把虫子悬在小椋鸟的嘴巴上方。我还想把它们放在马蒂斯的墓前——他喜欢吃蛋糕，尤其是加了鲜奶油和巧克力碎屑、里面还有点湿润的蛋糕，但我转念一想，又觉得那可能会引来蠕虫和甲虫。

我从窗户看出去，看到爸爸把垃圾袋塞进了黑色垃圾桶。他回屋后就坐在窗边的吸烟椅上。香烟的烟使他的半边脸变得雾蒙蒙的。他没有看我，但说道："我们不该在树上挂一头小牛作为抗议，而是应该挂上一个农夫。这会让那些肮脏的异教徒，那些没骨气的酥饼更难忘记。"爸爸常把"酥饼"当脏话说。我立刻想象出一个画面：爸爸被倒挂在树枝上，舌头从嘴里伸出来。现在，他大概要威胁说他要永远离开了。现在，他问我是否还记得那个故事：有一天，有个人骑上自行车，要骑到世界的边缘。他骑着骑着,发现刹车失灵了,这对他来说是一种解脱,因为现在他不能因为任何事或任何人停下来了。这个好人就从世界的边缘翻下去了,翻滚着,翻滚着,一如他这一辈子连滚带爬,但现在的翻滚是没有尽头的。那就是死亡的感觉——就像无休止的跌倒,不会再爬起来,也没有药膏。我屏住呼吸。这个故事让我有点害怕。有一次,我和汉娜把瓶盖折起来,卡在爸爸的自行车辐条上,以防他偷偷地去追那个人。后来我才明白过来,那个人就是爸爸。爸爸就是那个翻滚不停的人。

"你拉过屎了没?"他突然问道。

我觉得浑身上下顿时僵住了。那个片刻,我真希望烟雾能完全遮住他,让他消失一会儿。从我身体里出去的只有巧克力牛奶一样的水状物,甚至不配拥有名字。爸爸说的是真正的大便,那种你要真的用力才能拉出来的大便。

"还有,你在看什么垃圾?最好去读《钦定版》。"他接着说道。

受到惊吓的我合上自然课本。蚂蚁可以搬动比自身重五千倍的重物。与其相比,人太弱了——把自身的重量举起来都很勉强,更不用说再加上悲伤的重量了。我蜷起膝盖以保护自己。爸爸把烟灰掸进他的咖啡杯里。他知道妈妈讨厌他这样做——她说这样会让咖啡有烟臭味,有头号死因的气味。

"要是你不拉屎,他们就得在你肚子上开个洞,你的屎就会跑进袋子里。你想要那样吗？"

爸爸从吸烟椅里挺起身，拨了拨火。就像堆起引火棒那样，他也把自己的烦恼堆成一摞：它们会在我们发热的头脑中熊熊燃烧。我们都想得到爸爸的烦恼，哪怕它们燃过即灭，也散发不出多少热量。

我摇摇头。我想说出奥贝用手指做的事，告诉他一切都会好起来的。但与此同时，我又不想让他失望，因为你不能让别人觉得自己是多余的——他会被荒废的。

"你是故意憋着的吧？对不对？"

我又摇摇头。

爸爸走过来，站到我面前，手拿一块引火用的木柴。他的眼睛很黑——蓝色似乎已经被瞳孔吞没了。

"连狗都会拉屎，"他说，"让我看看你的肚子。"

我谨慎地把腿脚放回地上。他揪住了我外套的衣缝。但我突然想起来：还有图钉呢。要是爸爸看到了，肯定会粗暴地拔下来，就像拔下死去的牲畜的耳标。那样一来，爸爸妈妈绝不会去度假了，因为我唯一想去的地方就是我自己。

"朋友们。"我们突然听到身后有人说话。爸爸松开了我的外套。他的表情一下子就变了：内陆的天空常会出人意料地放晴，迪沃恰·波洛克在圣诞节前的节目里就是这样说的。她回来主持已经一星期了。她有时会朝我眨眨眼，我就知道我们做的事情是对的——只要我和汉娜离开了，她就会负责照看这一切。这多少能让我安心。爸爸打开炉门,把木棍扔进去。

"从前面看动物是健康的,从后头看却有病。"

兽医看看爸爸,又看向我。这是他看奶牛的神情,但现在是为了我。兽医点点头,把绿色外套上的铆钉扣一个个解开。爸爸开始叹气。"她的肛肠有问题。"我想起我藏在床头柜里的那些肥皂。总共有八块。我可以用它们让整个大海起泡泡。所有的鱼、海象、鲨鱼和海马都会被洗得干干净净。我会为它们拉一条晾衣绳,把它们挂上去,再用妈妈的晾衣夹夹好。

"橄榄油,还有种类丰富的饮食。"兽医说道。他在流鼻涕。他吸了吸鼻子,用袖口抹了抹鼻涕。

我攥着自然课本的手更用力了。我忘了折起刚才看的那一页的页角。要是有人能为我折一下就好了,我就会知道自己停在哪儿,知道我的故事该从哪里继续,知道那是在这一边,还是在另一边——应许之地。

爸爸猛然转身,走进厨房。我听到他在草药柜里翻翻捡捡。回来时,他拿着一瓶陈年的橄榄油;盖子的边缘有硬结的黄色油渍。我们从来不在食物中用橄榄油。只有爸爸有时会用:给门铰链上油,好让它们不再吱吱响。

"张嘴。"他说。

我看向兽医。他没有看我,而是盯着墙上妈妈和爸爸的结婚照。只有在这张照片上,他们才真正地彼此对视,你看得出来他们那时是相爱的,尽管妈妈唇角的笑容有点暧昧,爸爸单膝跪在草地上的样子有点局促,但很巧妙,那样就不会拍出他的瘸腿了。他们的肢体还很灵活,好像为了拍照而涂过了橄榄油。爸爸穿着棕色西装,妈妈穿着奶白色长裙。我看这张照片越久,越觉得他们的笑容很可疑,好像他们当时就已知道未来会发生什么,围绕他们的奶牛像一群伴娘站在田里。

我什么都来不及做,爸爸就捏住我的鼻子,把瓶口对准我的嘴,灌下了橄榄油。我呛得咳起来。爸爸松开了手。

"好了。应该够了。"

我勉强咽下那些恶心的油,又咳了几声。我把嘴在膝头上蹭了蹭——膝盖俨如抹过油的烤盘——然后交叉双臂,捂住我的肚子。别吐,千万别吐,不然你会死的。爸爸指了指外面——兽医顺着他手指的方向走了出去。我听不清他们在说什么。我只希望有一天,上帝会像抓斗装载机抓起死牛那样,把这个农场抓走。我的手紧紧抓住肚皮。我想放走我的大便,又不想放它们走。也许奥贝应该把更大的东西插进去?如果大便真的出来了,我会小心地叠起厕纸——按照规矩:大便用八张,小便用四张——然后让自己的手像粪铲一样从屁股中间铲过去。我是不是该喝一口妈妈的凝乳酶?那种东西能让奶酪里出现孔洞,那样一来,我的身体里也会有孔洞,一切最终都可以出来。

| 4 |

　　我在餐盘里把西蓝花的小花捣碎。西蓝花就像迷你圣诞树，让我想起了马蒂斯没有回家的那个夜晚，我在窗台上坐了几小时，脖子上挂着爸爸的望远镜。它们本来是用于寻找大斑啄木鸟的。我没有看到大斑啄木鸟，也没有看到我哥哥。望远镜的挂绳在我的后脖颈留下了一条红色的勒痕。如果我只需从大视镜那端望出去，反转视线，就能把离我们越来越远的东西拉近，那该多好啊。我经常用望远镜在天空中搜寻——想在树上找到天使们的踪影。哥哥死后一星期，我和奥贝把小天使们从阁楼的盒子里偷偷拿出来，用力地让它们互相摩擦（"我鲜嫩的小天使"，奥贝假惺惺地呻吟着，而我应道"我亲爱的小瓷人儿"），然后，让它们从他房间的天窗掉进排水沟。天气变化，让它们

变成了绿色。有些天使被埋在了橡树叶下。每次去检查它们是否还在那里,我们都会失望。如果这里的天使在最轻微的挫折后就失去了飞行能力,那他们怎么能飞去天堂陪伴马蒂斯呢?他们怎么能保护他和我们呢?

最后,我扣上望远镜的镜头盖,放回盒子里。我再也没有把它拿出来过,就算大斑啄木鸟真的回来了,我也没有再用——望远镜的视野将永远是漆黑一片。

我吃下一大口西蓝花。我们的午餐总是热乎的。入夜后,这里的一切就都冷冰冰了:庭院,爸爸妈妈之间的沉默,我们的心,铺满俄罗斯沙拉的面包。我不知道怎样坐在椅子上才好。我左右挪动身子,尽量避开屁眼的灼热感,那让我想起奥贝的手指。我决不能透露半个字,否则我哥哥会让我的兔子像夜晚一样冰凉。我自己也肯定不想说出去,不是吗?让公牛看到你的屁股,就能让它们安定下来,如果你是奶牛的话。

我的视线没法离开听诊器,它就摆在餐桌上,紧挨着兽医的餐盘。这是我第二次在现实生活中看到听诊器。我在荷兰1台的节目里看过一次,但你是看不到尸体的,因为那样就会有太多裸露镜头。我幻想了一下:听诊器放在我裸露的胸前,兽医把耳朵贴在金属上,对妈妈说:"我认为她的心破裂了。这是家族遗传,还是第一次发生这种现象?也许她该去空气清新的海边。所有那些稀粪肥都会渗进你们的干净衣服,心脏就会更快地被感染。"在我的想象中,他从裤袋里摸出一把史丹利工具刀，就是爸爸割青贮草包装袋用的那种刀——嚓、嚓、嚓，直到包装袋散开。然后，他会用毡头墨水笔在我的前胸画线。我想起了吃掉七只小山羊的大灰狼被开胸剖肚，以便活生生地取出小山羊——也许，从我的身体里会取出一个高个儿女孩，她不会再有恐惧，或是一个无论如何都会被看到的人，那个女孩被遮掩在皮肤和外套的层层覆盖下已然太久。听诊器从我的皮肤上移开后，他就不得不把耳朵贴在我的胸口上，然后，我只需吸气呼气，就能让他的头上下起伏，表示他懂我。我会说自己浑身都疼，并指出从未有人去过的地方——从我的脚趾到我的头顶，以及这二者之间的每一处。我们可以在雀斑间画出辅助线，确立我们的界限，或剪切出我的身影，就像那些用点组成的画。但如果他听不到我的呼救声，我就得扯下胸前的金属块，尽可能把嘴张大，再把那块圆形的金属塞进喉咙，尽量往下塞。那样一来，他就不得不听了。哽噎历来都不是好兆头。

奥贝的胳膊肘戳了戳我的肋间。

"在吗？地球呼叫雅斯，把肉汁递过来，好吗？"

妈妈把汤罐递给我。罐子的把手已经断了。有些小油球漂浮在肉汁中。趁奥贝还没扫兴地问我在想什么，我赶忙把它递给他。他正在说学校里的所有男生，一个一个说过来，而真正让我念念不忘的男孩却在他一直停放自行车的地方有块纪念碑。现在牛都没了，各方面的情势都不太喜人，兽医也在说口蹄疫对村里所有农民的影响。大多数人都不想谈这件事，他说，那些人恰恰是最危险的,最有可能颓丧至极,乃至做出一些傻事。

"很难理解,"爸爸没有看任何人,说道,"你终究还有自己的孩子吧。"

我看了一眼奥贝,他的头都快凑到盘子上了,好像在研究西蓝花的结构,看看那些小朵的绿花能不能当伞用,好让我们躲在下面。他的拳头握成一团,我看得出来,爸爸说的话,或者说,爸爸没有说出的话让他很生气。我们都知道,爸爸妈妈也可以当吊锤,就是用来让窗帘垂坠、不让它们飘起来的那种小坠子。我一直看着兽医。他一次又一次地用舌头去舔银色的金属餐刀。帅气的舌头——深红色的。我想起爸爸温室里的植物,想他怎样用刀划开一条叶茎,再把这根插枝种进盆土里,叶子朝上,再用篱笆钉固定。我想象着兽医的舌头触碰我的舌头。我终将舒展开来吗?不久前,汉娜把舌头伸进我嘴里时,我尝出来她吃掉了最后一滴蜂蜜。我问自己,兽医的舌头会不会有蜂蜜的味道,那能不能让肚子里让我痒痒的小虫子消停下来?

爸爸坐在桌边,抱着脑袋。他已经不在听兽医说话了。兽医突然神秘兮兮地倾身向前,压低声音说道:"我觉得这件外套穿在你身上很可爱。"我不知道他为什么要压低声音,因为大家都能听到,但我见过别人这样做,好像他们希望大家能靠拢一点,竖起耳朵,像被磁铁吸过来那样,乖乖地听话。这和权力有关。汉娜今天住在朋友家,我觉得很可惜,否则她就能亲耳听到：用不了多久，我们就能得救了。也许，我应当忘记奶酪铲勺的事。那确实让我对他失去了一点信念，就像那次爸爸把我叫到桌边——我上小学四年级的时候——我们第一次也是最后一次在餐桌边进行了不以奶牛为主题的谈话。

"我要告诉你一件事。"那时，爸爸这样说，我的手指摸索着刀叉，只想抓点什么在手里，但那时离吃饭时间还早，餐具都还没铺好。

"世上不存在圣诞老人。"

爸爸说这话的时候没有看我，而是把杯子斜着拿，盯着杯底的咖啡渣。爸爸又清了清嗓子。"学校里的圣诞老人是常来买我们牛奶的提埃尔，那个光头。"我记得提埃尔，他常开玩笑地用指关节敲敲自己的头，舌头弹出空空的声响。我们都很喜欢，每一次都喜欢。我无法想象他有胡子、戴红帽子的样子。我想说点什么，但嗓子眼就像花园里的雨量计一样满满的，最后溢出来，我就开始抽噎。我想到那一切都是谎言：坐在火炉前，唱着圣诞歌，希望圣诞老人能听到我们的声音，其实，顶多只有一只煤山雀听到了我们；我们把鞋子留在炉边，收到的柑橘礼物让袜子闻起来都有点酸味。也许迪沃恰·波洛克也是假的。真相是我们必须乖乖听话，否则就会被装进圣诞老人的空袋子里送去西班牙。

"那迪沃恰·波洛克呢？"

"她是真的，但电视里的圣诞老人是演员扮的。"

我看了看妈妈放在咖啡过滤杯里的胡椒小饼干,那是给我的。我们得到的每一样东西都被仔细称量过,连这些指尖大的香料小饼干也不例外。我没去碰,让它们留在桌上好了,眼泪一直在流。后来,爸爸从桌边站起身,取来茶巾,粗糙地抹了抹我的眼泪。哪怕我已经不再哭了,他还在不停地擦,好像我的脸上沾满了鞋油——助长幻觉的鞋油,圣诞老人的助手们蹭到的烟囱灰。我想捶打他的胸口,就像他多年来捶门的样子,然后跑进夜晚,不再回到现在。他们一直在撒谎。然而,随后的那几年里,我努力地去相信圣诞老人,就像坚定地相信上帝那样——只要我能想象出他们的模样,或是能在电视上看到他们,只要我心有愿望,想要对谁祈祷,他们就是存在的。

兽医把盘里最后一朵西蓝花放进了嘴里,再次向前倾身,把刀叉在盘子里摆成十字,以示他吃完了。

"你多大了?"他问。

"十二岁。"

"那你差不多算长成了。"

"你是说,长成疯子了吧。"奥贝说。

兽医没有理会他。我差不多长成,并为某人作好了准备,这想法让我挺骄傲的,哪怕实际上我好像瓦解成了越来越多的碎片——但我知道,完整的状态总是个好兆头。我收集的牛奶瓶盖就快集齐了,只剩三个塑料格子还是空的,所以,假以时日,当我回想自己赢过的、输过的所有游戏时,我将会有同样的感受。虽然检阅自己肯定会更难，但你大概必须是个成年人才行，身高要保持在门柱上的某一根线上，不能再擦去以前的高度。长发公主被关在塔里，又被王子救出来时就是十二岁。没有多少人知道，她的名字的原意是德语中的"羊生菜"。

兽医看了我很久。"我不明白你为什么还没有男朋友。我像你这么大的时候，早就知道该怎么做了。"我的脸开始发烫，跟肉汤罐的外壁一样烫。我不知道怎么会有这种差距：为什么他十二岁就知道该怎么做，但成了和我爸同代的成年人后反而不知道该怎么做了。大人不是应该什么都懂吗？

"明天可能下雨。"爸爸突然说道。桌上的任何谈话他都没听进去。妈妈一直在厨台和餐桌间走来走去，这样就不会有人注意到她几乎没吃什么东西。我在自然课本上读到过，蚂蚁有两个胃：一个装自己吃的，另一个可以用来喂养别的蚂蚁。我觉得这很感人。我也想有两个胃，那样就可以单独用一个胃让我妈妈的体重维持在正常水平。

兽医对我眨眨眼。我决定明天跟贝莱说说他。终于有个人可以让我悄悄地谈论一下了。我不会告诉她他有很多皱纹，比没烫过的桌布还多；也不会说他咳嗽起来像一头得了猪瘟的小牛；也不会说他可能比我爸爸还老，而且鼻孔很宽，至少可以塞进三根薯条。我会告诉她，他比鲍德温·代·格罗特还要帅。这样说就意味深长了。放学后，我和贝莱经常在我的阁楼卧室里听他的歌。我们感觉非常悲伤的时候——贝莱有时会非常沮丧，就因为汤姆没在短消息末尾给她发一个大写的X，只有一个小写的x，其实，你打完一个句号后，X就会自动出现，所以他是不嫌费事，特意把X换成了x——就会对对方说一句歌词："我心里有一只溺水的蝴蝶。"然后就只是点点头，非常明了对方的感受。

5

我穿着睡衣，提着铁锹，上面还粘着一点奥贝的灯笼上的碎白纸。我走进了我们私下称作"精子仓"的繁殖棚后面的田里。我挖了一个洞，就在埋了蒂西、奥贝再用锹背拍平泥土的那地方旁边，那次没有插棍子，因为那不是我们想记住、想看到的东西。就在我掘土的时候，肚子里的刺痛感越来越强烈。这让我的呼吸急促起来，我紧紧地夹住屁股，轻声念叨："再等一下就好，雅斯，马上就好了。"挖出的洞够深了，我飞快地向四周看了看。爸爸和奥贝还在睡觉，汉娜在沙发后面玩她的芭比娃娃。我不知道妈妈去哪里了。她甚至可能去隔壁找黎恩和基斯了，基斯刚买了一个新牛奶罐——两万升装的大罐子——打算等新的奶牛到来时用。

我迅速解开条纹睡裤的抽绳,把睡裤和内裤都拉到脚踝,感受到冰冷的寒风吹在我的屁股上,然后,我在那个洞口上蹲下来。昨天晚上,爸爸为了解决我的大便问题作了最后一番尝试:他在翻阅《圣经》时无意中发现《申命记》里有一段话:"要在营外指定一个地方作方便之处。在你器械中当有一把锹;你出营外便溺以后,要用它挖洞,转身掩盖排泄物。"他又翻了几页,然后叹着气合上了《圣经》,表示里面没什么有用的办法能解决这个难题,但这段话烙印在了我的脑海里,让我整夜睡不着觉。我在黑暗中翻来覆去,一直在琢磨那两个字:"营外"。上帝的意思肯定是说:要在庭院之外。只有在外面,我才能大便吗?我没有对父母讲我的计划,因为至今还能让我们交谈的唯一的话题就是我拉不出来;当我在厨房里站到他们面前,掀开我的T恤,鼓起的肚子像只双黄蛋,这是唯一能让他们抬头看我的事,我会像我养的某只溜光水滑的母鸡刚下了一只巨大的白壳鸡蛋那样顿感自豪。

我转头看了看双腿之间,感觉到肛肠的压力。不管是橄榄油还是《圣经》的经文起了作用,反正是管用了。只不过,出来的不是冒着热气、像条巨虫的棕色粪便,而是几颗干粪球。我继续用力,泪水沿着我咬紧的下巴流下来,我觉得自己越来越晕。我必须继续,把所有东西都排出去,否则我早晚有一天会爆炸的,到那时候,我就会离家更远,离自己更远。粪球看起来有点像我的兔子迪沃恰的粪便,但比它的大一号。迷你馅饼。外婆曾说过,如果粪便看起来像她有时做的油腻腻的小香肠,那就是最健康的。我的粪球看起来完全不像。

  洞里冒出越来越多的热气。我捏住鼻子,不去闻,这比一牛棚的牛拉屎还要臭。等到拉不出什么了,我四处寻找树叶,突然发现什么都是光秃秃的,或是蒙在一层薄霜下面。我不想像塞子那样被冻牢——奶牛夏天在田里的浴缸里喝水,但浴缸的塞子冻牢后就拔不出来了。因此,我把内裤和睡裤拉起来,没有擦屁股,尽量不让布料接触到皮肤,否则都会弄脏的。我转过身,猫腰俯在洞上,像只老鹰在小鸡上空盘旋。我看了看堆在洞里的干粪球,然后把土填回去,封上洞口,盖住排泄物。我用铁锹把土压平,又用长筒靴在上面踩了几下,然后在土里插上一根棍子,这样我就会记得自己在哪里失去了一部分自己。我走出田地,把铁锹放回别的铁锹和干草叉中间,略微想了想隔壁的男孩,他们居然能在马桶里找到他们丢失的所有东西:一枚蓝色的纽扣,一块乐高零件,集市上的气枪里的塑料子弹,一只螺栓。片刻间,我觉得自己变大了。

| 6 |

贝莱说:"悲伤不会长大,只有悲伤占据的空间会变大。"她说得倒轻松。她所说的空间,不过就一只鱼缸那么大,是她养的两条孔雀鱼死后腾出来的。现在她十二岁了,鱼缸已成了水族箱。对她来说,那就是悲伤的极限,但在我这里,悲伤却越长越大,根本停不下来:一开始有六英尺高,现在已经大得堪比《圣经》里的巨人歌利亚。但我还是对贝莱点点头。我不希望水族箱的玻璃破碎,那会让她的眼泪决堤般地倾泻出来。别人一哭,我就手足无措——我想把他们包进银箔纸里,就像包住那些牛奶饼干,再放进黑漆漆的抽屉,直到他们干透。我一点儿也不想感受悲伤,我想要行动;要有一些事情来刺破我的日子,就像用针刺破水泡,纾解压力。但我始终无法忘记今

天下午兽医离开后妈妈的那番胡闹。爸爸把一切我们无须太当回事儿的事情都叫作"胡闹"。毫无来由地，妈妈突然说出"我想死"。说这话时，她一直在清理餐桌，把餐具装满洗碗机，把砧板上的土豆芽刷进削皮篮，准备之后拿去喂鸡。

"我想死。"她又说了一遍，"我已经受够了。如果明天有辆车从我身上碾过去，让我像被压扁的刺猬一样躺在地上，我会很高兴。"我第一次从她的眼里看到了绝望。

奥贝已从桌边站了起来。他用拳头按住自己的天灵盖。这并没有让他平静下来。"你想死，那你就去死吧。"

"奥贝！"我轻声说道，"她快要崩溃了。"

"你看到这儿有人崩溃了吗？崩溃的只是我们。"他把他的手机扔向炉灶上方用代尔夫特蓝瓷砖铺的墙，一边喊道："该死的。"他的诺基亚摔得四分五裂。我想到了那只手机里的贪食蛇游戏——那条蛇现在大概死了吧。平时，它只有在吃了太多老鼠后才会被自己缠住，还想冲出屏幕。现在屏幕碎了。

一片死寂，我只能听到水龙头滴水的声音。之后，爸爸从起居室冲了进来，瘸腿在他身后跟跄着。他粗暴地把奥贝推倒在厨房地板上，把他的双臂扭到背后。

"去死呀——自杀呀——你不杀，我就把你们都杀了！"我哥哥在尖叫。

"不可妄称耶和华你神的名；因为妄称耶和华名的，耶和华必不以他为无罪。"爸爸喊道。妈妈在洗碗碟的海绵上喷了些洗碟精,擦起了烤盘。

"看到了吧,"她轻轻地说,"我是个坏妈妈。没有我,你们会过得更好。"我一直用两只手紧紧捂住耳朵,直到喊叫声停止,爸爸放开了奥贝,直到妈妈打开烤箱,把手腕贴在尚有余温的烤盘架上几秒钟,让自己从里到外地暖和起来。

"你是最好的妈妈。"我这样说着,却从自己的声音中听出我在撒谎——像牛棚一样空空荡荡,空洞无物。已然没有生命留存在其中。但妈妈好像已经忘了刚才发生的事。

爸爸高举双臂。"你快把我们逼疯了,疯子!"他说完就去柴火棚了。比较虔诚的外婆总是说:你必须立刻捏死争吵的萌芽。我们是萌芽吗?我想,不对,父母在子女身上活下去,而不是反过来;疯狂在我们的身体里活下去。

"你真的想死吗?"我问妈妈。

"是的,"她说,"但不用在意,我是个糟糕的母亲。"她转过身去,提着削皮篮去鸡棚了。

一时间,我愣在原地,向奥贝伸出手。他的鼻子在流血。奥贝推开我的手,说:"臭屎鬼。"

我和贝莱坐在精子仓里布满灰尘的石头地面上。谷仓中央有一头假牛,身体是金属框架做的,上面搭了一块兽皮,理论上应该能让公牛发情。兽皮下面有金属横栏,上面安了把黑色的椅子。椅子是皮面的。你可以前后移动椅子,从而接住精液。

兽皮的好些地方都磨破了。这头假牛有个名字叫"德克四世","德克"本来是一头很有名的、生了几百头小牛的公牛的名字。人们在村子广场中央为它做了一尊带基座的铜像。我打断了贝莱,她说悲伤总是始于小规模,然后变大。她对生活的认知方式就像游客游览小村庄:他们不知道如何找到阴暗的小巷,禁止闯入的小路。我说:"去德克身上躺下。"贝莱没有问为什么,就爬上了假牛。我坐上她身下的黑色皮椅。兽皮里面有块地方是中空的,用一根管子加固。贝莱的双脚从两边荡下来——全明星板鞋的鞋头沾满了泥巴,鞋带是灰色的。

"现在你要像骑马那样移动你的屁股。"

贝莱动起来了。我歪向一边朝上看了看。她抓住了兽皮的顶端,那样可以抓得牢一点。

"快一点。"

她加快了速度。德克四世开始吱嘎作响。几分钟后,她停了下来,气喘吁吁地说:"这太无聊了,我累了。"

我调整了一下椅子,以便正好坐在她的屁股下面。我可以再往前扣四个洞眼。

"我知道我们可以做点刺激的事情。"我说。

"你总是这么说,但这实在太蠢了。"

"试试吧。"

"假装这牛是汤姆。你可以的。"

"然后呢?"

"再动动。"

"会怎样？"

"到最后，你会看到奇妙的颜色，就像火球糖不停地变色，你会抵达桥的另一边，对岸没有悲伤，你的孔雀鱼还活着，你可以说了算。"

贝莱闭上眼睛。她开始前后移动。她的脸颊越来越红，嘴唇被口水润湿。我让自己窝进椅子里。也许，我该拼凑出一份PPT报告给爸爸妈妈看，我想。我要讲讲蟾蜍，解释它们为什么应该交配。重点在于，妈妈要趴在爸爸身上——她的背像姜饼一样脆。只有这样，妈妈才会重新开始进食，爸爸也会因此有所挂念。我们应该在自家农场范围内组织一次蟾蜍迁徙。我们要把爸爸放在房间的这边，把妈妈放在那边，让他们迎面相交。我们还可以把浴池注满水，让他们一起游泳，就像我们刚把崭新的薄荷绿色充气浴池买回家的那一天——十二月那一天的前两天，妈妈和爸爸是一起泡进浴池的。"现在他们彻底裸露了。"听马蒂斯这么说，我们都咯咯直笑，想象着两块苹果饼投入油锅的情景。他们出浴时将是金黄色的，毛巾就像纸巾那样缠在他们腰间。

假牛的铰链发出的吱嘎声比先前更响了。爸爸以德克四世为荣，总在用完后拍拍这家伙的假肚子。我突然觉得嗓子眼发烫，眼睛刺痛。今年的第一场雪比往年早，直接落进了我心里。感觉很沉重。

"我什么颜色都看不到。"

我从椅子里爬出来,站在还闭着眼睛的贝莱身边。我迅速地穿上爸爸的淡绿色雨衣,它一直搭在棚里工作台旁的椅子上。就在那时,门突然开了,奥贝从门边探出头来。他的目光从我身上转到贝莱身上,又转回来看我。他进棚后把门关上了。

"你们在玩什么?"他问。

"一个愚蠢的游戏。"贝莱说。

"你走开。"我说。奥贝不能加入这游戏,否则他肯定会使坏。他就像村里的天气一样不可靠。他的鼻头还留着刚才被推倒在厨房地板上时弄出的血迹。

我其实有点为他难过。虽然现在已经没什么感觉了,谁叫他开始爆粗口呢——他还经常偷东西吃,或是从壁炉台上的度假罐头里偷钱,把我们去露营的机会减少到零,还毁了爸爸最下层抽屉里的存钱计划。现在,爸爸最多只能买一个面包机和一只晾衣架。总有一天,他还会偷走爸爸妈妈的心。他会在田里为他们挖个洞,就像流浪猫叼着刚捉到的鸫鹩一样。

"我有个好玩的玩法。"他说。

"你不可以玩。"

"我不介意玩你的游戏。雅斯只能想出一些无聊的事。"

"瞧,贝莱说我可以玩。"奥贝说着,拿起工作台上银色的人工授精枪和一盒 Alpha 针套。授精枪是长长的小棍子,顶端是彩色的,是给那些没能怀孕的奶牛授精用的。奥贝递给我一双蓝色手套。我不想看他的时候,总会盯着他下巴上的胡茬。看上去有点像妈妈时常让我在凝乳里搅拌的小茴香籽。他从几天前开始刮胡子了。我紧张地关注着他的一举一动。

"你可以做我的助手。"他说。

柜子再次被砰地打开。这次,他拿出一只装有某种凝胶的小瓶子。他挤出一点抹在枪上。瓶子的标签上写着"润滑剂"。

"现在你要脱掉裤子,趴在牛身上。"贝莱毫无怨言地照他的话去做。我突然意识到,她最近没怎么谈论汤姆,反倒更多地谈起我哥哥。她想知道他有什么爱好,他最喜欢吃什么,他喜欢金发碧眼还是浅黑的肤色,诸如此类。我不想让奥贝碰她。万一水族箱破了呢?那我们该怎么办?贝莱一趴到德克四号上,我就得把她的屁股分开,像学校里的钢笔架那样暴露出屁眼。

"不会疼吧?"贝莱问。

"别怕。"我面带微笑地说道,"你们比许多麻雀更贵重。"这是《路加福音》里的话,以前我在外婆家过夜,害怕自己会在夜里死去,她就对我说了这句。

奥贝站在一只底朝上的饲料桶上,这样他就能看得更清楚,把枪对准贝莱的屁股中缝,把冰冷的金属毫无预警地推入她的体内。她像只受伤的动物那样尖叫起来。我吓得松开她的屁股。

"待着别动,"奥贝说,"否则会更痛。"泪水哗哗地从她的脸上流下来,她的身体在发抖。我狂热地想起我那支漏水的钢笔。老师说,我应该把它放在冷水里静置一晚,第二天冲洗一下再甩干。我是不是也该把贝莱浸到冷水里去？我担心地看向奥贝时，他朝角落里的氮气箱点点头，收集了公牛精液的吸管都要存放在那里。爸爸忘了把那只箱子锁起来。我猜想，奥贝也有同样的想法——冲洗。我旋开箱盖，取出一根吸管，递给奥贝。那支枪还插在贝莱的屁股中间。

"你是世上最好的助手。"

冰块有点融化了。我们做的是好事。有时候，你必须作出不太好的牺牲，就像上帝让亚伯拉罕牺牲以撒，但他最终献祭了动物。我们也要百般尝试，上帝才会满意我们迎接死亡的努力，并赐予我们祥和。

现在，奥贝把吸管推进了枪管。明明有那么多别的选择，我们却这样做了，并不知道氮气会灼伤她的皮肤。当我奔出精子仓，奥贝紧跟在我身后时，我感到胆怯让双腿变得沉重。我俩一起飞奔到庭院的另一边。"不叫我们陷入试探；救我们脱离那恶者。"我轻轻地对自己念叨时，看到汉娜正在把自行车靠在农舍外墙上。行李夹下夹着她的枕头。她的手里提着过夜包。只要她很久没去外婆家过夜，包里就会满是蠹虫。我们会用拇指和食指把住它们揉捏成灰，然后吹走。

"跟我们走。"我说着，跑到她前面，直奔兔棚后面的一堆干草垛。我们在几捆干草间爬行，这样就不会被爸爸、乌鸦和上帝看到了。

"你能抱抱我吗？"我问道。

我尽量不哭,因为贝莱的尖叫声还在我耳边回荡,她的眼睛睁得大大的,像半满的鱼缸快要爆裂。

"为什么?发生了什么事?"汉娜担忧地看了我一眼。"你浑身发抖。"

"因为……因为不然我就会爆开。"我说,"就像爸爸的那只母鸡,鸡蛋太大了,一半卡在屁股里。要是爸爸不把它杀了,它就会爆成碎片,内脏会溅得到处都是。我就快那样爆掉了。"

"哦,对。"汉娜说,"那只可怜的东西。"

"我也是可怜的东西。你现在不抱抱我吗?"

"我会抱抱你的。"

"你知道的,"我说着,把鼻子埋进她的头发里,她的头发有婴儿洗发水的味道,"我确实想长大一点,但不想让胳膊长。现在你完全适合我胳膊的长度。"

汉娜沉默了一会儿,然后说道:"要是它们太长了,我就把它们像冬天的围巾那样绕两圈再围住我。"

7

那天夜里，我梦到了贝莱。我们在村子外围的树林里，就在渡口边上，我们在玩猎狐游戏。不知道为什么，贝莱穿着我妈妈的主日大衣，戴着她的主日帽子，帽子上盖着薄纱，边沿还有一条黑丝带。大衣的下摆贴着地面，在拖行中勾起小木棍和泥巴，在她走路的时候窸窣作响。我这才注意到，贝莱和狐狸已经融为一体，半人半兽。我们又往树林里走了一会儿，最后迷失在又高又细的林间，这些树木在黑暗中就像立起来的靴架。无论走到哪里，贝莱都会显露出铁锈红色的狐狸身体。

"你是那只狐狸吗？"她问。

"是的，"我说，"快走吧，免得我像吞活鸡一样把你吃了。"

她不屑地抬起下巴,把头发往后一甩。

"白痴,"她说,"我才是狐狸。现在我要问你一个问题,如果你答不上来,你就会呕吐,或是拉肚子,反正都会夭折。"她的鼻子和耳朵突然变尖了。一切尖锐的东西都有额外的用途:牙齿可以咬进食物,耳朵可以听清声音。狐狸的身体很适合她。她向前走一步,我就后退一步。我作好了心理准备,以为她随时会像在谷仓里那样发出怪异的尖叫,像被鱼钩钩住的梭子鱼那样瞪大眼睛。那样的无助。

"你哥哥真的死了,还是说,死神就是你哥哥?"她终于问了出来。我摇摇头,低头看着自己的鞋尖。

"死神没有家,所以才会一直寻找新的身体,那样他才不会孤独。等到那个人入土,他就再找一个新的身体。"

贝莱伸出手。在梦里,我突然听到牧师以前说过的话:"抵抗敌人的唯一方法就是让他成为你的朋友。"

我往后看,吸入一口新鲜的空气,不含任何细菌的空气,然后问道:"如果我把手给你,会发生什么事?"

贝莱走近了。她闻起来有鲜肉燃烧的味道。突然,她的屁股上布满了黏稠的药膏。"我会在眨眼间吃掉你。"

"要是我不把手给你呢?"

"那我就会慢慢地把你吃光,会更疼。"

我想从她身边跑开,但身躯下的双腿变成了果冻,脚上的长筒靴突然显得太大了。

"你知道一只狐狸的肚子里要有多少只田鼠才意味着他不再需要弄清楚自己有多空虚?"当我终于从她身边跑开时,她在我身后的呼喊声有一种回音在体内缭绕的感觉,一种捉迷藏时用的音调。"亲爱的田鼠,田鼠,田鼠。"

8

爸爸眯着眼睛，估算镀银冰鞋应该挂多高。为了不让螺丝掉下去，他把三颗螺丝都夹在唇间，手里拿着电钻。妈妈站在远处，用湿漉漉的眼睛看着，手里的吸尘器软管举在半空。我看着她的白背心。晨袍的腰带松了，所以能看到里面的背心，还可以透过薄薄的布料看到她下垂的乳房。就像两只蛋白脆饼，奥贝有时会在操场上卖的那种，一只冷藏袋里装四只，是他自己做的。如果鸡蛋太老，蛋白就会稀薄，蛋白酥就会太湿。爸爸从厨房脚凳上走下来，妈妈关掉了吸尘器，好像给沉默镀了银。

"是歪的。"这时，妈妈说道。

"没歪。"爸爸说。

"就是歪的。你看，从这里就可以看出它们是歪的。"

"那你就不应该站在那里。没什么歪不歪的。从不同角度看，它们挂着的样子都不一样。"

妈妈系紧衣带，匆忙地走出起居室，拖着吸尘器软管和她一起走——它像只听话的小狗，整天跟着她在屋子里转。有时，我很嫉妒那只丑陋的蓝色小兽——她好像和它更亲，比她和亲生儿女的关系更紧密。每过完一周，我都会看到她用极大的爱心清洗它的肚子，并给它装上一只崭新的纳尘袋，而我的纳尘袋却快要爆掉了。

我又看向冰鞋。内衬是红色天鹅绒的。没有挂得笔直。我什么都没说。爸爸已经在沙发上坐着了，面无表情地正视前方。他的肩膀上有一点灰尘。他的手里还拿着电钻。

"你看起来像个稻草人，爸爸。"刚进屋的奥贝用挑衅的口吻说道。直到凌晨五点左右，我才听到哥哥回家的动静。我躺在那儿等着，心怦怦跳，分析着每一种声响：他脚步的拖沓，他在摸索墙壁，忘了跳过吱嘎响的那几级楼梯——第六级和第十二级。我听到他打嗝了，没过多久，他就吐在了卫生间的马桶里。一连几个晚上，这已成了他归家的模式。汗水一阵阵地濡湿我的睡衣。据爸爸说，呕吐是身体需要排出的陈旧余孽。我知道奥贝杀死小动物是种罪过，但他去参加谷仓派对是什么错，我并不太明白。我只知道，他不断地把舌头伸进不同的女孩的嘴里。我可以透过卧室的窗户看到——他站在牛棚大灯的灯光下，好像他就是耶稣，被天堂的光芒包围着——每次我都会把嘴贴在前臂上，用舌头在我汗津津的皮肤上画圈。咸咸的。今天早上我没和奥贝多说什么，以免吸入什么也会让我呕吐的细菌。这让我想起了我第一次也是最后一次呕吐，那时马蒂斯还活着。

那是一个星期三——我差不多八岁的那年——我和爸爸去村里的面包店取面包。回来的路上，他给了我一个葡萄干面包，而且是个特大号，还挺新鲜的，没有蓝蓝白白的霉斑，很好吃。等我们到了奶奶家——我们总会给她送去一饲料袋的面包——我开始觉得恶心了。我们绕到后门去，因为前门多半是为了装点门面用的，我吐在了她家菜地的泥土上，葡萄干像肿胀的甲虫在一摊褐色水洼里游动。那是奶奶种胡萝卜的地方。爸爸飞快地用靴子踢起一些土盖在上面。拔胡萝卜那会儿，我以为奶奶随时会因为我而生病，乃至死掉。那时候，我还不害怕自己死，因为要等马蒂斯不再回家，菜园里的呕吐事件演变出了很多版本后我才会怕。在最坏的版本里，我侥幸逃过一死。我有时会想，那些女孩把舌头伸进奥贝的喉咙，是不是因为伸得太深了，他才会吐？就好比你刷牙时把牙刷塞得太深了就会想呕。爸爸妈妈没有问他去了哪里，也没有问他为什么一直散发着啤酒和香烟的臭味。

"我们去骑车，好吗？"我对坐在沙发后面画画的汉娜轻轻说道。她画的小人都没有身体，只有头，反映出我们只关注别人的情绪。小人们看上去都很悲伤，或很愤怒。她的右臂下夹着隔夜包。自从那天去朋友家留宿回来后，她不管去哪儿都随身带着这包东西，好像要紧紧抓住逃走的机会。我们都不可以碰它，甚至不许谈论它。

"去哪里？"

"去湖边。"

"你想去那儿做什么？"

"'计划'。"我只说了这两个字。

她点点头。是时候把我们的计划付诸行动了——我们不能再待在这里了。

汉娜在门厅里穿上了她挂在蓝色衣钩上的防寒衣。奥贝的衣钩是黄色的，我的是绿色的。我的衣钩旁边有个红色的衣钩，上面挂着的大衣还在，但已经没有穿它的身体了。只有妈妈和爸爸的大衣挂在木衣钩上，木头已被雨淋过的衣领浸透变形了。它们曾是家里唯一可靠的肩膀，现在却垂得越来越低。

我突然想起爸爸拎着我的兜帽把我吊起来的那次。马蒂斯死后才过几周。我问爸爸，为什么不许我们谈论他，还问他知不知道天堂里有没有可以借书，而且还书晚了也不罚款的图书馆。马蒂斯没带钱。我们经常忘了还书——尤其是罗尔德·达尔和《愤怒女巫》系列，我们只能偷偷看，因为爸爸妈妈说那种书里没有神。我们不想让他们把书还给图书管理员。她对我们一向都不好。马蒂斯说她很怕手指沾了油污的孩子,还怕喜欢把书角折成狗耳朵的孩子。只有那些没有真正的家,没有随时都有归宿的孩子才会折书角——所以他们要做记号,后来,我自己也会折了,尽管我折出来的更像是老鼠耳朵。我问爸爸这个问题的时候,他就拽着兜帽把我拎了起来,兜帽挂在红色衣钩上。我的脚在半空甩来甩去,但没办法把自己放到地面。地面已从我脚下消失了。

"在这里,谁能提问?"他说。

"你。"我说。

"不对。是上帝。"

我想了好一会儿。上帝问过我问题吗?我一个也想不起来,虽然我想到了很多别人可能问我的问题的答案。也许这就是我没听到上帝发问的原因。

"在马蒂斯回来之前,你可以一直挂在这儿。"

"他什么时候回来?"

"等你的脚重回地面的时候。"

我低头看了看。根据我先前的成长经历,我知道那可能需要相当长的时间。爸爸假装走开了,但过了几秒钟就回来了。我的外套拉链嵌到喉咙里了,很痛,呼吸也很困难。我被放回地上,之后再也没问过关于哥哥的问题。我故意在图书馆攒出一大笔罚款,有时在被窝里大声地读书,希望马蒂斯能在天堂里听到,最后还用一个♯标签表示读完了,我用诺基亚发短消息跟贝莱讲起某项重要测试时也会这样用♯特别标注。

我在汉娜身后沿着堤坝骑车,她的随身包夹在后车架上。骑到半路,我们碰到了隔壁的黎恩。我尽量不去看坐在自行车后座上的她儿子,哪怕我明白自己不是恋童癖。一头金发的他有种小天使的感觉,我特别喜欢天使,不管他们的年纪比我大还是小。但外婆说过,你不该留下狐狸去看鹅。外婆没有养狐狸,也没有养鹅,但我可以想象,如果你让这两种动物单独待在一起,结果不会很妙。隔着很远,黎恩就跟我们打招呼。她看起来很担心。现在,我们必须愉快地回以微笑,这样她就不会问这问那,不问我们或父母怎样。

"装得高兴点。"我悄悄地对汉娜说。

"我都忘了怎么装了。"

"假装在拍学生证照。"

"哦,对哦。"

我和汉娜露出最灿烂的笑容,我的嘴角上扬。没有被问任何难以回答的问题,我们就从黎恩身边骑过去了。我回头看了看她儿子,突然去想象他被吊在阁楼绳索上的样子——小天使总是要被挂起来的,这样他们才能以自己为轴心原地旋转,给予四周的每个人以同等的支持。为了摆脱这可怕的想象,我一连眨巴了好几次眼睛,还想起上周日礼拜时伦克马牧师布道中的一段话。《路加福音》里讲道:"邪恶不是从外部侵入我们的,而是由内而生。我们的病症就在内里。税吏拍着胸脯祷告。他拍着胸脯的样子好像在说：万恶之源就在这里。"

我把拳头放在胸前按了一会儿，很用力，全身都因此绷紧起来，我在自行车上弯下腰，喃喃自语"上帝宽恕我"，然后再把手放回到车把上，给汉娜做个好榜样。不许她骑车时脱把。只要她的手离开车把，我就会训斥她；每次有车想超过我们时，我也会大喊"有车！"或是"拖拉机！"

汉娜的门牙间有一条齿缝，像播种机那样。我感到更多的空气在瞬间内涌进我紧绷的胸腔。有时，这感觉就像有个巨人坐在我身上，每当我在夜里屏住呼吸，想靠近马蒂斯时，巨人有时就坐在我书桌前的椅子里看着我，像刚出生的小牛犊那样双目圆睁。他会鼓励我，说："你要坚持得久一点，再久一点。"我时常觉得圆梦巨人从我的书里逃出来了，因为有一次我把书打开，放在床头柜上，自己却睡着了。但他不像圆梦巨人那么友好，而是更愤怒、更霸道的那种巨人。他没有腮，却能憋气很久，有时甚至能一整夜不呼吸。

骑到桥了，我们把自行车停放在桥墩上。桥栏杆的起点有一块木牌，上面用油漆写着："要谨慎，要警醒。因为你们的仇敌魔鬼如同咆哮的狮子，走来走去，寻找可吞吃的人。"这是《彼得前书》里的话。草地上有一只空了的口香糖包装袋。有人想带着清新口气到达彼岸。湖面平静，像一张虔诚的面孔，没有谎言的痕迹。这儿那儿的，靠近岸边的水面上已经结起了一层薄冰。我向冰面扔了一块鹅卵石。石头落在了冰面上。汉娜走到一块大石头上。她把过夜包放在身旁，手遮在眼前，定定地眺望对岸。

"我听说他们把自己藏在酒吧里。"

"谁？"我问。

"男人们。你知道他们什么样吗？"

我没有回答。从后面看，我妹妹不像我妹妹，说是任何人都可能——她的黑头发长得很长了。我想她是故意让头发长那么长的，好让妈妈每天帮她编辫子，也就是说，妈妈每天都会触摸到她。我的头发怎样都无所谓。

"不会失去味道的口香糖。"

"这是不可能的。"我说。

"总是要甜甜的，并且一直甜下去。"

"也可能，他们应该少嚼一点。"

"不管怎样，不能太黏。"

"我的总是一嚼就没味道了。"

"但你嚼起来确实像头牛。"

我想到了妈妈。她的下颌每天都要咀嚼很多东西，肯定增加了紧张感，而紧张感加剧就是从青贮仓顶跳下去的原因之一，或是打碎妈妈用来测量奶酪温度的温度计，再吞下水银的动因之一——爸爸在我们很小的时候就再三警告我们要小心水银，他说：那样会死得很快。这件事教会了我一个道理：不管死得快还是死得慢，都各有优缺点。

我站在汉娜身后，把头靠在她的防寒衣上。她的呼吸很镇定。

"我们什么时候走？"汉娜问道。

寒风正好吹透我的外套。我打了个寒战。

"明天咖啡时间之后。"

汉娜没有回答。

"兽医说我长成了。"我又说道。

"他对那些事了解多少？他只看到过长成的牲畜——长不成的都被弄死了。"汉娜的声音突然听来很苦涩。她是在嫉妒吗？

我把双手搭在她的腰臀。只要轻轻一推，她就会落进水里。我就能看到马蒂斯是怎么落水的，看到这种事究竟是怎么发生的。

接着，我就真的推了。我把她从大石头上推到水里去了，又看着她沉下去，然后又飞快地冒上来，扑腾着水花，她的眼睛瞪得极大，好像两只黑色的鱼漂。我喊着她的名字："汉娜，汉娜，汉娜。"但风把我的话撞到大石头上。我跪在水边，拽住她的胳膊把她往岸上拉。之后，一切都不复如初。我把全身的重量都压在湿漉漉的妹妹身上，不停地说着"不要死，不要死"。直到教堂的钟声响了五次，我们才起身。水从我妹妹身上的每一个方向滴落下来。我拉起她的手，紧紧地攥住，捏紧，好像那是一块湿透的洗碗布。我们是空的，一如早餐桌上的碧雅翠丝女王饼干罐,那是我们在邮编彩票中赢到的奖品。没有人能将我们填满。汉娜拾起她的过夜包。她的身体像桥边被风吹动的红白风袜那样在发抖。我几乎忘了怎样骑车,也忘了我们到底是怎么回家的。我已经不知道我们去向何方。彼岸的应许之地突然变成了一张暗淡的明信片。

"我滑了一下。"汉娜说。

我摇晃着脑袋,用拳头顶住太阳穴,用力地将指关节摁进皮肤。

"是的,我滑了一下。"汉娜说,"就是这么回事。"

9

那天夜里,我的梦再次变得狂乱,但这次梦到了我妹妹。她背着双手在湖面上滑行,嘴里呼出大团云雾般的哈气。伦克马牧师把他的大众车停在排水沟边,车头灯照亮了冰面。光束指示了汉娜的滑冰范围该有多大。伦克马穿着黑色法衣坐在引擎盖上,《圣经》搁在膝头。他周围的一切都因冰雪变成白茫茫的一片。

接着,车灯慢慢地移向我。我不是一个人,而是一张被遗弃在防波堤旁的折叠椅。没有人再需要我作为他们滑冰的支撑物。我的腿摸上去是冰冷的,没有手搭在我的背上。每次汉娜经过,听到她的冰鞋在冰面上划过的声音,我都想对她大喊。但椅子无法呼喊。我想提醒她冰面上有些风吹开的狡猾的洞,但椅子无法提醒人类。我想抱住她，把她按在椅背上，让她坐在我腿上。我妹妹每次滑过来都会瞥我一眼。她的鼻尖红彤彤的，她戴着爸爸的耳罩，有时，我们渴望他的双手能包住我们冰冷的头，就会戴上这副耳罩。我想告诉她我有多爱她，以至于我的后背，椅子的后背，开始散发出片刻的光芒——木头变得温暖，仿佛承载了一整天的访客。但椅子无法说出自己有多爱一个人。而且没有人知道那是我。雅斯伪装成了一件家具。不远处，有几只黑鸭子悄悄滑过。我可以肯定，它们不会从冰面上沉下去，但我妹妹肯定有三十五只黑鸭子那么重。当我再次在冰面上寻找时，发现汉娜已经滑出了光照之外，正在从我的视线中消失。伦克马按响了喇叭，让车灯跳闪。我妹妹的黄色针织帽像夕阳一样慢慢地沉下去。我不想让她沉下去。我想变成一只冰锥，钻进她的衣服里，把自己牢牢地固定在她身上。我想救她。但椅子救不了人。椅子只能默默等待，等到有人来，在椅子身上休息一下。

10

"你看到地里哪儿插了木棍,哪儿就是放了鼹鼠陷阱的地方。"爸爸说着,递给我一把铁锹。我抓住铁锹柄的中间部位。我为鼹鼠感到难过,它们在黑暗中落入了陷阱。我和它们一样:白天似乎越来越黑,到了夜里,我把手放在眼皮底下都看不见。我在脚边挖了几下,把我们塞到草皮下的东西翻了出来。今天早上,我打开床头柜上的地球仪灯,光短暂地亮过后,又恢复到了一片漆黑。我又按了一下开关,但没有变化。有那么一瞬间,海洋似乎从地球仪里流了出来——我的睡裤湿透了,散发出一股尿味。我屏住呼吸,去想马蒂斯。四十秒。然后吸入一点新鲜空气,再次拧开地球仪灯。灯泡看起来仍然很完美。我飞快地想了想:这就是黑暗,最后的灾祸,我们集齐了十灾。

我又飞快地否定了这个想法。

　　老师在家长会上对爸爸妈妈说，我的想象太丰富了，我在自己身边搭出了一个乐高玩具世界，老师说得没错。把乐高玩具咔嗒咔嗒组合在一起，再拆开，这很容易；我可以决定谁是敌人，谁是朋友。她还告诉他们，我在教室门口敬了一个纳粹礼——我确实按照奥贝的吩咐，举起手臂说了"希特勒万岁"。他说这样会让老师发笑。但老师没有笑，而是罚我放学后反复抄写"我不该嘲笑历史，如同我不能嘲笑上帝"。我心想——你并不知道我站对了阵营，不知道我妈妈在地下室里藏了犹太人，还允许他们吃甜食，包括迷你饼干，还可以无限量地喝汽水。我告诉她，迷你饼干有两面：一面是巧克力，一面是姜饼。我也有两面——我是希特勒，也是犹太人，既善又恶。我在浴室里脱下湿漉漉的睡裤，铺在地板上，因为有地暖。我换上干净的内裤，穿好外套，靠在浴池边，等裤子烘干，这时门开了，奥贝走了进来。他看着我的睡裤，好像那是一具倒在地上的尸体。

　　"你尿裤子了吗？"

　　我坚决地摇摇头。我把地球仪灯的灯泡紧紧攥在手里。那是一只扁扁的小灯泡。

　　"没，水是从我的地球仪灯里流出来的。"

　　"骗子，那里面没有水。"

　　"有的。"我说，"有五大洋。"

"那为什么这里有尿味?"

"那只是海的味道。鱼也尿尿的。"

"随便啦,"奥贝说,"该献祭了。"

"明天。"我答应他。

"好,"他说,"那就明天。"他又看了看我的睡裤,说道:"不然我就告诉学校里的每个人,你是个小便怪物。"话没说完他就关门走了。

我趴在浴室地板上,练习蝶泳的动作,练着练着就只剩胯部在松软的脚垫上颠动,好像那是我的小熊,好像我在大海中的鱼群中游泳。

我跟着爸爸走进田野。霜冻使我长筒靴下的草像小石头般坚硬。没有牛群进草甸后,爸爸每天都会检查陷阱;现在他用右手抓着几只新夹子,好换掉那些已经合上的旧夹子。我做作业的时候,透过卧室窗户就能看到他,他时常走同一条路线穿过田野。有些日子里,妈妈和奥贝会和他一起去。从阁楼上看下去,这块田很像一块英国十字戏棋盘,等他们安全地回到农场、回到牛棚后,我就像看到卒子归位那样欣慰。虽然我们现在越来越难同时出现在一个地方了。农场里的每个房间只能容下一个卒子,多来几个就会起争端。那种状态下,爸爸即便在室内也会布下鼹鼠陷阱。他没有别的事可做,整天坐在他的吸烟椅上,像只苍鹭标本,什么也不说,直到捕获我们。苍鹭最喜欢鼹鼠。就算他真的说了什么，往往是在考我们《钦定版》里的内容。谁失去了头发，继而失去了所有力气？谁变成了盐柱？谁被鲸鱼吞了？谁杀了同胞兄弟？《新约》有多少本福音书？我们都绕开吸烟椅走，俨如避开瘟疫，但有时你不得不经过那里，比如在吃饭前，爸爸不停地提问，问到汤都凉了，面包棍都软了。只要答错一题，你就会被赶进卧室作自我反省。爸爸没有意识到要反省的事情已经很多了，还有更多的源源不断地出现，我们的身体在生长，已经不能像在教堂的礼拜堂里那样用胡椒薄荷糖来阻断这些思索。

"想当年，每张鼹鼠皮能换到一个荷兰盾。我把它们钉在木板上风干。"爸爸说道。他蹲在一根棍子边。现在，他把捕到的鼹鼠喂给牛棚后的苍鹭吃。它们会先把鼹鼠浸在水里——它们没法干吞下去——然后嚼也不嚼就囫囵吞下，好像鼹鼠是爸爸和上帝的话语，要以同样的方式滑进肚腹。

"是的，孩子，你干这活儿时必须保持镇定——万一夹子合起来，你就会像门钉一样被夹死。"爸爸低声说着，一边把棍子往地里插得更深一点。陷阱里什么也没有。我们再去下一个陷阱：还是一无所获。鼹鼠喜欢独自生活。它们总是独自走进黑暗，如同每一个人都要在漫漫长途中与自己的阴暗面搏斗。我的脑海越来越频繁地变成一片漆黑。汉娜时常能把自己挖出来，但我不知道怎样才能走出那个可恶的复杂的隧道，我可以在每个转角堵截爸爸妈妈，手臂像柔弱的弹簧一样凑近他们的身体，像牛棚里锈迹斑斑的鼹鼠夹子那样夹住他们。

"对那些小动物来说,这天太冷了。"爸爸说道。他的鼻尖上挂着一滴水。他已经好几天没刮胡子了。他的鼻子上还有一道红色的划痕,是被树枝刮破的。

"是的,太冷了。"我应和了一句,耸起肩膀,好像给自己加一道防风林。

爸爸盯着远处的棍子,突然说道:"村里人都在说你的闲话。关于你的外套。"

"我的外套怎么了?"

"下面是不是长鼹鼠丘了?是因为这个吗?"爸爸咧嘴一笑。我脸红了。贝莱的已开始慢慢长大了。她在体育课的更衣室里给我看了,乳头是粉红色的,像两颗棉花糖似的胀出来。

"该你了。"她说。

我摇摇头。"我的长在黑暗里,像水芹那样。你不能打扰它们,否则它们会昏昏欲睡,瘫软下去。"她懂我的意思,但过不了多久她就会失去耐心。尽管我和奥贝让她暂时不说出去,她没有告诉父母发生了什么事,因为我们没接到愤怒的投诉电话。只不过,现在在学校里,我俩的课桌间横挡着一本历史书,像柏林墙那样。那件事之后,她不想和我说话了,对我收藏的牛奶饼干也完全没有兴趣了。

"每个健康的女孩都有鼹鼠丘。"爸爸说。

他起身站到我面前。他的嘴唇因为寒冷而皲裂。我赶忙指了指不远处的一根棍子。

"我觉得那只陷阱里会有一只鼹鼠。"

爸爸转了一下身,望向我指给他看的地方。和我一样,他的金发也长长了。发梢垂在我们的肩头。通常,妈妈早就让我们去广场的理发店了。现在她已经忘了这事。也可能,她希望我们长个不停,像覆盖了整栋房子的常春藤,让立面慢慢消失。那样就没人能看到我们其实有多渺小。

"你觉得你这样,以后能在上帝面前嫁人吗?"

爸爸把铁锹往土里一插——这下他赢了,一比零。班里没有一个男生看我。只有在我成为他们取笑的对象时,他们才会特别指出我。昨天,佩勒把手伸进裤子里,手指从前门襟伸出来。

"来摸一下,"他说,"我硬了。"

我想都没想就揪住了他的手指,用力捏。隔着因吸烟而发黄的薄薄的皮肤,我感觉到了里面的骨头。全班同学开始大呼小叫。我有些茫然,笑声越来越响,柏林墙的地基都摇晃起来的时候,我已经回到了窗边的座位上。

"我永远不会结婚。我要去另一边。"我答道,脑子里还在想教室里的事,还没意识到自己说了什么,话就已经说出口了。爸爸脸上的颜色变淡了,好像我说的是"裸体",这个词比暗示我们在谈论发育中的胸部还要糟糕。

"谁要是起心动念想冒险过桥,就再也回不来了。"他说得很大声。自从马蒂斯没有回家的那天起,他就一直警告我们,把对岸的城市比作泥坑,如果你走进去,就会被吸下去,让你麻痹。

"对不起,爸爸。"我小声说道,"我说话没过脑子。"

"你知道你哥哥的下场是什么。你也想那样吗?"他把他的铁锹从地里拔出来,从我身边走开,让风有机会闯入我们之间。爸爸在最后一个陷阱旁蹲下来。

"明天你要把外套脱了。我会烧了它,我们从此之后就不再提这件事了。"他大声说道。

我突然想象出一幅画面:爸爸的身体夹在鼹鼠夹子的刀刃之间,我们在他的脑袋旁边插下一根树枝,这样我们就知道卒子死在了哪里。用兔棚里的水管冲洗放在桶里的旧夹子时,我摇摇头,想摆脱这个恐怖的画面。我不怕鼹鼠丘,但我怕它们在黑暗中生长。

我们一无所获地回到农场。回去的路上,他用铁锹把一些鼠丘砸平。

"有时候吓吓它们也是好的。"说完,他紧接着又说道:"你想和你妈妈一样平吗?"

我想了想妈妈的胸部,两只乳房就像教堂里的募集袋一样松弛下垂。"那是因为她不吃饭。"我说。

"她满腹心事,没有空间去做别的事。"

"为什么她有烦恼?"

爸爸没有回答。我知道这和我们有关，因为我们的行为举止总也没法显得正常——哪怕我们努力显得正常，也会让人失望，我们的品种好像不对，就和今年的土豆那样。妈妈觉得它们太脆了，后来又觉得太蜡质了。我根本不敢提我桌子底下的蟾蜍，更不敢说它们要交配了。我知道它们会的，然后又会开始吃东西，一切都会好起来的。

"只要你把外套脱掉，她就能重新吃饱肚子。"爸爸斜睨了我一眼。他想微笑，但嘴角似乎僵住了。一时间，我觉得自己变大了。大人们互相微笑，互相理解，哪怕他们连自己都不理解。我把手放在外套拉链上。等爸爸移开视线，我用另一只手从鼻子里抠出一些鼻涕，放进嘴里。

"我脱掉外套肯定会生病的。"

"你想让我们都像傻子一样吗？你这种可笑的表现会害死我们的。明天就脱。"

我放慢脚步，渐渐变成走在爸爸身后，看着他的背影。他穿着一件红色夹克，背着一只猎物袋。袋子里没有鼹鼠，也没有别的东西。他脚下的草噼啪作响。

"我不想你们死。"我顶风大喊。爸爸没有听到。提在他手里的鼹鼠夹子在风中轻轻地互相撞击。

| 11 |

两只蟾蜍把头搁在水面上,像漂浮的芽菜。我小心翼翼地用食指把相对而言更肥壮的那只推下去,落在我从厨房偷偷拿出来的奶锅里,又等了一会儿它才重新直起身子。它们太虚弱了,游不动,但浮起来是没问题的。

"再等一天,我们就永远离开这里了。"我对它们说着,把它们从水里捞出来。我用条纹红袜擦干它们疙疙瘩瘩的皮肤。我听得到妈妈在楼下大喊大叫。她和爸爸正在吵架,因为有个买牛奶的老顾客对别的会众说我们家的坏话。这次不是因为牛奶太淡或太水,而是因为我们,三王。我看起来格外苍白,眼睛好像总是湿湿的。妈妈说这是爸爸的错,说他不重视我们,而爸爸说这是妈妈的错,因为她不重视我们。说完这些后,他们开始互相威胁,都扬言要离开,但事实证明那是不可能的:一次只能让一个人收拾行李,一次只能悼念一个人,以后也只能让一个人回来,好像什么都没发生。现在他们在争论谁要走。我暗地里希望是爸爸,因为他通常都在喝咖啡的时候回来。他不喝咖啡就会头疼。我们没法用甜食诱惑妈妈,所以我不太确定她会不会回来。我们必须央求她,表现出自己很容易受伤的样子。看起来,他俩已渐行渐远。就像他们主日骑车越过堤坝去归正宗教堂时那样,妈妈越走越快,爸爸要不停地跟上。他们吵架也是这样——爸爸必须拉近两人之间的距离。

"他们明天要脱掉我的外套。"我轻轻地说道。

蟾蜍眨了眨眼,好像被这个消息吓到了。

"我想我就像参孙那样,只不过,我的力量不在头发上,而是在我的外套上。没了外套,我就会成为死神的奴隶,你们明白吗?"

我起身把湿袜子藏在床下,和湿内裤放在一起。我把两只蟾蜍放进外套口袋里,然后去汉娜的房间。门开着一条缝。她背对着门躺着。我走进去,把手伸进睡衣里,放在她裸露的背上。她起了鸡皮疙瘩——感觉就像乐高玩具的钉状底板。我可以把自己卡上去,再也不松开。汉娜睡眼惺忪地翻了个身。我跟她说了鼹鼠的事,还说爸爸叫我必须脱掉外套,还说了他们在吵架,他们威胁要离开,总是威胁说要一走了之。

"我们会成为孤儿的。"我说。

汉娜没有全部听进去。我看她的眼神就知道，她在想别的事情。这让我很紧张。通常我们在一起的时候会在庭院里闲逛。我们会设想逃跑的路线，幻想更美好的生活，假装世界就是《模拟人生》那样的。

"被鼹鼠夹子夹住，还是因为温度计里的水银？"

汉娜没有回答。她用手电筒照我的脸；我用胳膊挡在眼前。难道她看不出我们的情况不太好吗？我们在睡莲上，慢慢地从爸爸妈妈身边漂远了，而不是他们从我们身边漂走。死亡不仅潜入了爸爸妈妈的身体，也潜入了我们——死亡总在寻找一具肉身或一只动物，不抓到什么就绝不罢休。我们也可以那样选择，挑一个不同于我们从书里学到的结局。

"我昨天听说，你可以幻想自己死了，身上出现越来越多的洞，因为你会被死神死死纠缠，直到崩溃。要是一下子就崩溃了反而好——可以少些痛苦。"妹妹把脸凑近我的脸。"有些人在对岸等着，他们只能在黑暗中趴到你身上，就像黑夜把白天压进地里，但他们比黑夜好一点。然后他们的屁股会动起来。你知道，像兔子那样。那之后，你就是这世上的女人了，你可以像塔里的长发公主那样把头发留得很长。你喜欢什么样子，就能变成什么样子。怎样都可以。"汉娜的呼吸开始加快。我的脸颊暖和起来。我看着她把手电筒放在枕头上，一只手掀起她的睡裙，用另一只手推下她的彩色斑点内裤。她闭上眼睛，嘴巴微微张开。她的手指在内裤上移动。当汉娜开始呻吟，小小的身体像受伤的动物一样蜷缩起来时,我一动也不敢动。她的身体前后挪移,有点像我对我的泰迪熊那样,但又不一样。我不知道她在想什么,但肯定不是在渴望随身听,也不会在想蟾蜍的交配。她在想什么?我从枕头上拿起手电筒,照亮她。她的额头上有几滴汗,就像太热的身体进入很冷的房间后会冒出的冷凝水。我不知道该不该赶紧出手帮她,不知道她疼不疼,该不该下楼把爸爸叫上来,因为汉娜发烧了,甚至有可能烧到四十度。

"你在想什么?"我轻轻问道。

她的眼神空茫。我看得出来,和可乐罐那次一样,她所在之处不是我之所在。这让我紧张。我们总是在一起的。

"裸体男人。"她说。

"你在哪里看到的?"

"在范路易克的店里,杂志上。"

"我们不能去那里。你去买火球糖了吗?辣的那种?"

汉娜没有回答,我开始担忧。她抬起下巴,紧闭双眼,门牙咬住下唇,又呻吟起来,然后倒在床上,紧挨着我。她浑身都是汗,一绺头发粘在脸颊边。看上去她好像很痛苦,但又不痛苦。我试图想出一些理由,好去解释她为什么有这样的举动。是因为我把她推下水了吗?她会不会像一只破茧而出的蝴蝶,扑飞到窗玻璃上,扑飞到奥贝的掌心里,撞死自己?我想对她说对不起,我不是故意把她推下湖的。我想看看马蒂斯是怎么沉到水底的，但汉娜的身体并不是我哥哥的身体。我怎么会把他们搞混呢？我想把那个噩梦告诉她，让她保证永远不在湖上滑冰，因为冬天已经快马加鞭地来到这个小村了。但汉娜看起来很开心，就在我要生气地转身离开她时，我听到了熟悉的咔嗒声。她从睡裙口袋里掏出两颗红色的火球糖。我们并排躺在一起，满足地吮吸着，吹出泡泡，当火球糖变得太辣的时候，我们就对着彼此大笑。汉娜靠在我身上。我听到旁边的起居室的门砰的一响，妈妈在哭。除此以外，家里很安静。以前，我有时会听到爸爸像拍打地毯那样拍打她的背，帮她把白天吸入的东西都拍出来：所有的灰暗，岁月的尘埃，层层叠叠的悲伤。但我们已经很久没见过那只拍地毯的手了。

汉娜吹出一个大泡泡。啪的一声破了。

"你刚才在做什么？"我问。

"不知道。"她说，"我最近才有的。不要告诉爸爸妈妈，好吗？"

"好。"我轻轻地说，"当然不会说。我会为你祈祷。"

"谢谢你，你是最可爱的姐姐。"

12

醒来的时候,我的计划总是显得更宏大,一如人的身体在早上会更大一点,因为椎间盘里有水分,会让你高出几厘米。今天我们要去彼岸。我不知道是不是因为这个而有奇怪的感觉,周围的一切都好像更暗了。我和奥贝站在牛棚后面,第一场雪落在我们身上,大片的雪花粘在我们的脸颊上,好像上帝在撒糖霜,就像妈妈今早在本季做出的第一批甜甜圈上撒糖霜。咬进那些甜甜圈时,油脂会从嘴边滴下来。今年妈妈做得很早——是她自己炸的,在牛奶桶里摞了三层:甜甜圈、厨房卷纸、炸苹果饼。她提了满满两桶去了地下室,给犹太人,因为他们也该过新年。削完苹果饼所用的那些苹果后,她的手指都弯了。

奥贝的头发已被雪盖住，变白了。他保证说，只要我献祭，他就不告诉任何人我至今还会尿裤子，因此，审判日就会推迟到来。他从鸡笼里抓来了一只公鸡。这只小公鸡让爸爸很骄傲，有时他说它"像七只奶头的奶牛那样骄傲"。这是因为它有鲜红的鞍羽和绿色的梳羽，大大的耳垂和闪亮的鸡冠。这只公鸡是唯一不受任何事情影响的生物，现在仍是大摇大摆、挺胸昂首地走在庭院里。它正用铅灰色的眼睛冷静地看着我们。我感觉到蟾蜍在口袋里动。我希望它们别着凉。我本该把它们放进一只手套里的。

"它打鸣三声，你就可以停下一次。"奥贝说。

他把锤子递给我。这是我第二次紧紧攥住这把锤子的手柄。我想到了爸爸妈妈，想到了迪沃恰，想到了我哥哥马蒂斯，想到了塞进绿色肥皂的我的身体，想到了上帝和他的缺席，想到了妈妈肚子里的石头，想到了我们找不到的星星，想到了我必须脱掉的外套，想到了死牛体内的奶酪铲勺。在羊角锤砸进皮肉之前，公鸡叫了一声，接着就死在了石板上。就是用这把锤子，妈妈迫使我砸破了我的储蓄罐。现在砸出来的是血，不是钱。这是我第一次亲手杀死一只动物——在此之前，我只是个从犯。有一次在外婆那栋没有庇护的庇护养老房里，我踩到了一只蜘蛛，外婆说："死亡是一个过程，分解为很多个动作，乃至很多个阶段。死亡从来都不会只发生在你身上，总有一些事情会导致死亡。这次是你。你也能杀生。"外婆说得对。我的眼泪渐渐融化了脸颊上的雪花。我的肩膀紊乱地抽搐起来。我努力克制自己不要动,但没能做到。

奥贝漫不经心地把锤子从公鸡皮肉里拔出来,在牛棚旁的水龙头下冲了冲,说:"你真的有病。你也有份了。"说完,他转身拎起鸡腿,走向田野,鸡头在风中轻轻地前后晃动。我看着自己颤抖的手。震惊让我变小了,再站起来的时候,关节里好像有开口销,各个部件能够连通,但也能独立移动。突然间,一只醋栗尺蛾飞到我身边,翅膀上的黑色斑点很像打翻的墨水。我猜想,它是从奥贝的收藏品中逃出来的。只有这种可能,因为你不会在十二月里看到蝴蝶或飞蛾——它们都在冬眠呢。我用两只手掌拢住它,放到耳边。你不可以碰奥贝的任何东西,他的头发或玩具都不可以,否则他就大发雷霆,骂起粗话。你甚至不可以碰他的天灵盖,哪怕他自己一天到晚按着头顶。我听到飞蛾慌乱地扑向我的掌心,然后把手握成拳头,就像捏起一张写了不恭敬的词句的废纸。寂灭。

发出声响的只有我内心的暴力。它不断地生长,如同悲伤那样长啊长啊。就像贝莱说的,只有悲伤需要更多的空间,而暴力只会二话不说地占据空间。我让那只死蛾子从我手中掉落到雪地上。我用长筒靴踢起一层雪泥盖在它身上:这是一个冰冷的坟墓。愤怒之下,我一拳打在棚壁上,指关节都蹭破了。我咬紧下巴,看着牛棚。过不了多久,那些棚又将被填满——爸爸妈妈在等新的牛群送到。爸爸甚至给青贮饲料仓补上了新漆。我担心那样太显眼了，会把妈妈招引过去，成为她死前的一抹亮色。问题在于，表面看来，一切都好像恢复了正常，在马蒂斯和口蹄疫之后，每个人都似乎在继续自己的生活。除了我。也许对死亡的渴望是会传染的，要不然它就直接跳到下一个人头上——我的头上——就像汉娜班上的跳蚤那样。我任由自己躺倒在雪地上，张开双臂，上下挥动。如果现在能挺身而起，变成陶瓷小人，不管要什么我都愿意拱手献上；就让别人失手丢下我吧，让我碎成无数的碎片，有人会看到我已粉碎，知道我已经没用了，就像那些裹在银箔纸里的该死的小天使。从我嘴里喷出的云雾般的气息变弱了。我的掌心里依然感受得到锤柄，依然能听到公鸡的鸣叫。"汝不可杀戮，亦不可为己复仇。"我复仇了，那只可能意味着多一场灾祸。

我突然感觉有两只手伸到我的胳肢窝里，把我抬了起来。我转过身，爸爸正站在我面前——他的黑色贝雷帽已不是黑色，而是白雪的颜色。他慢慢地举起手，放在我脸颊上。有那么一瞬间，我以为我们会拍起手，就像在牛市上，他会拍拍我，评估我的肉是健康的还是病态的，但他的手指卷曲起来，抚摸了我的脸颊，但那抚摸转瞬即逝，以至于我后来不禁怀疑这一切是否真的发生，我是不是在想象中缔造了一只因寒冷而产生的迷蒙气息形成的手，其实只是风。我浑身颤抖着，盯着院子里的那摊血迹，但爸爸是看不到的，因为白雪慢慢地掩盖了死亡。

"进屋去。我过会儿来帮你脱外套。"爸爸说着，走到棚边操作甜菜粉碎机。他坚定地转动手柄——生锈的轮子转动时发出吱吱呀呀的声音，甜菜的碎屑在他周围飞扬，大部分都落进了金属筐里。那是给兔子吃的——它们很喜欢。我走过去时，在雪地上留下了一道足迹。我希望有人能找到我，这希望正在稳健地壮大。会有人帮我找到我自己，说着：冷、冷、温、暖、越来越暖、热了。

奥贝从田里回来时，看不出有什么特别的迹象。他背对爸爸，停在我面前，伸手捏住我的外套拉链，粗暴地猛然往上一拉，拉链卡到了我下巴上的皮肤。我叫了一声，倒退一步。我小心地把拉链拉下来，摸了摸被拉链的金属牙齿刮疼的那一小块地方。

"这就是背叛的感觉，而且这只是个开始。要是你告诉爸爸这是我出的主意，你就等着遭罪吧。"奥贝轻轻说道。他用手指做出割喉的动作，然后转过身去，抬手向爸爸问好。他可以和爸爸一起进牛棚。这是好久以来的第一次——爸爸要回到所有奶牛被扑杀的地方。他没有问我想不想加入他们，只是把我留在了寒风里，一小块皮肤被拉链卡得生疼，一边的脸颊因他的抚摸而发烫。我真该像耶稣一样，伸出自己另一边的脸颊，看看他是不是真心的。我走回农场，看到汉娜滚着一团雪。

"有个巨人坐在我胸口。"走到她身边时我说道。她停下来，抬起头，鼻头被冻得通红。她戴着马蒂斯的蓝色手套，那是兽医从湖面上带回来的，还像晚上要吃的肉片那样被放在炉子后面的盘子里解冻。我哥哥曾觉得这副手套很幼稚,因为妈妈用一根绳子把两只手套绑成一串,因为她担心他把它们弄丢,她说,把手指冻僵是最糟糕的,但她当时没有想到,要是一颗心被冻得太久会有多么糟糕。

"巨人在那儿做什么?"汉娜问。

"只是坐在那儿,很重。"

"他在那儿坐了多久?"

"很久,但这次他不肯再下来了。奥贝和爸爸进牛棚的时候,他就来了。"

"哦,"汉娜说,"你嫉妒了。"

"不是的!"

"你就是。说谎言的嘴为耶和华所憎恶。"

"我没有说谎。"

我鼓起胸膛,又让它塌陷下去,好像羊角锤也砸进了我的身体。这种感觉久久不去,就像奥贝趴在我身上后,他的身体留下的感觉,哪怕洗完澡后很久还是挥散不去。我嫉妒的不是奥贝和爸爸在一起,而是爸爸最喜欢的公鸡死了让他心有愧疚,我也一样,但那不会让他倒在雪地上。为什么他把我们拖进冰冷的行径,他自己却连个寒战都不会打?我想把公鸡的事告诉汉娜,告诉她我为了让爸爸妈妈活下去而作出的牺牲,但我什么也没说。我不想让她担些多余的烦忧。而且,要是说了,她可能再也不会在床上抱着我,依偎在我胸前了——我的心胸里藏了很多东西,比她能想到的事多得多。我心想,今天就是那种下午——我会用不干胶把日记里的这个下午和后一页粘起来,以后再小心地剥开。粘住是为了摆脱它,揭开是为了看看它是否真的发生了。

"你可以把自己变大,用这种办法来缩小巨人。"汉娜说着,把两个雪球叠在一起——脑袋和躯干。这让我想起了我、汉娜和奥贝一起堆雪人的时候——圣诞节那天——还给它起了名字叫哈利。

"你还记得哈利吗?"我问汉娜。我妹妹的嘴角向上弯起,然后脸颊也鼓起来,像白盘子上的两只马苏里拉奶酪球。

"我们把胡萝卜放错地方的那次吗?妈妈一气之下,把冬天的那批胡萝卜全部喂兔子了。"

"都怪你。"我笑着说。

"都怪店里的那本杂志。"汉娜纠正了我的说法。

"第二天早上,哈利不见了,爸爸在前厅,身上的雪一个劲儿往下掉。"

"有一件严肃的事要宣布——哈利死了。"汉娜故意压低嗓音说道。

"后来我们再也不吃豌豆配胡萝卜了,只吃豌豆——他们实在太害怕我们看到胡萝卜就会有肮脏的想法。"

汉娜笑得弯下腰去。我敞开双臂,甚至没意识到自己这么做了。汉娜掸了掸膝上的雪,站起身来。她抱住了我。光天化日之下拥抱，感觉有点怪，好像我们的手臂在白天更僵硬一点，晚上却和我们的面孔一样抹过了牛乳霜。她从她的外套口袋里摸出一支折断的香烟。那是她在庭院里捡到的，肯定是从奥贝的耳朵后面掉下来的——他在耳朵后面夹一根烟，因为村里所有的男孩都在耳朵后面夹一根烟。汉娜把它夹在唇间，过了一会儿又把它按进雪人身体里，就在胡萝卜下面的地方。

13

我凝视自己的手。指关节都红红的,两根手指的指关节破了皮——破了的地方更粉嫩一点,边缘是血红色的,像剥下的虾头。我走到棚里,一脚踩在另一只脚的脚跟上,不用手就把靴子脱下来。我不想用靴架,它一直孤零零地立在那儿,现在没有人需要它帮忙脱靴子了。奶牛没了之后,爸爸妈妈就只穿黑色木鞋。很久以前,我们有一个铸铁的靴架,但因为爸爸的腿是跛的,它也变弯了。我踢掉靴子,穿过隔断门走进厨房。这里一尘不染,连椅子都排得整整齐齐,和桌子保持相等的距离,咖啡杯倒置在厨台上的茶巾上,茶匙整齐地排在旁边。台子上有张便笺纸,上面写着"睡得不好"。而最上面的日期是牛群被扑杀的前一天。口蹄疫爆发后,妈妈一直用简短的句子写日记。牛被杀光的那天，上面写着"马戏开始了"。一个字不多，一个字不少。便笺纸旁边还有张纸条："前厅的客人们，请安静"。

我穿着袜子蹑手蹑脚地走进起居室，把耳朵贴在前厅门上。我听得到长老们庄重的谈话声。他们每周来一次，看看"传道是否结出了硕果""播撒神谕后是否长出了庄稼"。我们是不是忠实的信徒，有没有把上帝和伦克马的讲道听进去了？说完这些后，他们总会一边谈论宽恕，一边在咖啡杯中搅出漩涡，一如他们尖锐的目光在我的肚子里搅出漩涡。通常，爸爸妈妈会接待长老们的家访，而我们，三王，每个月只需要参加一次。他们基本上只会问我们熟悉《圣经》的哪一部分，我们怎么想或如何应对互联网和酒精，成长中的亢奋，外表和装扮。再之后就是程式化的警告："先称义再成圣。二者缺一不可。小心法利赛人的酵。"

新的牛群就要来了，爸爸忙于准备工作，所以妈妈只能独自接受家访。我在门的另一边听到一位长者问道："你们现在的生活方式有多纯洁？"我把耳朵紧贴在木门上，却听不到答案。只要妈妈轻声低语，通常就已足够说明问题：她不想让上帝听到，而我们都知道，宗教法官的耳朵也是属于上帝的——毕竟是他塑造的嘛。

"你们要吃酥饼曲奇吗？"我突然听到妈妈大声问道。印有碧雅翠丝女王头像的饼干罐被打开了。我在门外就能闻到酥酥甜甜的味道。你绝对不能把酥饼浸到咖啡里——它会立刻酥到碎，那你就不得不用茶匙刮掉杯底的碎屑了。然而，长老们仍然每次都把酥饼浸到杯子里，小心翼翼的样子俨如牧师把正在接受洗礼的脆弱的孩子浸入水中，同时轻声念诵《马太福音》中的程式经文。

我看了看钟，发现家访才刚刚开始，也就是说，他们至少还要在这儿待一个小时。太完美了，那就没人会打扰我了。我轻轻敲了敲地下室的门，轻声说道："朋友。"没人应答。杀死爸爸的公鸡后，我已经不能算是"朋友"了，但当我说"敌人"时，也没听到什么——没有慌张的脚步声，没有人迅速地躲到苹果酱后面，其实大部分苹果酱都被吃光了。

我推开门，顺着墙壁摸索灯绳。灯光微微闪烁，好像在考虑要不要亮，然后亮了起来。地下室里有一股油烟味，是从装满甜甜圈和炸苹果饼的牛奶桶里散发出来的。无论在哪个角落，我都看不到犹太人，哪儿都看不到他们外套上的荧光星星。没人动过架子上的黑加仑果汁瓶，还有旁边的几十个装了法兰克福香肠和蛋黄利口酒的罐子。也许他们已经逃走了？妈妈警告了他们，把他们藏到别处去了？我关上门，向地下室深处走去，我弯下腰来避开蜘蛛网，只有灰蒙蒙的寂静，已经没有人藏在这里了。我摸了摸口袋里的蟾蜍。它们终于叠坐在了一起，像冰块一样粘在我外套的布料上。我向它们保证："我马上就放了你们。"我想起《出埃及记》里的话："不可欺压寄居的，因为你们在埃及地作过寄居的，知道寄居者的心情。"

是时候放它们走了，因为它们的皮肤就像妈妈在 HEMA 超市买的青蛙和老鼠形状的软糖夹心巧克力一样冰冰凉凉，我总是用指甲碾平它们的银色包装纸，然后收好。昨天，迪沃恰·波洛克在电视上咬掉了一只紫色青蛙的头。她给我们看了看白色的夹心：是冰激凌做的。她眨眨眼，说一切都会好起来的，圣诞老人的助手们迷路了，但有个眼尖的农夫找到了他们，所以他们又上路了。只要把烟囱扫干净，和所有小孩的心灵一样干净，每个孩子就都会按时得到礼物。

波洛克的节目过后，妈妈一直在熨衣板后面看《行话》。汉娜提议妈妈以后也该上电视，我们应该写上她的名字。我紧张地摇摇头：一旦妈妈跑到电视机屏幕后面去了，我们就再也找不回她了，也许只有在雪花屏时才能在像素中找到她，到那时候，爸爸会变成什么样子呢？谁又能猜出那个支离散乱的字呢？妈妈猜字很拿手——昨天猜的字是以 D 开头的。第一次她没猜出来，但我一下子就知道了：d-a-r-k-n-e-s-s。那似乎是一个我无法忽视的信号。

我在墙边的冰柜前停下来。我拉开铺在上面的布，绳索两边有水果状的吊锤——有点多余，因为地下室里绝不会有风——然后打开盖子。我只看到冷冻的圣诞蛋糕。妈妈和爸爸每年都会从肉店、滑冰协会和工会那儿得到这种蛋糕。我们吃不完，鸡也吃够了，就把没开封的蛋糕都冻在冰柜里，它们可以在这儿慢慢腐烂。

冰柜的盖子重得匪夷所思——你必须用力往上提，盖子才会挣脱橡胶密封圈而松动起来。妈妈总是提醒我们："要是你翻进去，我们要到圣诞节前后才能再见到你啦。"我总会把汉娜的身体想象成冷冻食品，被妈妈从冰柜里挖出来。

我一提起盖子，就迅速地把支在旁侧的杆子推到底，让柜盖敞开，然后缩起身子，从开口处钻了进去，钻进冰洞。我在想马蒂斯。他也有这种感觉吗？他的呼吸是突然中断的吗？我突然想起兽医和埃弗森一起把我哥哥从水里捞出来时，兽医说的话："人的体温过低时，你必须像对待瓷器一样照应他们。最微小的触碰都可能致死。"这么久以来，我们一直小心翼翼地照应马蒂斯，甚至不去谈论他，以免他在我们的头脑里碎成碎片。

我在圣诞蛋糕中间躺下来，双手叠放在肚子上，肚子里又胀满了。我感到图钉戳进了我的外套，也感受到了冰柜内壁的冰，听到了冰鞋咔嗒咔嗒的声音。接着，我从外套口袋里拿出蟾蜍，放在我身旁，放在冰柜里。它们的皮肤发蓝，眼睛闭着。我在书上读到过，两只蟾蜍叠坐后，公蟾蜍的拇指上会鼓起黑角状的疙瘩，以便更紧地抓住母蟾蜍。它们静静地坐着，彼此贴得那么紧，令我感动。我从另一个口袋里摸出包过巧克力青蛙的光滑的彩色锡箔纸，很小心地叠一叠，围在蟾蜍身边，好给它们保暖。我没再多想就踢开了盖子下面的支杆，轻声说道："我来了，亲爱的马蒂斯。"随之而来的是一声巨响，冰柜里的灯熄灭了。现在，万物漆黑，万籁俱寂。静得像冰。

图书在版编目（CIP）数据

不安之夜/(荷)玛丽克·卢卡斯·莱纳菲尔德著；于是译.
-- 上海：上海文艺出版社, 2021 (2021.12重印)
ISBN 978-7-5321-7969-5

Ⅰ.①不… Ⅱ.①玛… ②于… Ⅲ.①长篇小说－荷兰－现代 Ⅳ.①I563.45

中国版本图书馆CIP数据核字(2021)第125603号

De avond is ongemak © 2018 by Marieke Lucas Rijneveld
Originally published by Uitgeverij Atlas Contact, Amsterdam
著作权合同登记图字：09-2020-134号

发 行 人：毕　胜
责任编辑：曹　晴
封面设计：朱鑫意 e2works.cc

书　　名：	不安之夜
作　　者：	(荷)玛丽克·卢卡斯·莱纳菲尔德
译　　者：	于　是
出　　版：	上海世纪出版集团　上海文艺出版社
地　　址：	上海市闵行区号景路159弄A座2楼 201101
发　　行：	上海文艺出版社发行中心
	上海市闵行区号景路159弄A座2楼206室 201101 www.ewen.co
印　　刷：	杭州锦鸿数码印刷有限公司
开　　本：	890×1240　1/32
印　　张：	9
插　　页：	5
字　　数：	130,000
印　　次：	2021年7月第1版 2021年12月第2次印刷
Ｉ Ｓ Ｂ Ｎ：	978-7-5321-7969-5/I · 6319
定　　价：	63.00元

告 读 者：如发现本书有质量问题请与印刷厂质量科联系　T:0512-52605406